Caïnienne Fantasia

Traumatisme du passé

Tome 1

Elohise Lockart

Caïnienne Fantasia
Traumatisme du passé
Tome 1
Roman

LE LYS BLEU
ÉDITIONS

ISBN : 979-10-377-1818-1

Prologue

Je ne suis pas comme tout le monde, non. Vous allez comprendre pourquoi. Je suis une petite chienne, un Nova-Scotia pour être précise. Vous savez, vous les Humains, vous nous nommez « CHIENS » mais nous ne sommes pas que cela.

Tout d'abord, je m'appelle Fantasia Nova-Scotia, je vis ici, sur la planète Caïnine. Sur cette planète, les noms ne sont pas réellement des noms, mais la race à laquelle nous appartenons. Je suis une adorable petite… apprentie Gardienne. Vous ne connaissez pas ? Pourtant, chaque jour, autour de vous, vous les voyez, vivez avec eux, leur parlez, et surtout, vous les aimez. Sans votre amour, nous ne serions pas là. Mais si nous faisons partie de vos vies, c'est que vous avez subi ou allez subir un événement qui vous brisera, vous aurez besoin d'un soutien autre que celui de vos pairs, et nous serons là pour vous.

J'ai 16 ans, je vais commencer ma première année de l'école de Gardiennage. Vous ne connaissez pas ? Je vous explique, cette école a pour but de nous former pour ensuite entrer dans une autre école. J'entre en première année pour la partie théorique. Cette partie-là va durer deux ans. Deux longues années ou je vais devoir tout noté pour faire mon « book, » j'en aurai besoin pour passer mes examens. Si le book est complet, cela sera jugé par un comité, je pourrais alors passer les examens pour la partie pratique. Celle-ci consiste à vivre durant un an parmi des humains. Je dois parvenir à devenir un Familier pour eux. Qu'est-ce qu'un Familier ?

Un Familier est un animal qui a commencé la formation, ayant échoué ou n'ayant pas voulu de la Formation Gardiens, il deviendra un Familier, un animal de compagnie en somme. Un vrai, pas de devoir, pas de compte à rendre et surtout, une vie de pacha… ou pas. Mais avec cela, il y a une contrepartie. Les Familiers ne se réincarnent pas, lorsqu'ils meurent, ils meurent. C'est la fin pour eux. Alors, j'espère que je vais réussir mes examens dans deux ans. Je souhaite aider le plus de personnes.

Lorsque nous naissons, nous avons déjà un choix à faire. Celui de notre carrière. Les choix sont : les Gardiens ; Les Familiers ; Les Conseillers et enfin les Successeurs. Nous avons donc un an, coupé en trois mois pour chaque domaine pour apprendre à connaître ces métiers et enfin se décider. Moi j'ai tout de suite voulu faire Gardien.

J'ai décidé cela parce que durant la formation nous avons rencontré une personne de chaque métier. J'ai tout de suite aimé ce métier et plus que tout, je me suis dit que c'était le meilleur choix. Il y a peu de Gardiens, alors j'ai décidé d'en devenir un à mon tour. J'ai tout de même assisté aux trois autres présentations, mais à la fin de la première période, j'avais inscrit mon choix sur la fiche. Et je n'ai jamais remis mon choix en question.

Mais ma vie n'a pas été aussi simple que de seulement aller en cours, je vous laisse apprendre mon passé et ce que je suis et ce qu'il m'est arrivé. Cela est pour vous Humain…

Première partie
Fantasia

I
Première patte à l'école

Il est six heures du matin, je sors de ma petite chambre. Je vais rejoindre mes amis qui ont fait le même choix que moi et nous allons prendre le petit déjeuner. Nous ne vivons pas dans des maisons, mais dans des bâtiments, comme un internat en réalité. Une suite de chambres les unes à côté des autres au troisième étage. Au premier étage se trouve la bibliothèque, au second se trouvent les salles de cours, nous sommes quinze par classe et enfin au rez-de-chaussée se trouve le réfectoire et les salles de détente.

Je sors donc de ma chambre et vais au rez-de-chaussée. C'est ici que je retrouve Teza, une petite chienne Griffon née la même année que moi. Nous sommes inséparables. Sa sœur est dans la classe Successeur. J'ai un frère et une sœur, tous deux sont en classe Conseiller. Nous nous voyons peu, mais chacun semble être heureux de son choix.

Teza a les cheveux beige et brun, la peau blanche légèrement rosée, les yeux verts, et un nez fin. Elle est un peu plus petite que moi, elle est très joviale et elle me fait toujours autant rire depuis que je la connais. Un vrai boute-en-train cette fille.

Nous sommes allées prendre nos assiettes et nous nous sommes installées à table. Je vois Teza qui regarde derrière moi, elle se place toujours en face de moi de manière à voir la porte d'entrée. Elle a pris cette habitude depuis l'enfance. Je ne sais même pas pourquoi à vrai dire, sans doute pour jouer les espions.

— Tu savais qu'il va y avoir un nouveau, j'ai vu sa photo, il te ressemble, balance-t-elle.

— Ah bon ? dis-je en jouant l'indifférence.

— Oui. Il sera avec nous, dit-elle.

— Super, nous ne sommes pas beaucoup, cela augmentera notre effectif, clamé-je, tout à coup plus enthousiaste.

Je ne comprends pas comment elle fait pour en savoir autant sur la vie de cette école. Elle ne traîne pas tout le temps dans les couloirs et pourtant, elle sait des choses qu'aucun autre élève ne peut savoir. Je me demande si elle n'est pas un peu pistonnée par la direction.

Je lève la tête et regarde l'heure, nous avons encore largement le temps, mais je tiens à repasser dans ma chambre, je n'ai pas pris mon portable. J'ai téléchargé une application où je peux écrire. J'ai décidé d'y faire mon « Book » et ensuite chaque soir je le tape sur mon ordinateur. Chaque élève en a un, c'est bien pratique, nous avons reçu avec une clef USB. Pas de sac donc pour les cours, seulement nos « affaires » dans la poche.

La seule chose qui va me manquer quand j'aurai une apparence de chien, c'est que je ne pourrais plus me servir de toutes mes affaires, aucune en réalité, à moins de revenir ici. Je ne sais pas encore si je ferai quelques apparitions. Je pense que cela se décide une fois que nous sommes en mission et pas avant.

En même temps avec des pattes il n'est pas évident de se servir d'objet. La terre est bien évoluée, et nous avons ramené bon nombre de choses de là-bas, mais nous ne pouvons pas nous métamorphoser en Humain sur Terre. C'est tout simplement impossible.

— Pourquoi regardes-tu l'heure comme ça ? me demande mon amie, nous ne serons pas en retard.

— Je l'espère bien, dis-je, je n'ai pas pris mon téléphone.

— Ce n'est pas grave, nous terminons et nous montons le chercher, annonce-t-elle, ou alors je te passerai les notes d'aujourd'hui.

— Tu peux m'attendre ici, si tu veux voir quand le nouveau arrive, lui rappelé-je, je fais seulement un aller-retour. J'en ai pour cinq minutes, tout au plus puis nous n'avons pas terminé le petit déjeuner.

— Pas faux, dit-elle en souriant.

Je savais qu'avec cet argument, elle ne refuserait pas de m'attendre. Puis, je ne voulais pas qu'elle monte avec moi. Depuis que je suis toute petite, je tiens une sorte de journal, que j'aimerais laisser aux Humains lorsque je déciderai de devenir un Familier. Enfin si cela m'arrive. J'aimerais que quelqu'un se souvienne, non pas que les Humains n'ont pas de mémoire, mais peut-être qu'un jour, ils apprendront la vérité, même s'ils penseront que c'est un Humain qui aurait écrit tout cela, afin de passer le temps. Je n'en ai parlé à personne, c'est interdit d'avoir de tel projet. Nos lois sont très strictes et je comprends pourquoi.

J'arrive devant ma chambre et ouvre la porte, j'entre et prends mon téléphone. Je le glisse dans ma poche et vais vite boire un verre d'eau dans la salle de bain. Je sors rapidement et, au moment de fermer ma porte, j'entends la voix du directeur avant de le voir. Il n'est pas seul, pourtant je ne reconnais pas la voix de cette personne. Je connais tout le monde à cet étage, nous ne sommes pas nombreux.

— Bonjour Fantasia, me dit l'homme.

— Bonjour, Mr le directeur.

— Je te présente un nouvel arrivant dans notre branche, Taïzon Nova-Scotia.

— Bonjour Taïzon, dis-je au nouveau.

Je referme ma porte et les laisse discuter et sans doute visiter. Je me retourne et vois que sa chambre est en face de la mienne. Est-il logé ici parce que nous sommes tous deux des Nova-Scotia ? Je ne sais pas, mais je saurai cela ce soir après les cours.

Je retourne rapidement au réfectoire, je regarde Teza et lui annonce que, pas de chance pour elle, elle ne verra pas le nouveau tout de suite. Je m'installe devant mon petit déjeuner et termine rapidement. Lorsque je relève la tête, je constate que cela ne l'empêche de lorgner la porte toutes les deux minutes.

— Je l'ai vu, lui dis-je.

— Ah bon ? s'écrie-t-elle.

— Oui, sa chambre est en face de la mienne, lui annoncé-je.

— Tu sais comment il s'appelle ?

— Taïzon, réponds-je simplement

Je ne voulais pas passer ma journée à parler du nouveau. Je sais qu'hier elle était avec sa famille. Pourtant elle ne m'en dit rien, elle d'ordinaire si loquace à ce sujet, aujourd'hui pas un mot. Je me demande bien pourquoi.

— Au fait, tenté-je d'amorcer le sujet, tu étais chez toi hier ?

— Oui, dit-elle en le crachant presque, j'aurais dû rester là. Repas de famille, tu parles, un guet-apens ouais.

— Comment ça, dis-je très intéressée, dit moi tout.

— Eh bien… commence-t-elle tout bas, mes parents veulent que je change de formation.

Je relevais la tête et en fis tomber ma cuillère qui renversa mon lait. Pourquoi ses parents voudraient-ils qu'elle change de formation ? Je ne comprends pas, ils étaient si fiers quand elle leur a annoncé son choix. Tellement émus lorsqu'elle a été acceptée ici.

— Nous en parlerons ce soir, dit-elle plus bas. Dhelila et Max arrivent.

Je me retourne et les vois arriver. Toujours les derniers ceux-là. Je ne sais pas comment ils font pour toujours être en retard. Moi qui pensais que cette année ils feraient l'effort de se lever plus tôt, je me suis trompée. En tout cas, nous n'allons pas tarder, je ne tiens pas à être en retard. Mais avant de me lever je prends mon portable, ouvre l'application de mon journal et inscris rapidement qu'il y a un nouveau au bahut. Que sa chambre est en face de la mienne et que lui aussi est un Nova-Scotia. Je remarque d'ailleurs que c'est la première fois que j'en croise un. Il faut dire que notre race n'est pas très répandue.

— Toujours avec ton portable me charrie Max.

Je ne réplique pas et me contente de lui tirer la langue. Je sais, c'est puéril, mais je suis comme ça. J'ai toujours mon esprit enfantin et joueur. Ce trait de caractère ne s'est pas atténué avec l'âge. Une fois que j'ai terminé, je range mon portable dans la poche et me lève pour débarrasser mon plateau. Je m'assure une dernière fois que j'ai bien ma clef USB dans la poche et suis prête pour aller en cours. Seule Teza est prête.

— Vous allez vraiment vous pointer en retard ? leur demandé-je ?

— Non, non, allez-y, on vous rattrape, me dit Dhelila.

Je les regarde en faisant non de la tête. Je sais qu'ils ne seront pas à l'heure en cours, comme chaque fois. Je sors du réfectoire et me dirige vers les escaliers. Devant les marches, je vois Taïzon avec un sac sur le dos et plusieurs sacs au sol devant ses pieds. Pourquoi est-ce qu'il a des sacs ? Il ne sait donc pas que nous n'avons pas besoin de cela ici ? En tout cas, je sais que Teza ne va pas se gêner pour le lui rappeler.

Je commence à monter les marches en lui parlant du dernier livre que j'ai lu, un livre écrit par un Humain, mais elle ne répond pas. Je me retourne et constate qu'elle est toujours en bas des marches. Évidemment, elle n'allait pas manquer de parler au nouveau. Je vais la rejoindre et lui montre l'heure sur mon portable. Elle sourit.

— Fantasia, tu n'es vraiment pas polie, le nouveau est là.

— Taïzon, dit-il, je m'appelle Taïzon, je t'ai vu à l'internat, non ?

— Oui, lui dis-je. Les cours vont commencer.

— Fanta, tu n'es vraiment pas sympa, me dit ollé puis se tourne vers Taïzon. Pourquoi tu as un sac de cours ? Personne ne t'a dit qu'ici c'est informatisé ?

— Oui, bien sûr, s'explique-t-il en remettant la lanière de son sac sur son épaule, ce sont des affaires que je dois mettre dans ma chambre. Mes sacs sont arrivés après moi.

Je comprends mieux pourquoi il est chargé. En revanche, je ne comprends pas pourquoi il n'est pas remonté pour aller poser ses affaires ? C'est peut-être ce qu'il faisait, et vu comme il est chargé, ça ne doit pas être léger non plus.

— Tu veux que nous t'aidions à les monter avant d'aller en cours, lui demandé-je.

— Ce n'est pas de refus, esquissa-t-il, je ne voudrais pas arriver en retard. J'ai horreur d'être en retard.

Teza se met à rire. Je me tourne vers elle et fronce les sourcils. Je ne vois pas ce qu'il y a de drôle à être ponctuelle. Je sais que tous les autres s'en moquent un peu, mais j'aimerais qu'ils évitent de se moquer.

— Tu n'es pas le seul, dit mon amie en me pointant du doigt et riant de plus belle.

— Bon, c'est possible d'avancer, dis-je en m'énervant quelque peu, ce n'est pas parce que toi tu te fiches de l'être que c'est mon cas.

Je prends un sac et monte sans les attendre, puisque je sais ou est sa chambre, je pose ses affaires devant sa porte et retourne les aider. Une fois de retour en bas des marches, ils n'ont pas bougé d'un poil. Non mais j'hallucine ! Je prends deux autres de ses sacs et vais les déposer eux aussi devant sa chambre. Une fois cela fait, je traverse le couloir pour accéder à l'autre escalier, il est plus proche de la salle de classe.

J'entre dans la salle et vais m'asseoir. J'explique au professeur que Teza et Taïzon seront un peu en retard. J'ajoute que Dhelila et Max aussi, bien que je ne sache pas ce qu'ils font, et je ne pense pas qu'ils aident le nouveau avec ses affaires. Je sors mon téléphone et me mets un rappel de ne pas insister avec Teza quand une rumeur se fonde et que, bien évidemment, c'est elle qui la lance puisqu'elle semble avoir des yeux et des oreilles de partout. J'aimerais vraiment qu'elle me dise comment elle fait. Je décide de lui envoyer un message.

[À Teza : Le cours commence, j'y suis. J'ai dit au prof que tu serais en retard. Grouillez-vous !]

Je sais que cela ne sert pas à grande chose, elle n'a pas son portable avec elle la plupart du temps. Je me demande bien à quoi il lui sert parfois. Le professeur attend encore quelques minutes, je regarde l'heure, 8 h 17. Je renvoie un message à Teza, et j'espère qu'elle n'a pas laissé son portable dans la chambre cette fois encore.

[À Teza : Tu vois que j'ai bien fait de retourner aller chercher mes affaires tout à l'heure…]

Je sors mon portable pour les notes et le pose sur la table. Je ne sais pas combien de temps nous allons encore attendre, mais Mr Ridley souffle. Il s'impatiente et regarde lui aussi l'horloge au-dessus de la porte.

Deux minutes plus tard, ils arrivent, mais je ne vois pas arriver Dhelila et Max. Tant pis pour eux, je les avais prévenus. Et j'étais certaine qu'ils arriveraient en retard. À moins qu'ils n'aient décidé de sécher les cours. Mauvais pour le premier jour de l'année. Je ne sais pas comment ils comptent réussir les examens à la fin de ses deux ans, mais certainement pas en ne venant pas en cours.

— Vous êtes en retard, dit le professeur.

— Excusez-nous, dit Taïzon. Je suis nouveau et j'avais des affaires à poser dans ma chambre.

— Je me fiche de pourquoi vous êtes en retard, s'emporte un peu Mr Ridley. Allez-vous asseoir, c'est tout ce que je demande.

Mon amie va s'installer, mais Taïzon ne bouge pas, il regarde dans la salle et cherche une place. La seule place de libre est à côté de moi. J'ai toujours réussi à faire en sorte que personne ne s'assaille à côté de moi, comme cela je peux mettre mes pieds sur la chaise à côté et je m'appuie contre le mur. Il s'avance et pose son sac à côté de la chaise et s'installe à son tour. Je soupire intérieurement.

Je me tourne vers lui, je remarque qu'il est tout rouge. Le pauvre, il commence mal la journée, ses affaires arrivent en retard, personne ne l'aurait aidé si nous ne l'avions pas fait, il arrive lui aussi en retard et le professeur ne s'est pas montré sous son meilleur jour.

Je me tourne, fais glisser mon portable vers moi et ouvre le livre de cette matière. « Comportement Canin. » J'ai fait plusieurs Livres pour séparer chaque matière, ensuite je les ai reliés entre elles par couleur en fonction de leur importance. Même si elles sont toutes importantes selon moi.

Le cours commence…

II
D’une humeur de chien…

À la fin du cours, tout le monde passe au bureau de Mr Ridley pour copier les fiches que nous devons rendre demain. Nous procéderons de la même manière, nous complétons seulement, nous n’imprimons rien. Il y a très peu de papier sur Caïnine, et je pense que cela participe grandement à la propreté de notre belle planète.

Je vais aller dans ma chambre et faire tout de suite mes devoirs, j’ai encore ma lecture à terminer. Je longe le couloir pour aller aux escaliers. Je ne sais pas ce que compte faire Teza, mais cette fois-ci, je ne la laisserais pas me divertir. Bon, j’admets, nous avons bien rigolé tout de même vendredi, de plus je suis arrivé en retard chez moi, j’ai dû prendre la dernière navette.

Dans le couloir de l’internat, tout le monde se presse pour rejoindre leurs chambres. Je fais de même et tente tant bien que mal de faire survivre mes pieds à la foule. Ce qui n’est pas chose évidente. J’arrive enfin devant ma porte, je glisse la clef dans la serrure et le fait tourné.

— Fantasia !

J'entends Teza m'appeler. Je n'ai pas été assez rapide. Je retire la clef de ma porte et ouvre la porte sans entrée, j'attends qu'elle arrive à ma hauteur. Lorsque je l'aperçois enfin parmi la masse d'élèves, je remarque que Taïzon est avec elle. J'ai l'impression que je vais le voir bien plus souvent que je ne l'avais pensé. Il a l'air de souffrir parmi la foule, il est agoraphobe ou quoi ?

— Tu ne nous as pas attendus, dit-elle en reprenant son souffle, tu vas faire quoi se soir ?

— Faire mes devoirs, tentés de terminer mon livre et de retranscrire la journée pour mon book, annonçais-je.

— Houla, s'exclame-t-elle, emploie du temps chargé. Ça te dit de venir manger avec nous ? On va en ville pour qu'il découvre un peu le coin.

— Je ne sais pas, répondis-je, si j'ai terminé mes devoirs et de continuer mon book, peut-être. Je pourrais lire un après, mais nous ne rentrons pas tard, d'accord ?

Elle tape dans ces mains et sautille sur place. Elle a des manières quelquefois, je ris et lui prends le bras pour tenter de la calmée un peu. Elle s'arrête net et me regarde, elle se tourne lentement vers Taïzon et fait disparaître immédiatement son air joueur. Taïzon, lui, rit sous cape, je le regarde, et me rends compte qu'en réalité, il ne me ressemble pas tant que cela. Certes, il a les cheveux couleur fauve rougeâtre, comme les miens et quelques pointes de blanc par-ci par-là. Il a les yeux châtaigne, tout comme moi et un visage fin bien qu'il ait une mâchoire carrée.

Je leur fais un petit signe de la main et les laisse dans le couloir, je referme derrière moi, mais avant que la porte ne se referme complètement je remarque le regard de Taïzon braqué sur moi, un regard sombre, presque mauvais. Je ne comprends pas, je n'ai pourtant rien dit de mal, ni fait quoi que ce soit de dépréciable. Sans doute que tous ces changements ne lui font pas voir tout ceci comme une opportunité. Je vais prendre mon ordinateur sur le bureau, le pose sur mon lit et le démarre.

Je cherche dans ma penderie une tenue pour traîner ce soir dans ma chambre, mais je sais que je ne pourrais pas y rester toute la soirée comme je l'avais prévu, je ne pourrais pas lire la suite de ma livre directement après avoir fait mes devoirs.

Mais pourquoi est-ce que j'ai accepté au juste ? Parce que je ne suis pas quelqu'un de mauvais et qu'en plus, je ne tiens pas à passer pour une garce obsédée par le travail. Je me change rapidement après avoir pris une douche. Lorsque je sors de la salle de bain, enroulé dans une serviette, je réalise que je ne suis plus seule dans ma chambre. Je vais devoir reprendre la clef que j'ai donnée à Teza. Je ne savais pas qu'elle laisserait entrer qui que soit dans ma chambre ? Je prends rapidement mes affaires en tentant de ne pas faire tomber ma serviette. Je retourne rapidement dans la salle de bain et verrouillée derrière moi. Une fois changé, je me sèche les cheveux et les nattes.

— Qu'est-ce que tu fais dans ma chambre Teza, je lui demande à travers la porte.

— Oh rien, nous t'attendons, crie-t-elle aussi depuis la chambre.

— Hé bien vous pouvez m'attendre depuis ta chambre ou de la sienne, qui, soit en passant est juste en face.

— Je pense qu'elle n'est pas ravie que nous soyons la, dit Teza à Taïzon.

Non mais je rêve, l'intimité ne semble pas être un concept qu'elle connaisse. En tout cas, je suis morte de honte, je ne sais même pas si je vais bien ressortir de cette salle de bain. Je pense que je vais rester là jusqu'à demain, au moins.

— Aller Fanta, dépêche, ont à faim, dit-elle en tapant sur la porte.

— Tu permets, je ne vais pas y aller en serviette, réponds-je presque en riant tellement je trouve cette idée inconcevable, tu me laisses le temps de m'habiller ?

— Oui, bien sûr, ajoute-t-elle.

— Nous allons te laisser, dit Taïzon, l'air tout aussi gêné que je l'étais, je savais que ce n'était pas une bonne idée.

— Ravi d'apprendre qu'il y a au moins une personne qui soit du même avis que moi, raillais-je.

J'entendis la porte quelque seconde plus tard. Je ne comprends pas comment je ne me suis jamais senti aussi gêné avec cette fille. Mais elle est ma meilleure amie alors, j'ai tendance à tout lui pardonner. En tout, je suis assez contente que Taïzon ait compris que je ne voulais pas d'eux dans ma chambre surtout lorsque je ne les ai pas invités. Une fois que je fus habillée, je suis enfin allé faire mes devoirs. Cela ne me prit pas beaucoup de temps. Ce qui me prit le plus de temps fut de recopier mon book dans l'ordinateur.

« Aujourd'hui, nous avons eu cours sur le comportement des Humains et Canins. Nous avons vu les différences entre nos deux espèces. Nous avons donc établi que l'homme peut se passer de vivre avec un animal, mais cherche sans cesse la compagnie des siens. Ils ne semblent pas apprécier la solitude et font tout pour la combattre.

Nous avons également étudié l'anatomie de l'homme. Nous savons que leurs différences physiques viennent de leurs ADN. Cette chaîne qui varie d'une personne à l'autre mais qui conserve une partie de celle de leurs parents. Ainsi ils ont quelques allèles en communs… »

Une fois que j'eus terminé, je sortis de ma chambre et décidais d'aller me chercher un café avant de rejoindre Teza. Je ne savais pas si elle était encore avec Taïzon, mais en sortant, je vis une raie de lumière sous la porte du nouveau. Je suis allé au rez-de-chaussée pour aller me servir un café. J'en bois beaucoup, trop selon certains, mais je ne vois pas pourquoi je me passerais de ce breuvage amer que j'aime tant. Là encore, nous avons cela du monde des Humains.

Une fois que j'eus traversé le couloir, je me suis rendue à la plus petite des salles, je ne voulais pas croiser du monde. J'aime être seule par moment, et ce soir en fait partie. J'ai pris mon livre également, je vais lire quelques pages avant de retourner dans ma chambre. Je n'ai pas le temps d'arriver en bas de la première que mon portable sonne. Je regarde, c'est un message de Teza.

[De Teza : Désolée ma belle, je ne voulais pas te vexée. Tu me pardonnes ?]

[À Teza : Bien sûr que je te pardonne, et je vais reprendre mon double. Tu aurais pu demander avant de faire venir le nouveau dans MA chambre.]

Je décidais de laisser mon portable, de couper la sonnerie pour pouvoir lire encore un peu. Je savais que des personnes allaient et venaient autour de moi, mais je suis toujours parvenue à les évincer de mon esprit, de m'évader en quelque sorte. C'est comme si tout d'un coup, je me retrouvais seul dans la cafèt'.

Je sentis la table bouger sous mes bras, mais comme du reste, c'est comme tous n'existaient pas, je sais que cela ne me sert pas de pouvoir m'évader ainsi, mais j'aime tellement lire et il y a toujours eus du bruit autour de moi, j'ai donc dû m'adapté. Je sursautais lorsque je sentis une main se poser sur mon livre et le baisser. Je n'aime pas cela, je sens que cela ne va pas me plaire.

— Alors, Fantasia, comment ça va depuis le temps ? me demanda Hector.

Hector est la personne la moins appréciée que je connaisse, mais en même temps la plus adulée par les filles. Vraiment, je ne les comprends pas toutes à vouloir le Bad Boy du bahut et se dire qu'il est trop ceci, trop cela. Je ne pense pas ainsi, et c'est bien cela qui le dérange.

— La plus jolie fille du bahut qui reste seule, me dit-il avec une moue de tristesse.

— Je suis seule parce que je le veux, lui dis-je sur un ton sardonique.

— Voyons, tu devrais venir avec nous, dit-il en me désignant ses amis de la main, nous allons à la cascade. Ça te dit ?

— Non, j'ai déjà quelque chose de prévu, lui répondis-je en me levant.

Je ne lui laissais pas le temps de rajouter quoi que soit et partie pour aller dans ma chambre, je voulais au moins terminer mon chapitre. Mais je sentais qu'il se passait quelque chose dans mon dos. Je ne saurais pas comment l'expliquer, mais je savais que quelqu'un me suivait. Je me suis retourné, mais hormis une foule d'élèves, je n'aperçus pas ce qui me donnait cette panique.

J'accélérais le pas, puis me mis même à courir, une fois devant ma porte, je l'ouvris et refermais derrière moi, m'appuyais contre celle-ci et me laissais glisser au sol. Je n'avais jamais été aussi inquiète lorsque je suis en cours ou à l'internat. Dehors, oui, parce que je ne suis pas toujours certaine des chemins que je prends, ni même des personnes qui m'entourent. Je deviens folle.

J'entendis frapper à la porte. J'espère que ce n'est pas Hector qui m'aurait suivi jusque-là. J'ouvris et répondis sans avoir le temps de savoir qui se trouvait devant ma porte.

— Hector, je t'ai dit non, criais-je presque. Oh, Taïzon, désolée, je croyais que…, je me penchais pour regarder dans le couloir mais ne vis personne hormis Taïzon. Désolée.

Voilà, c'est officiel, je vais passer pour une dingue, il doit certainement se dire que je suis folle à lier. Mais, à ma décharge, cela fait deux ans qu'Hector me harcèle presque pour que je les suive, que je sors avec lui. Ce qu'il n'a pas compris, c'est que je ne suis pas comme toutes ces filles qui l'adulent. Non, pour moi il n'est tout simplement pas quelqu'un d'intéressant. Il n'est pas quelqu'un que j'ai envie d'apprendre à connaître.

Je laissant Taïzon entre et m'excusais une fois encore. Je n'aurais pas dû m'emporter de la sorte, mais cela fait des années qu'Hector me court après, et je ne supporte plus cela. Je ne comprends même pas pourquoi il a décidé de devenir Gardien. Je ne pense pas que son choix ait été motivé par une réelle envie d'exercer ce métier, mais seulement parce qu'il savait que j'avais choisi cette branche.

Je me laissais tomber sur mon lit et décidais que j'avais besoin de prendre l'air. J'envoyais donc un message à Teza pour qu'elle vienne nous rejoindre dans ma chambre. Je suis de mauvaise humeur maintenant, je me demande même si je ne vais pas annuler, je ne voudrais pas gâcher leur soirée. Je prends mon portable et ouvre l'application ou je fais mon journal, la même ou je fais mon book en réalité mais, dans des volumes différents.

— Qui est Hector, me demande-t-il après quelques minutes.

— C'est un con, dis-je.

— Mais encore, m'encourage-t-il à poursuivre.

— En gros, c'est le gars le plus populaire du bahut, dis-je en fixant le plafond. Mais il n'a pas compris que je ne veux pas être son ami.

— Il te poursuit, me questionne-t-il encore.

— Oui, dis-je. C'est pour cela que j'ai crié quand tu as frappé. Je venais de la voir avant que tu ne viennes. Et je me suis enfui comme une lâche.

Il pencha la tête sur le côté et se mit à rire. Je ne compris pas très bien. Mais je savais en un sens que cela n'était pas pour se moquer de moi. J'avais comme l'impression de le connaître, même si je ne parvenais pas à mettre un véritable sens là-dessus. Sans doute dû au fait que nous soyons tous deux des Nova-Scotia.

— Il est amoureux de toi, dit-il, mais cela ne semblait pas être une question.

— Non, Hector n'aime personne, ris-je, hormis lui-même. Il croit juste qu'il est irrésistible.

— Il ne te plaît pas donc, affirme Taïzon.

— Non, lançais-je en me relevant pour le regarder. Si je devais mourir et que j'avais besoin d'aide, je ne l'appellerais pas, même s'il ne restait que lui dans les parages ou sur la planète même.

J'imaginais la scène est me mit à rire, un rie franc et fort. Je ne riais pas souvent, aussi, quand la porte s'ouvrit et que Teza me trouva plier en deux, vis que Taïzon riait avec moi, elle nous demanda de partager notre hilarité avec elle. Ce que je fis, en revanche, elle ne rit pas, elle n'avait jamais compris pourquoi je ne supportais pas Hector, alors qu'elle, l'adule.

Je ne voulais pas la vexer, mais je ne voyais pas ce qui le rendait intéressant. Il n'avait pas de réelle personnalité, c'est une personne creuse et superficielle. Je détester les personnes comme cela. Nous n'avons pas de temps à perdre à agir de la sorte, nous devons nous concentrer sur notre formation et devenir ce que nous voulons. Rien de plus, alors pour ma part, je n'ai pas le temps de flirter avec des personnes insignifiantes, même avec des personnes que j'aurais pu aimer si je ne me concentrais pas seulement sur mes cours et la réussite de ma formation.

Je rangeais mon livre dans la bibliothèque puisque nous allions manger dehors. Je savais que nous allions rentrer tard, c'est pourquoi je ne le laissais pas sur la table de nuit. En même temps, réalisant qu'Hector n'allait certainement pas rester sur mon refus, je savais qu'il reviendrait à la charge, le plus tard possible.

Je passais rapidement dans la salle de bain pour me maquiller, je pris ensuite une veste dans mon placard, juste au cas où il ferait froid. En enfin je glissais mon portable dans ma poche pour suivre mon amie de toujours et mon nouvel ami. Je le regardais plus en détail, je remarquais qu'il avait une maîtrise de soi impressionnante. Je remarquais qu'il avait un tatouage juste au-dessous de l'oreille droite. Je ne comprenais pas pourquoi quelqu'un voudrait se faire piquer la peau un nombre incalculable de fois et faire entrer de l'encre dans la peau. Cela ne partira jamais, si jamais il s'en lasse, il devra tout de même le garder. Je tentais de savoir ce cela signifiait. Je voyais que cela était des lettres, mais je ne parvenais pas à lire. Cela semblait être codé, il était donc le seul à savoir ce que cela voulait bien dire.

En voyant cela, je repensais à la marque que j'avais au côté, du côté droit. Je n'avais alors que 11 ans, Jude est venu habiter près de chez nous, la maison voisine. Je me suis dit que j'allais me faire un ami. Mais lorsque j'ai appris à le connaître, je me suis rendu compte que la seule chose qu'il voulait, c'était me posséder comme si je n'avais été qu'un objet de décoration. C'est à cause de lui que je ne tiens pas à connaître les garçons. Mais aujourd'hui, je me rends compte que je n'ai pas confiance en la gent masculine. Jude à agit comme le fait Hector, hormis qu'à cette époque, j'avais confiance, jusqu'à qu'il me marque. J'ai cette cicatrice sur la peau, un rappel constant que je ne dois pas attribuer ma confiance à n'importe qui. Surtout pas aux Am « Staff.

Inconsciemment, je me suis arrêté et me frottais le flanc droit. J'avais l'impression de sentir encore le fer chaud sur ma peau, la gorge qui me piquait et ma voix briser à force de tenter de hurler à travers le bâillon. La nausée qui m'avait envahi lorsque le tissu me barrait la bouche et la respiration. Les yeux qui me piquaient du au fer chauffer au feu et la fumée qui m'étouffait davantage.

— Fantasia ?

Je ne répondais pas, je ne me trouvais plus là. J'étais des années plus tôt, j'étais apeuré et j'étais seul. Je ne savais pas pourquoi il m'avait ainsi marqué, mais j'avais eu la désagréable impression que je lui appartenais selon lui. Je sentis les larmes monter, je tentais de les retenir, je ne voulais pas être faible, j'avais durant des années réussies à ne pas y penser, mais le seul fait de voir ce tatouage sur la peau d'un autre me fait penser à cette meurtrissure que je porte depuis 5 ans.

Ma bonne humeur s'envola. Je n'avais plus tellement envie de sortir, je ne voulais qu'une chose, me terrer sous ma couette et ne plus en sortir avant que ma peur de mon passé ne me quitte. Je savais pourtant que cela ne serait jamais possible, cela faisait partie intégrante de moi désormais. La première fois que j'ai vu Hector, j'ai tout de suite reconnu cette arrogance, cette manière de faire comprendre à toutes les personnes autour de lui qu'il est le mieux d'entre tous. Cette manière de regarder les personnes comme s'il allait les manger, littéralement. C'est ainsi que j'ai su que je ne devais jamais avoir confiance en lui, c'est ainsi que jamais je ne pourrais l'apprécier, il aurait pu être tout aussi différent de Jude, mais je ne me suis pas senti à l'aise la première fois ou je l'ai vu. Je ne suis toujours pas à l'aise avec lui dans les parages aujourd'hui encore.

— Fantasia, ça va, me demande Teza, soudainement je reprends conscience de la réalité.

Je n'ai pas avancé et je me tiens toujours le flanc droit, j'ai les yeux fous si je me fie au regard vraiment inquiet de Teza et de Taïzon. Je soucoupes la tête et avançais. J'avais appris avec le temps à ne pas montrer ce que je ressentais, à balayer mes sentiments pour ne pas inquiéter tout le monde. C'est ce que je fis une fois de plus. Même Teza ne sait pas tout ce qui m'est arrivé. Je n'ai jamais osé lui dire, pi encore quand elle a vu Hector pour la première fois et qu'elle m'a avoué qu'elle le trouvait charmant. Son regard me donnait chaque fois des frissons dans le dos, cette sensation de sueur froide qui dégouline le long de ma nuque. La peur, voilà la seule chose qu'il m'inspirait.

— Oui, nous pouvons y aller. J'étais ailleurs désolée.

— C'est ce que nous avons remarqué, me dit Taïzon, en s'approchant de moi, et repoussant quelques mèches de mes cheveux derrière mes oreilles.

Je ne bougeais pas, mais pour une fois, un contact ne me flanquait pas une peur terrible. J'eus des frissons, mais pour une fois, ce n'était pas une mauvaise sensation. Je n'avais pas eu la bouche sèche comme je m'y attendais, mes jambes ne me trahissaient pas en ne voulant pas obéir à mes ordres. Mon cœur ne s'était pas emballé me donnant l'impression qu'il allait exploser ou sortir de ma poitrine. Je n'avais pas tressailli à ce contact. Cela était étrange, mais j'avais l'impression qu'un jour, peut-être, j'accepterais mes contacts venant des garçons, peut-être pas si celle-ci est un Am'Staff, mais cela était un progrès selon moi.

Nous sommes tous les trois sortis du bâtiment, puis du bahut pour aller en ville. Nous avons marché peut-être une dizaine de minutes, puis nous sommes arrivés devant le petit restaurant. J'avais souvent remarqué sa devanture et son intitulé, cela m'a toujours fait rire. Une gamelle, comme les Humains donnent à leurs animaux pour qu'ils mangent. En même temps, ils ne savent pas que nous sommes – pour certains – des Gardiens. Pour ceux qui devienne des Familiers, je ne sais pas s'ils gardent la mémoire de tout ce qu'ils ont appris ou s'ils savent seulement ce qu'ils sont. Je devrais demander au professeur un jour – quand j'y pense.

Nous avons poussé la porte et nous nous sommes installées à une table proche de la fenêtre, non loin de l'entrée de manière que Teza voie la porte.

III
Tous à la gamelle !

Comme à son habitude, elle l'observe. Je devrais vraiment lui demander pourquoi elle fait cela, je me demande si elle n'a pas – elle aussi – eu des soucis. Auquel cas, elle ne m'en a jamais parlé, à ma décharge, je ne lui ai jamais parler de que Jude m'a fait. Je ne sais pas si je pourrais en parler un jour, je ne pense pas. Cela m'a traumatisé durant des mois, je ne dormais presque plus, et lorsque j'y parvenais ce n'était que pour faire des cauchemars. Je sais que je ne devrais pas me dire que tous sont comme lui, mais je sens au plus profond de moi que les Am'staff le sont. Je me trompe peut-être, mais je ne me risquerais pas à tenter de diable – ou dans ce cas-ci – l'Am'Staff !

Une fois encore, je me suis perdu dans mon passé. Je ne voulais plus y penser, je ne voulais plus ressentir le frisson de la peur m'envahir à nouveau. J'avais eu tant de mal à surmonter un peu tout cela. Je sais que cela ne sera jamais complet, mais j'avais espéré, naïvement, qu'un jour, j'oublierais tout cela pour de bon. Mais ce ne sera jamais le cas.

— Fantasia, m'interpelle Teza, qu'est-ce qui ne va pas. Je ne t'ai jamais vu comme ça.

— Ce n'est rien, lui mentis-je, juste que je réfléchis trop.

Je sais qu'elle ne croit pas un mot de ce que je viens de lui dire, elle me connaît trop bien. Mais je ne peux pas lui dire la vérité. J'en suis tout simplement incapable. Je regarde le monde qui se trouve dans me restaurant, personne ne semble mauvais vu de l'extérieur, lorsqu'on ne les connaît pas. Jude ne m'avait jamais semblé être quelque de mauvais, jusqu'à m'enlève et me retienne prisonnière durant trois jours afin de me marquer. Ma sœur à remarquer que quelque chose n'allait pas, puis un jour, elle a vu la marque sur ma peau et à hurler. Elle n'a jamais rien dit, comme je le lui avais demandé. Elle restait avec moi, dans mon lit pour que je puisse dormir. Avec le temps, je pense qu'elle a oublié, mais je ne peux pas oublier.

Une fois encore, je me frotte le franc droit, j'ai l'impression que ma marque est fraîche. Comme si j'avais encore le fer me brûlant la peau. Je prends le menu devant moi et le lis. Je n'ai pas vraiment faim, j'ai même la nausée, sans doute due au fait de mes souvenirs qui reviennent me hanter. Je n'aime pas cela, j'espère seulement que les cauchemars ne reprendront pas. C'est pour cela que j'avais demandé au directeur si je pouvais avoir une chambre isolée des autres. Je ne voulais pas les déranger lorsque je me réveille en hurlant. Je sais que si cela arrive, cette fois quelqu'un m'entendra.

Je me tourne vers Taïzon et m'excuse mentalement pour les nuits courtes qu'il risque de passer à cause de mes cauchemars. En rentrant, je vais aller voir le directeur et lui demander s'il est possible de le faire changer de chambre, ou que moi j'en change. Je ne veux pas que cela se sache. J'avais dû lui expliquer pourquoi j'avais fait une telle demande. Il avait accepté, mais je savais que cela ne se faisait pas d'ordinaire. Nous devions rester dans la chambre qui nous avait été attribuée au début de notre inscription. Cela remonte à quelques années maintenant.

— Je vais prendre une salade, dis-je.

Je sais que je ne pourrais pas manger de viande maintenant que j'ai le souvenir de ma peau brûlée à l'esprit. Rien que d'y penser, j'ai un haut-le-cœur.

— Tiens, tu te remets aux salades, me dit Teza en me regardant avec suspicion.

— Oui, cela ne fait pas de mal de temps en temps, ris-je pour tenter de la rassurer.

— La dernière fois que tu as mangé de la salade, explique-t-elle, cela à durer un an, tu ne mangeais rien d'autre.

C'est vrai, durant un an je n'ai mangé que cela. Je n'ai pu remanger de la viande qu'à mes 12 ans passés, je ne pouvais tout simplement pas. J'avais l'impression que si j'en mangeais ce serait comme manger ma propre chair. Rien que l'odeur me rendait malade, puis je me suis remise à en manger petit à petit. Teza ne comprenait pas pourquoi je ne voulais pas qu'elle vienne dormir à la maison. Je n'ai jamais demandé à mes parents s'ils étaient d'accord, comme je n'ai jamais accepté d'aller dormir chez elle. Elle aurait vu la marque sinon, et cela, je ne le voulais pas. J'ai toujours fait en sorte que personne ne la remarque, la seule à l'avoir vu est ma sœur.

— Je vais prendre une salade aussi, dit Taïzon en me faisant un clin d'œil. Tu devrais aussi Teza.

— Merci, mais non merci, dit mon amie, j'aime la viande, alors je vais prendre le steak.

Une fois que nous avons tous décidé, nous avons passé notre commande, en attendant qu'elle arrive, nous avons discuté. Taïzon nous a expliqué qu'il est venu ici parce que son père a été muté. Il travaille au bâtiment Conseiller en tant qu'enseignant. Il est fils unique et n'avait donc jamais vu d'autre Nova-Scotia. Je le rassurais en lui expliquant qu'appart ma famille, je n'en avais jamais vu non plus.

Le repas se passa suite dans le bruit des couverts, nous parlions peu. Une fois que nous avons terminé Teza à voulus aller au cinéma, mais je ne me sentais pas d'y aller. J'étais épuisée, et je sentais que mes nuits allaient être courtes. Je leur dis donc que je n'avais pas terminé mes devoirs, ce qui était faut, mais ils le crurent. Nous avons donc fait le chemin inverse, et sommes retournés dans notre bâtiment. J'espérais pouvoir voir le directeur avant d'aller dormir.

De retour dans ma chambre, je soupirais. Je fermais ma porte à clef en y laissant la clef pour que Teza ne puisse pas entrer s'il lui venait à nouveau l'idée de venir accompagner. Je me suis déshabillé, pris mon pyjama et me changeais. Je pris mon livre et continua ma lecture une fois que je me suis glissé dans mon lit. Lorsque je commençais à bâiller, je regardais l'heure. Minuit passé, je devais tenter de dormir un peu. Je fermais mon livre après y avoir glissé le marque-page, une photo de la famille. Je l'avais fait plastifier pour qu'elle ne s'abîme pas. Ma mère n'avait pas compris pourquoi avant qu'elle ne remarque que je m'en servais de marque-page. Peu de temps après, j'avais remarqué qu'elle en avait fait un pour elle aussi.

Je fermais les yeux et tentais de dormir. Mes yeux refusaient tout simplement de rester fermés, chaque fois je me retrouvais à fixer le plafond. Je regardais l'heure chaque fois que je me tournais et retournais.

***

Je dus m'endormir car, j'entendais des coups à ma porte, je regardais autour de moi et constatais que j'étais dans ma chambre, bien en sécurité à l'internat. Qu'ici, il n'y avait pas de Jude, que je ne me trouvais pas enfermer dans le sous-sol de sa maison et qu'ici, l'on m'entendait crier ! Il n'y avait pas d'odeur de brûlé, pas de fumée due au feu. J'étais seule dans ma petite chambre.

Je me levais et allais ouvrir, tremblante encore. Je sentais que je ne tenais pas vraiment, mes jambes aussi tremblaient. Je mis la chaîne à ma porte, tournais la clef dans la serrure pour la déverrouiller puis ouvrit la porte. Taïzon était devant ma porte, le regard ensommeillé et me regarda.

— Fantasia, ça va ? me questionna-t-il.

— Oui, répondis-je, la voix étranglée.

— Qu'est-ce qu'il se passe ? me demanda-t-il encore.

— Rien, dis-je. J'ai seulement fait un cauchemar. Je suis désolée si je t'ai réveillé.

Je savais que c'était moi qui l'avais réveillé. Je ne pouvais pas lui expliquer. Et je ne voulais pas en parler. J'allais me changer et décidais que je ne me recoucherais pas cette nuit. Je ne voulais pas revivre l'enfer que j'avais vécu enfant. Je pris mon livre et mon portable, puis je sortis de la chambre et la verrouillais. Taïzon était retourné se coucher, du moins, me semblait-il, il ne se trouvait pas dans le couloir et je ne voyais pas de lumière sous sa porte. Je me suis dit qu'il c'était sans doute rendormi. Je marchais sur la pointe des pieds, tentant de faire le moins de bruit possible.

Je descendis les escaliers et allais me chercher un café et allais ensuite à la salle de détente, la plus petite. Mais lorsque je fus devant le port, suffisamment loin pour remarquer qu'elle n'était pas vide, je fis demi-tour. Je ne voulais voir personne.

Je dus remonter, les autres salles étaient fermées, et je ne voulais pas croiser qui que ce soit. Je retournais donc dans ma chambre. Une fois à mon étage, je glissais la clef dans la serrure mais je m'arrêtais net lorsque j'entendis des pas dans pas dans le couloir. Je serrais plus fort mon café et les clefs au point de me brûler et de me faire mal. Je savais que je ne devais pas retourner, je me dépêchais donc, mais je sentis une main sur mon épaule. Je sursautais et hurlais.

— C'est n'est que moi, chuchota Taïzon.

Je me retournais et soufflais de soulagement et respirait à nouveau, je n'avais pas remarqué que je retenais mon souffle. Moi qui pensais qu'il dormait, tout faut. Je ne comprends pas ce qu'il fait dans le couloir, pourquoi n'est-il pas retourné se coucher ? En même temps, je ne suis pas retourné dormir non plus. Je ne me vois donc pas lui demander cela. Je me retourne, ouvre ma porte et allume la lumière. Je lui dis qu'il peut entrer s'il ne compte pas aller dormir.

— Désolée, dis-je, je n'ai rien à te proposer.

— Ah, je croyais que tu cachais un autre café dans ta manche, blagua-t-il.

— Eh non, répondis-je, je ne suis pas magicienne.

Il se mit à rire, et je ris avec lui. Je regardais l'heure, une heure passer, j'allais être épuisé en cours, mais je ne voulais pas prendre le risque de faire un autre cauchemar pour cette nuit. Je posais le café sur la table de nuit et attendis qu'il refroidisse un peu. Assise sur mon lit, appuyé contre la tête de lit, je me demandais ce que j'allais bien pouvoir faire pour passer le temps. Continuer de lire peut-être. Pas tant que Taïzon serait là, je ne sais pas ce qu'il voulait, hormis des réponses que je ne lui donnerais pas.

— Tu comptes faire quoi pour le reste de la nuit ? lui demandais-je.

— Je ne sais, me dit-il, tu campes me dire ce qu'il t'arrive ?

— J'ai fait un cauchemar, répondis-je agacée, je te l'ai dit.

— Oui, tu l'as dit, mais pourquoi tu as fait cauchemars, me questionna-t-il encore ?

— Tu ne cesses jamais de poser des questions, lançais-je sans cacher mon agacement.

— Tu éludes toujours les questions que l'on te pose, demanda-t-il.

— Je t'en pose moi, des questions, ironisais-je.

Il changea d'expression. Je l'avais blessé, je le voyais, mais je ne voulais plus entendre une seule question. J'en avais déjà bien assez, celle que je me posais moi-même. Il est nouveau et ne connaît encore personne, je comprends, mais je ne tiens pas à ce qu'il me harcèle de question, pis quand je ne tiens pas à les entendre et davantage si je ne tiens pas à y répondre.

Je pris mon café dans les mains et en bus une gorgée, seulement pour avoir les mains occupées. Je tirais la couverture sur moi, j'avais froid, sans doute parce que j'étais fatiguée, j'allais devoir ressortir mes affaires les plus chaudes si les prochaines nuits n'étaient qu'une répétition de celle-ci. Je me tournais vers mon ordinateur, j'avais terminé mes devoirs, à ce moment précis, je haïrais aimer que ce ne soit pas le cas, j'aurais eu quelque chose à faire.

— Tu en fais souvent des cauchemars ? me questionne-t-il encore.

— Oui, c'est pour cela que normalement, il n'y a personne près de ma chambre, expliquais-je. Je vais demander à changer de chambre comme cela, je ne t'empêcherais pas de dormir toutes les nuits.

— Ce n'est pas la solution, dit-il simplement.

— Comment ça ? Dis-je intriguer ?

— Changer de chambre ne t'aidera pas à ne plus faire de cauchemars, argua-t-il, il faut régler la raison de tes cauchemars. Normalement après, tu ne devrais plus en faire.

— Cela ne peut pas se régler, m'exclamais-je, je l'aurais déjà fait si cela avait été possible.

Je savais qu'il ne comprenait pas, mais rien ne pourrait changer le fait que je porte cette marque, que tout me revienne, que Jude est toujours quelque part. Je ne pouvais pas lui dire non plus que je n'avais pas fait de cauchemars depuis longtemps et que le fait de voir son tatouage à tout fait remonter à la surface. J'avais mis tant de temps à trouver un semblant d'équilibre, et voilà que tout était parti en fumée, comme ma propre chair.

Je sentais mes paupières se faire lourdes, alors je me redressais et tentais de me tenir éveillé. Je bus mon café d'une traite et décidais que demain j'irais m'acheter un thermos avant les cours. Ou même une cafetière, du café, du sucre et une grande tasse. Su thé même peut-être. Je me fis une petite liste dans mon portable.

***

Lorsque j'ouvris les yeux, j'étais allongé sur mon lit, mon portable à la main. J'entendais une respiration, mais ce n'était pas la mienne. Je regardais autour de moi pour savoir où je me trouvais. J'étais dans ma chambre, c'était au moins cela. Mais qui était dans ma chambre ? Je me redressais et remarquais qu'il y avait Taïzon. Qu'est-ce qu'il foutait là ? Pourquoi est-ce qu'il n'est pas dans sa chambre ? Non mieux, pourquoi est-ce qu'il était sur mon lit ?

Je tentais de me souvenir de la raison de sa présence dans ma chambre, puis cela me revint. J'avais fait un cauchemar, je l'avais réveillé en hurlant. Je ne me souviens pas de m'être endormi, je ne me souvenais pas non plus d'avoir jeté mon gobelet de café dans la corbeille à côté de mon bureau. Ni d'avoir ajouté une autre couverture sur mon lit. D'ailleurs en y regardant bien, je ne connais pas cette couverture, elle ne m'appartient pas. Je me levais sans faire de bruit, même si je ne comprenais pas très bien pourquoi il n'est pas allé dans sa chambre lorsqu'il a remarqué que je m'endormais, ou une fois que je m'étais endormi. Je pris mes affaires et allais dans la salle de bain, je devais me préparer pour les cours.

Je fermais la porte à clef et pris ma douche et commençais à m'habiller. Mais une fois que j'eus enfilé mes sous-vêtements, je constatais que je n'avais pas pris mon débardeur. Il se trouvait encore dans la chambre. Comment allais-je faire, je ne voulais pas y retourner tant qu'il serait là. En même temps, je n'allais pas rester dans la salle de bain jusqu'à qu'il se réveille. Et s'il ne se réveillait pas pour les cours, vu que j'ai écourté sa nuit ? Non, je ne peux pas manquer les cours, je ne peux pas ne serait-ce qu'arrivé en retard. Puis je voulais aller au magazine, cela je m'en souviens puisque j'ai consulté mon portable et que je me suis fait une liste de courses. Je décide de quand même sortir de la salle de bain en croisant les doigts pour que Taïzo ne se réveille pas. Je marche sur la pointe des pieds. Dans ma propre chambre, c'est un comble tout de même.

Je vais ouvrir mon placard, il grince. Je vais ajouter de l'huile aussi dans ma petite liste. En même temps, cela ne m'a jamais dérangé puisque jamais personne n'a dormi dans la même pièce que moi mis à part ma sœur. Je me retourne pour vérifier que Taïzon dort toujours, il ne semble pas avoir bougé. Je me retourne vers mon placard et prends le premier vêtement que je trouve. Je me retourne pour aller dans la salle de bain, soudain la lumière s'allume.

Et merde, je ne suis pas habillé. Par réflexe, je cache ma poitrine avec le vêtement que je tiens, mais je remarque que quelque chose attire son regard sur moi. Ma marque. Je me retourne pour être dos à lui et vais vers la salle de bain. J'ai le cœur qui bat trop vite dans ma poitrine. Je n'ai pas le temps d'aller dans la salle de bain qu'il est déjà debout. Il s'avance vers moi, alors, je tente d'enfiler mon débardeur en vitesse, avant qu'il ne soit trop proche et qu'il puisse remarquer ce que c'est.

Une fois mon t-shirt enfilé, je suis soulagé, mais il avance encore, tend la main vers mon débardeur et cherche à le relever pour voir la marque. Je remarque qu'il a les sourcils froncés et est inquiet en même temps. Pourquoi ? Il ne me connaît même pas ! Je plaque mes mains sur mon vêtement et vais terminer de me préparer dans la salle de bain. J'entends frapper. C'est sûrement Teza qui vient comme tous les matins prévenir qu'elle descend. Je ne dis rien, je connais cette habitude, mais Taïzon, lui ne la connaît pas. Je sors précipitamment de la salle de bain et parle tout bas.

— Taï, non, n'ouvre pas, le suppliais-je.

Il se retourne vers moi, incrédule. Il ne comprend évidemment pas pourquoi je lui dis de ne pas ouvrir. Et ce trouve encore plus étonner de la manière dont je l'ai appelé. En même temps, j'ai dit cela dans l'urgence de la situation.

— Taï ? me demande-t-il en chuchotant lui aussi.

— Ben oui, soufflais-je, c'est plus court.

Je mis mon doigt devant ma bouche pour lui signifier de ne pas faire de bruit. Je ne tiens pas à ce que Teza me demande pourquoi il se trouvait dans ma chambre, encore moins à devoir lui avouer que je fais des cauchemars depuis des années, surtout que la connaissant très bien, je sais qu'elle ne cessera pas tant qu'elle ne saura pas pourquoi j'en fais. Rien que cette idée m'effraie. Une fois encore, ma cicatrice me brûle, je pose ma main dessus pour tenter de calmer la brûlure qui n'est en réalité qu'un résidu de ma peur, une douleur fantôme. Mes terminaisons nerveuses sont mortes à cet endroit. L'on pourrait m'enfoncer un couteau dans cette partie du corps que je ne le sentirais pas.

— Fantasia, m'appelle Teza depuis le couloir.

— J'arrive, dis-je, je termine de me préparer.

— On se retrouve en bas, dit-elle.

— Comme d'hab, lançais-je.

Ouf. J'ai échappé au pis. En fait non, je n'ai échappé à rien du tout, ce n'est pas mon amie d'enfance qui va me poser sans cesse des questions sur la marque que je porte, mais Taïzon, le garçon qui n'est là que depuis hier. Vraiment, j'ai une de ces chances moi !

IV
Il y a un os…

Je suis bien avancée moi, maintenant je fais quoi ? Je commence par terminer de me préparer. Je compte tout de même aller acheter ce qu'il me faut pour ma chambre. J'espère juste que je ne serais pas en retard en cours. Ce qui m'étonnerait. Ou alors j'irais après les cours. Mais je sais que je devrais parler, tôt ou tard. Le plus tard possible, mieux, jamais se serait l'idéal. Taïzon me regarde, il ne me lâche pas des yeux. J'espère qu'il ne va pas penser que je vais lui dire quoi que soit ? Mais ce qui me taraude l'esprit c'est qu'il est resté dans ma chambre, et que je n'ai pas fait d'autres cauchemars. Ce doit être une coïncidence.

— Pourquoi tu ne voulais pas qu'elle sache que j'étais là ? me questionna-t-il.

— Parce qu'elle ne sait pas que je fais des cauchemars, répondis-je.

— J'en déduis qu'elle ne sait pas non plus pourquoi tu en fais, répliqua-t-il.

— Tu conclus bien, dis simplement.

— Tu vas me le dire pourquoi tu en fais ? demanda-t-il.

Son air sérieux, trop sérieux me suppliait presque de le lui avouer. Mais je ne sais pas si je peux réellement lui faire confiance. J'avais confiance en Jude lorsque j'étais plus jeune, cela m'a brisé et perdu. Alors aussi sérieux soit-il, je n'allais pas lui mentir.

— Je ne te fais pas suffisamment confiance pour te le dire, dis-je, tout aussi sérieux.

— Fais-tu au moins confiance en quelqu'un ? hasarda-t-il.

— Oui, j'ai confiance en Teza, dis-je.

— Pas suffisent pour qu'elle sache, à l'évidence, insinua-t-il ?

— Écoute, je ne te connais pas, et je connais Teza depuis l'enfance. Mes parents n'en savent rien non plus, alors ce n'est pas un manque de confiance, mais je n'aime pas du tout me pencher sur cela, encore moins devoir expliquer quoi que ce soit. Tu es resté, je ne sais pour quelle raison d'ailleurs, mais j'apprécierais que tu ne dises rien. Je te l'ai dit hier, je vais faire en sorte de changer de chambre si cela est possible, comme cela, si cela recommence, et je sais que cela va recommencer, tu pourras dormir. Je suis désolée de t'avoir réveillé et empêché de dormir, mais je n'avais jamais eu de voisin de palier jusqu'à toi. Donc non, personne ne sait, et je tiens à ce que cela reste ainsi, d'accord ! M'énervais-je.

Je savais que je ne passais pas pour quelqu'un d'agréable, mais à cette heure et avec le peu de sommeil convenable, je trouvais que je l'étais encore bien assez. La seule chose que je voulais maintenant, c'était aller boire des litres de cafés et aller acheter rapidement ce dont j'avais besoin. Je devais ensuite aller voir le directeur pour que l'on me mette dans une chambre plus isoler des autres, une chambre où cette fois je ne risquais pas d'avoir de voisin.

Je pris mes clefs, mon téléphone et de l'argent, je sortis de la chambre et attendis que Taïzon sorte également. Je ne comptais pas rester longtemps à la cafeteria ce matin, je pense que je vais rester encore moins de temps s'il persiste. Une fois qu'il fut sorti, je verrouillais ma chambre et traversais le couloir. Dans la cafèterie, je repérais rapidement Teza, toujours à la même place. Je pris un plateau, pris deux grandes tasses que j'emplis de café bien noir. Il m'en fallait au moins deux pour rester éveillé aujourd'hui. Tout en marchant vers notre table, je tentais de savoir combien je devrais acheter de paquets pour rester éveillé toute la semaine. Je sais que cela n'est pas bon, mais je ne vois pas d'autre solution pour le moment. Une fois arrivé à notre table, je m'installais. Taïzon n'était pas venu. Je pense qu'il est allé se changer, et j'espère que je serais partie avant qu'il n'arrive.

— Salut, ma belle, dis-je avec le sourire, bien dormie ?

— Salut, me dit-elle, dormi pas trop, j'ai fait mes devoirs et le book en rentrant du restaurant. Je suis crevée.

— Tu devrais faire comme moi, dis-je, fais d'abord ce qui est important, et ce qui l'est moins après.

— Passer du temps avec ma meilleure amie l'est pour moi.

— Je sais, ris-je, mais fais d'abord tes devoirs, on trouve toujours le temps de se voir.

— Oui, c'est vrai, rit-elle à son tour. Au fait, tu as vu Taïzon ce matin ?

— Non, mentis-je, pourquoi ?

— J'ai toqué à sa porte ce matin, dit-elle, comme je le fais avec toi, mais il n'a pas répondu. Ou alors il n'était pas dans sa chambre.

— Je ne sais pas, mentis-je encore, il est peut-être sorti plus tôt. Il visite sans doute le bahut.

Je bus une des tasses d'un trait. J'allais m'attaquer à la deuxième quand Taïzon posa son plateau à notre table. Je manquais de m'étrangler lorsqu'il me demanda si j'avais bien dormi.

— Oui, lui dis-je en tentant de lui faire comprendre qu'il devait abonder dans mon sens. Et toi ?

— Au début de la nuit, non, dit-il en me fixant, mais après une heure du mat' ouais.

— C'est le fait d'être le petit nouveau qui t'a empêché de dormir, lui demanda Teza. Ou alors c'est que tu as fait comme moi, tes devoirs.

— Non, répondit-il toujours en me regardant, juste qu'il y avait pas mal de bruit dans ma section, mais vers une heure, cela s'est arrêté.

Je n'en pouvais plus. S'il continuait comme cela, il allait me griller. J'ai prétexté avoir bien dormi, et vu que ma chambre est en face de la sienne, j'aurais dû entendre le bruit. Le bruit venait de ma chambre, des hurlements, pas terrible pour que les voisins qui dorment. Je décidais que s'en était trop pour moi. Je bus d'une traite mon deuxième café, hésitais à aller en chercher un troisième, mais me ravisais. Je me levais et sortie sans explication, aucune. Aussi, je ne répondis pas quand Teza me demanda où j'allais de si bonne heure, riant en me disant que si j'allais en cours maintenant, je ne serais bien évidemment pas en retard.

Je vidais mon plateau et allais dans le bâtiment de la direction. Je devais absolument voir le directeur et lui demander de changer de chambre. Je montais les marches pour atteindre la section Gardien, et frappais à la porte.

— Entrez, me dit-il.

— Bonjour, Mr le Directeur, dis-je ?

— Bonjour Fantasia, dit-il, que puis-je faire pour toi de si bonne heure ?

— Je voudrais savoir s'il est possible que je change de chambre, dis-je rapidement.

— Pourquoi, me questionna-t-il, celle où tu loges ne te convient pas ?

— Ce n'est pas la chambre le problème, tentais-je de me faire comprendre, c'est que je fais des cauchemars, et cette nuit, cela à empêcher le nouveau de dormir. Je ne voudrais pas déranger mes camarades.

— Je comprends, dit-il. Je vais voir ce que je peux faire. Mais je ne te promets rien.

— Merci, dis-je, ah, j'ai besoin d'aller faire quelques achats, est-ce qu'il serait possible d'avoir un billet d'absence pour le premier cours.

— Oui. Tu es sûre que tout va bien, me questionna-t-il, c'est la première fois que tu as besoin d'un billet d'absence.

— J'ai juste une course à faire, ce soir je n'aurais pas le temps, c'est pour cela.

— Très bien, dit-il en me tendant le billet. Ne sois pas trop longue tout de même. Il n'est valable que pour les deux premiers cours.

— Merci, je serais là pour le deuxième cours, lui garantissais-je.

Sur ceux, je suis sortie de son bureau, puis du bâtiment, et prise la direction de la sortie du bahut. Le papier glisser dans ma poche, je marchais rapidement. La journée ne commençait pas sous les meilleurs jours ce matin-là, mais j'espérais que la suite en serait meilleure. Pas de chance pour moi, il se mit à pleuvoir et bien évidemment je n'avais pas de parapluie. Tant pis, je serais trempé en rentrant, si j'ai le temps, j'irais me changer avant d'aller en cours.

Un quart d'heure plus tard, j'arrivais en ville. Je poussais la porte du magasin et achète ce dont j'avais besoin. Je trouvais que la cafetière était un peu chère, mais je n'avais pas vraiment le choix. Je pris également une bouilloire et quatre tasses. Avec cela, je m'achetai une lampe à accrocher sur le lit, et une tour pour ranger le tout puis me dirigeais vers les caisses. Il n'y avait personne, aussi, cela fut rapide. Je payais puis sortie charger.

Vingt-cinq minutes plus tard, j'étais de retour au bahut, je montais directement dans ma chambre, posais mes affaires sur le lit et décidais que je les rangerais après les cours. Je regardais l'heure, j'avais encore le temps de prendre une douche et de me changer. Ce que je fis. L'eau chaude m'apaisa quelque peu, mais pas suffisamment. Je m'habillais en vitesse, me recoiffais et me remaquillais puis partie en cours avec dans la main mon billet pour justifier mon absence de ce matin.

[De Teza : Pourquoi tu es pas là ?]

[À Teza : J'arrive, j'avais juste un truc à faire]

J'arrivais devant la salle, frappais et entrais. Une fois que j'eus donné le papier au professeur, j'allais m'asseoir et sortis mon portable. Sur la table, de mon côté, se trouvaient des feuilles avec le cours que j'avais manqué. Je me tournais vers Taïzon puis lui demanda si c'était lui qui leur avait demandé au professeur. Il hocha la tête. Je regardais rapidement et vis une feuille ou il avait écrit son numéro de téléphone. Je ne comprenais pas, je ne le lui avais pas demandé, et ne comptais pas le faire à vraie dire. Je l'enregistrais pourtant dans mon portable.

[À Taï : Le mien.]

[De Taï : Merci ☺ Tu as demandé pour changer de chambre ?]

[À Taï : Oui.]

Je regardais la salle, et tous tentaient la métamorphose de la main uniquement. Nous devions la transformer en patte. Cela me fit remarquer que je n'avais pas fait de section pour cette matière puisqu'elle ne s'écrit pas. J'en entrais une rapidement ou j'inscrivis ce que nous faisions en cours. Je faisais cela depuis l'enfance, alors je n'avais pas de mal à reproduire cette patte.

[De Taï : Tu peux rester dans celle que tu as.]

[À Taï : Tu ne dormiras pas si je reste.]

La sonnerie rentrante. Il se tourna vers moi et sourit, un petit sourire triste. Je ne voulais déranger personne, je savais que les cauchemars reviendraient tôt ou tard, je sais pertinemment que cela me poursuivra toute ma vie, ici, et même sur terre. Je ne voulais pas être responsable de son manque de sommeil. J'avais toujours réussi jusqu'à hier, à ce que personne ne sache, pas si je n'étais pas obligée d'expliquer certaines choses. J'avais dû en parler au directeur quand je suis arrivé et cela m'a été très difficile de le faire. J'avais demandé qu'ils ne demandent pas à mes parents, mais que s'il voulait savoir quoi que soit qu'il voie avec ma sœur ou moi. Il avait accepté à ce que je sois isolé des autres élèves et n'avais jamais parlé à mes parents. Je devais en contrepartie être irréprochable. Ce que je m'étais appliqué à faire depuis que j'étais entré dans ce bâtiment l'année dernière. L'année des présentations, c'était fait ici, c'est à ce moment-là que j'ai dû lui expliquer.

Encore aujourd'hui, je ne sais toujours pas comment le remercier, hormis en travaillant le mieux possible, en tentant d'avoir les meilleures notes et de ne pas faire de vague.

À la fin de cette journée, je n'avais qu'une envie – dormir – à l'instar de la quantité de café que j'avais avalée. Je montais directement dans ma chambre, j'expliquais à Teza que j'avais des devoirs en plus pour mon absence de ce matin, une sorte de punition puisque je n'avais pas demandé d'autorisation. J'avais menti, bien évidemment, mais je ne tenais pas à ce qu'elle vienne ce soir et me demande pourquoi je n'étais pas en cours ou comment cela se fait que je ne lui en aie pas parlé, alors que d'ordinaire, je lui dis tout. Du moins, c'est ce qu'elle pense.

[De Teza : Dommage. On sort demain aprèm ? Fête au village. Partante ?]

[À Teza : Je ne sais pas, je te dirais ça demain.]

Une fois que j'eus terminé mes devoirs, je me décidais à ranger mes achats. Je montais la petite tour en bois, je branchais la cafetière, la bouilloire et la petite lampe. Je rangeais les paquets de café et la boîte de sachet de thé dans la petite tour. Je fis couler la machine de café et en bus un. Je m'installais sur mon lit et poursuivis mon livre. Je savais que si je ne dormais pas cette nuit, je le terminerais. Il faudrait alors que j'aille en chercher un autre, heureusement pour moi, la bibliothèque est ouverte la nuit aussi. D'après le directeur il n'est jamais trop tard ou trio tôt pour lire, sur ce point, je suis tout à fait d'accord.

Trois coups frappés sur ma porte me firent sursauter. Je n'attendais personne. Peut-être Taïzon qui attend toujours que je lui explique pourquoi je fais des cauchemars. Mais je me suis demandé aussi si ce n'était pas le directeur qui venait me prévenir si je pouvais ou non changer de chambre. Je suis donc allé ouvrir, mais ce n'était ni le directeur ni Taïzon, c'était Hector. Je manquais de m'étrangler. Comment osait-il venir jusqu'à ma chambre alors qu'il sait pertinemment que je ne l'apprécie pas ? Heureusement pour moi, j'avais mis la chaîne en place, ainsi il ne pourrait pas forcer le passage.

— Alors, on est seul ce soir, me demanda-t-il.

— Et alors ! Qu'est-ce que tu fous là ? lui demandais-je, mauvaise.

— J'avais envie de te voir, rit-il.

— Et bien c'est fait, rétorquais-je, maintenant, fou le camp !

— Laisse-moi entrer, demanda-t-il encore.

— Non, j'allais sortir de toute manière, dis-je ?

Je refermais la porte et attendis quelques instants, mais je n'entendais pas de bruit de pas dans le couloir, je savais qu'il se trouvait encore derrière ma porte. Je glissais donc un stylo dans ma poche et pris mon livre. Afin d'avoir une raison, aussi fausse soit-elle, de traverser le couloir.

[À Taï : Tu es dans ta chambre ?]

J'attendis de recevoir la réponse de Taïzon avant de traverser inutilement. Il répondit que oui, alors je sortis avec deux cafés et le livre en main. Je savais qu'il ne comprendrait pas, mais au moins, cette fois-ci j'avais quelque chose à lui proposer, pas comme hier soir. Pour rire, j'avais mis mes mains dans les manches, je savais que cela le ferait rire. C'était assez stupide puisque je me brûlais, et je pourrais m'excuser une fois encore de l'avoir réveillé la nuit dernière, je me sentais vraiment minable à cause de cela.

Je frappais à sa porte, et lorsqu'il ouvrit, je lui montrais les cafés et lui dis que cette fois-ci, j'étais devenue une magicienne. Comme je m'y attendais, il rit et ouvrit grand la porte pour me laisser entrer. Hector se trouvait derrière moi. Je sentais qu'il me fixait d'un air mauvais pour lui avoir dit non alors que j'allais retrouver le nouveau. Cela ne lui plaisait pas, il aimait quand j'étais la seule Nova-Scotia, j'étais en quelque sorte une espèce rare, unique même. Mais plus maintenant. Puis, honnêtement, je préférerais me briser les deux jambes et les deux bras plutôt que de passer du temps avec un gars de son espèce.

— Entre, et tu as même apporté le café, dit-il en riant, sacrée magicienne.

— Au revoir, dit en me tournant vers Hector sans sourire, puis en tournant la tête vers Taïzon, j'avais un grand sourire.

J'étais soulagé qu'il soit dans sa chambre, je ne sais pas ce que j'aurais fait sinon. Une fois que je fus entré, je restais debout, attendant qu'il prenne la tasse de café. Il me désigna la chaise près du bureau pour que je puisse m'asseoir.

— Et tu m'as même apporté de la lecture, rit-il.

— Oui, mais je ne l'ai pas terminé, ris-je à mon tour. Je suis désolée pour hier soir.

— Ça va, dit-il plus sérieusement, ne t'en fait pas, je t'ai dit que ça allait. Puis j'ai quand pu dormir un peu.

Je fronçais le nez et baissais la tête. Je me sentais vraiment minable, je savais que je ne pourrais rien faire hormis changer de chambre, et même cela me faisait me sentir plus minable encore.

— Au fait, il signifie quoi ton tatouage, me rappelais-je tout à coup.

— C'est pour ma sœur, dit-il avec un regard triste.

— Elle est ici, lui demandais-je.

— Non, dit-il en posant la tasse sur le bureau. Elle a fait une mauvaise rencontre. Elle n'a pas supporté et c'est suicider.

— Je suis désolée, pardon, m'empressais-je de dire.

— Tu ne savais pas, ajouta-t-il. Je sais ce que c'est.

— De quoi, demandais-je, ne comprenant pas de quoi il voulait parler.

— Ce que tu as sur les côtes, dit-il tout bas.

Je n'en croyais pas mes oreilles. J'en fis presque tomber la tasse de café. Comment pouvait-il connaître une telle marque ? Elle est celle des Am'Staff. Je ne comprends vraiment pas. Je me levais, et marchais vers la porte à reculons. Comment pouvait-il savoir alors que je n'en ai jamais parler à qui que ce soit qui pourrait le répéter. Je savais que le directeur ne parlerait pas, ma sœur non plus. Et je n'ai rien dit.

— Comment… ? bégayais-je.

— Ezira, dit-il.

— Quoi ?... demandais-je ?

— C'est le prénom de ma sœur, expliqua-t-il, elle en avait une aussi. La marque des Molosses.

Je compris pourquoi il avait froncé les sourcils en la voyant le matin même. Jamais je n'avais pensé que d'autre avait pu en porter, avait souffert comme moi. En outre, je ne comprends pas pourquoi personne n'en a parlé aux informations. J'étais peut-être trop jeune. Ou ma sœur aura voulu me préserver lorsque c'est passer et que je n'ai pu entendre cela.

Il se leva et me prit dans ses bras. J'en restai bête, je ne m'attendais pas à cela. En même temps, découvrir que la fille en face de sa chambre porte la même marque que sa sœur doit le choquer. Je ne sais pas comment réagir et je reste immobile.

— Ne fais pas la même erreur qu'elle, souffla-t-il dans mon oreille.

Il recula mais me tenait toujours, me suppliant du regard. Mais j'avais l'impression que ce n'était pas moi qu'il voyait, j'avais la sensation qu'il voyait le fantôme de sa sœur à travers moi.

— Non, dis-je les larmes aux yeux, je ne ferais pas ce plaisir à celui qui m'a marqué.

— Merci, dit-il en pleurant, me serrant encore dans ses bras. Merci.

Je me reculais, lui désignait son café pour lui faire comprendre qu'il fallait le boire. Je tentais de le faire rire, mais je n'obtenu qu'un petit sourire triste, comme en cours lorsque je lui ai dit que j'avais demandé à changer de chambre.

— Taï ? Je suis désolée…

— Tu n'as pas à t'excuser, ce n'est pas ta faute, dit-il doucement. Je comprends, tu sais.
— Oui, articulais-je difficilement.

J'avais une boule dans la gorge, je savais maintenant ce que personne d'autre ne devait savoir. Il savait quelque chose que je cachais depuis des années. Je savais que je devrais en parler un jour, mais jamais je n'avais pensé que j'en parlerais à quelqu'un du bahut, encore moins si cette personne était arrivée seulement la veille. J'avais pensé que la personne à qui j'en parlerais un jour serait Teza. Elle est ma meilleure amie, et je me sens mal par moment de lui cacher des choses.

Je regardais l'heure sur mon portable, plus de dix heures, est-ce qu'Hector était toujours devant ma porte ? J'avais peur d'ouvrir la porte pour le vérifier. Je ne pouvais pas rester dans la chambre de Taïzon toute la nuit tout de même.

V
Tout croc dehors…

Nous avons longuement discuté, de tout et de rien, en évitant le sujet qui nous ralliait tous les deux. Je ne voulais pas le rendre triste en le faisant penser à sa sœur défunte, et je ne voulais penser à la torture que j'avais subie enfant. Il m'a expliqué pourquoi il est ici, que sa famille ne pouvait plus rester dans leurs anciennes maisons, trop emplies de souvenir. Qu'ils avaient décidé qu'il était temps de tourner la page, en quelques sortes ! Que puisqu'ils ne connaissaient personne d'autre de notre espèce, ils ont fait des recherches et ont trouvé ma famille. Après cela, tout s'est enchaîné, il a été inscrit ici mais a dû attendre la fin de la formation pour changer d'établissement. Et aujourd'hui, il est ici. Il m'expliqua la raison de son choix, le fait de ne pas avoir su pour sa sœur et de ne donc pas avoir pu l'aider lui à donner envie d'aider des personnes qui ne le demandais pas.

Je lui racontais pourquoi, moi, j'avais fait ce choix-là. Comment j'avais rencontré Teza, quelques petites de nos aventures et les blagues que me faisait mon braire lorsque j'étais jeune. Je lui dis que j'aimais lire, que je m'étais essayé au dessin mais cela n'avait donné que de nombreuse feuille dans la poubelle. Que je tenais un journal et que bien évidemment, mon frère avait tenté de le lire. Je lui racontais quelque nuit ou je discutais avec Teza par texto ou nous rions parfois tellement fort chacune dans notre chambre que nos parents montaient pour nous dire de dormir.

La cafetière allait bon train, je n'étais pas mécontente de l'avoir acheté. Je m'étais tout de même décidé à traverser, Taïzon était venu, puis je ne voulais pas prendre le risque de traverser seule si Hector se trouvait toujours dans le couloir. Par chance, il avait dégagé les lieux. Taïzon avait pris sa couette et avait dit que, si je le voulais il restait avec moi. Je trouvais cela gentil, mais je n'avais pas répondu et avais rebondi sur une question, lui demandant où il avait acheté sa couette, elle était vraiment jolie et j'aurais aimé en acheter dans le même genre. Il m'expliqua que sa mère l'avait faite.

Ce fut à cet instant que je décidais que j'allais donner un double de la clef de ma chambre à Taïzon, je ne savais pas si je faisais bien, mais je savais qu'il me comprenait mieux quiconque. Il n'était présent du bahut que depuis la veille, mais je me sentais plus proche de lui que de n'importe qui d'autre, même de Teza. Ce qui me fit un peu mal, elle ne savait pas tout de mon passé bien que nous ayons grandi ensemble. Ella a toujours pensé que je le lui disais tout, mais elle n'avait jamais rien su de cette marque, et n'en saura sans doute jamais rien.

— Tu comptes dormir un peu ? Me demande Taïzon.

— Je ne sais pas, dis-je, dormir m'angoisse.

— Je reste avec toi, annonce-t-il, tu as réussi à dormir la nuit dernière.

— Oui, j'avais remarqué, répondis-je timidement, mais je ne peux pas accepter.

— Pourquoi, sourit-il, c'est moi qui te le propose ?

Je ne sais pas quoi faire, il est probable que je dorme, comme il est tout aussi probable que je passe encore une nuit à faire des cauchemars. Je regarde mon lit et me dis que s'il reste, nous n'aurons pas énormément de place. Puis j'ai quand même demandé à changer de chambre, je ne sais pas si le directeur en a trouvé une ou pas. Je vais devoir retourner le voir, il ne m'a toujours pas donné de réponse.

— À quoi tu penses, me questionna-t-il ?

— Je me disais que tu vas mal dormir, dis-je penaude.

— J'ai très bien dormi, dit-il, ou si tu veux mon lit est plus grand que le tien.

Je n'eus pas le temps de répondre que l'on frappait à ma porte. Je n'attendais personne pourtant, et je sais que ce n'est pas Teza, elle m'aurait envoyé un message avant, afin de savoir si je dors.

— Je vais voir, dit Taïzon en voyant mon regard perplexe.

Je m'installais sur mon lit et m'enroulais dans la couette qu'il avait apportée. J'entendais la voix d'Hector dans le couloir, je ne comprenais pas qu'il vienne alors que je l'ai envoyé balader plus d'une fois. Il ne comprend donc pas que je ne tiens pas à le fréquenter ? Je ne veux rien avoir à faire avec lui, je sais que je ne dois pas lui faire confiance, il n'est pas quelqu'un j'apprécie et je suis certaine au fond de moi qu'il est comme Jude. Il cherche à marquer son territoire, il doit penser lui aussi que je lui appartiens, mais cela est hors de question, je n'appartiens à personne !

— Qu'est-ce que tu lui veux, entendis-je Taïzon lui demander ?

— La voir, répond Hector.

En disant cela, je sais qu'il a le sourire, sans doute le même sourire mauvais qu'il a d'ordinaire en me parlant. J'ai un frisson, celui de la peur, il m'envahit chaque fois qu'il est dans les parages. Taïzon se retourne vers moi, sourit d'un air désolé.

— Elle s'est endormie, dit-il à Hector.

Je n'endentant pas la réponse d'Hector, mais je l'entends rire. Il tente de forcer le passage et je vois que Taïzon se décaler pour lui bloquer l'accès à ma chambre. Je ne sais pas pourquoi Hector est comme cela, mais je ne veux pas le voir. Je me foute les yeux et ébouriffe mes cheveux, je sais que cela n'est pas ferlait de ma part, mais je vais lui faire comprendre que je ne veux pas de lui dans ma chambre, ni même devant ma porte.

— Qu'est-ce que tu veux encore ? lui dis-je d'une petite voix enraillée.

— Je voulais te voir, dit Hector.

— C'est fait, répondis-je amère, maintenant fou le camp et ne reviens pas.

— Qu'est-ce qu'il fait là ? dit-il en désignant Taïzon du doigt.

— Je l'ai invité, répondis-je. Maintenant, dégage.

Je ne lui laisse pas le temps de répliquer et je fermai la porte, je verrouille et retourne sur mon lit, je m'enroule dans la couette. Taïzon s'appuie contre le mur et me regarde.

— Ça va ? Me demande-t-il ?

— Oui, lui souris-je.

— J'ai des films si tu veux, lance-t-il.

— Est qu'est-ce que tu poses ? L'enterrerai-je ?

— Je reviens, dit-il en souriant, je vais faire une petite sélection.

— D'accord, lui souris-je.

Il se toure, sors de la chambre en refermant la porte. Je profite de ce moment pour me changer et détacher mes cheveux et me démaquiller et me brosse les dents et me passe un coup de brosse. J'allume la lampe de chevet et éteins la lumière de la chambre. Trois petits coups à ma porte, je me lève et vais ouvrir, j'ai le sourire, et c'est assez rare, j'ouvre la porte et mon sourire disparaît aussitôt. C'est Hector, encore. Je suis certaine qu'il a attendu que Taïzon sorte pour venir. Et je n'ai pas mis la chaîne à ma porte puisque j'attends que mon ami revienne.

— Qu'est-ce qu'il foutait dans ta chambre, dit-il énerver.

— Cela ne te regarde pas, répondis-je.

— Il dort dans ta chambre ? Demande-t-il.

— Qu'est-ce que ça peut de foutre ? M'énervais-je encore.

Non mais je rêve, mais pour qui il se prend à me demander cela, je n'ai pas à me justifier surtout pas face à lui. Puis, j'invite qui je veux dans ma chambre. Taïzon revient, il passe sans que je lui dise d'entrée, je n'ai pas besoin de le faire. Je lui souris, et tente de faire partir Hector, mais il se trouve qu'il n'a pas cette idée en tête. Il nous demande ce que nous allons faire, et puisqu'il a vu que Taïzon revenir avec des DVD en main, il sait que nous allions regarder un film. Mais pour qui il se prend ?

— Au revoir, Hector, dis-je en refermant la porte et en tournant la clef.

— En plus tu t'enfermes avec lui, hurle Hector.

Je grogne et vais m'installer sur le lit. Il a déjà mis le CD dans le lecteur et lance le film. Je ne supporte vraiment pas les Am'Staff, depuis que j'ai rencontré Hector, je n'ai qu'une envie, le tuer ou le torturer avant de l'éviscérer, en revanche ma peur viscérale des Am'Staff me pétrifie quelque peu. Cette angoisse qui me tenaille le corps et m'oppresse le cœur. Ne manquerais plus qu'il tente lui aussi de me marquer. Non mais et puis quoi encore ? Que je sois un gentil toutou qui dit Amen à tout ce qu'il dit. Franchement, c'est un con et comme dit ma mère : « Je ne tape pas dans ma mère ça éclabousse ou encore, je parle pas aux cons, cela les instruit. Je règle intérieurement, comme toujours, me maudit d'être aussi peureuse en sa présence et aussi pétrifier. Je me tétanise presque et j'ai horreur de cela. Je ne comprends vraiment pas pourquoi il ne se cherche pas une autre victime que moi. Je n'ai rien de spécial, je suis commune à toute autre fille, vraiment, je ne comprends pas !

— Ça va, me demande Taïzon avec un petit sourire.

— Ouais, je suis rassuré que soit là, lui répondisse en affichant moi aussi un sourire.

Et c'est vrai, je le pense vraiment, je ne sais pas combien de temps j'aurais pu tenir sans fondre en larmes, ce gars me glace le sang et pas dans le bon sens. Taï m'attire dans ces bras, m'enlace, je me blottis contre lui et reste ainsi lover. Je suivis le film et fus apaisé quand je sentis qu'il me curarisait le bras de son pouce.

***

Je dus m'endormir car morisque je me réveillais, j'étais dans ces bras, toute lumière éteinte, je ne sais pas quelle heure il est car de là ou je me trouve je ne vois pas le réveil. Je suis en alerte, et je ne comprends pas pourquoi, je tends le bras pour allumer la lumière. Quelque chose n'est pas normal, je le sens. Je regarde vers la porte, le verrou et ouvert. Je suis pourtant certaine que j'avais verrouillé ma porte quand Hector est venu et qu'il a râlé parce que je ne le laissais pas entrer alors que Taï était avec moi. Il a même hurlé quand il a compris que j'avais fermé alors que je n'étais pas seule. Je me redresse en prenant garde à ne pas réveiller Taï, je me lève ensuite pour aller dans la salle de bain, me passer de l'eau sur le visage.

La porte se referme d'un coup et claque, je le retourne et vois Hector, il est entré dans ma chambre et a attendu que je me réveille en restant cacher dans ma salle de bain. Je hurle, un cri strident qui n'augure rien de bon. J'entends que Taï s'est réveillé, je tente de foncer vers la porte, mais il m'en empêche. Il est devant la porte, le regard sombre, mauvais. Il s'avance vers moi, instinctivement, je recule mais me retrouve acculé à la paroi de ma douche. Je ne sais vraiment pas quoi faire hormis hurler encore. J'entends Taï qui tente d'enfoncer la porte. Hector s'approche encore, lentement, comme s'il allait me dévorer. Je suis morte de trouille. Mes jambes me lâchent, ma vue et mon ouïe me fond peu à peu défaut. J'entends avant de sombrer complètement la porte cédée et une ombre s'approcher d'Hector. Puis plus rien.

***

Lorsque j'ouvre les yeux, je suis dans un lit, quelqu'un me tient la main. Je suis aussitôt assailli par un mal de tête impressionnant. J'ai l'impression d'avoir en orage violent dans le crâne. Je ne me souviens pas de tout ce qu'il s'est passé, seulement qu'Hector c'est introduit dans ma chambre en pleine nuitonnes que je me trouvais dans la salle de bain, ensuite c'est le trou noir, ma mémoire semble avoir décidé que je ne devais mon souvenir. Je tente de regrouper mes pensées pour les mettre en ordre et reconstruire la partie qui me manque. En vain. Je tente de me redresser mais j'ai l'impression d'être passé sous un train, en plus de mon mal de tête, mon dos et mes côtes me fondent mal. Je tente de me lever mais je suis bien trop dans les vapes pour cela.

— Ne bouge pas, c'est Taïzon, il se trouve avec moi. Tu t'es blessé quand tu t'es évanouie.

— Qu'est-ce qu'il s'est passé, lui demandais-je la voix enrouée et la bouche pâteuse ?

— Hector, dit-il, il est entré dans la chambre pendant la nuit. Je ne sais pas exactement, mais tu as hurlé cela m'a réveillé. Quand je suis entré dans la salle de bain, il te tenait dans les bras et tu étais inconsciente.

— Hector, dis-je tout d'un coup prise de panique, comment il est entré.

— On ne sait pas, souffle-t-il. Le directeur à demander que la serrure soit changée et que tu as une porte-sécurité. J'ai les clefs, tiens.

Il me tend les clefs que je prends, je les garde en main. Il m'explique qu'ils ont appelé ma sœur et qu'elle ne devrait pas tarder à venir. Il ajoute que mes parents n'ont pas été contactés. Je soupire, soulagé. En regardant autour de moi, je réalise que je suis à l'infirmerie, je suis sous perfusion et j'ai un bandage sous ma blouse. Je respire difficilement, je ne comprends pas comment il a pu entrer dans ma chambre. Je serre sa main et mon poing se serre. Il se lève et je serre sa main, je ne veux pas qu'il s'en aille, mais je réalise qu'il ne part pas et qu'il s'allonge à côté de moi sur le lit puis il me prend dans ses bras. Son contact m'apaise, je me sens mieux même si je ne suis pas au mieux de ma forme.

— Chut, souffle-t-il, je ne te laisse pas.

— Merci, dis-je contre son torse.

Je sentis mes larmes couler, s'en était trop, j'avais déjà bien trop souffert et avoir une telle peur m'a donné la sensation d'être à nouveau seul dans cette pièce, attacher, bâillonnée et marquée. Je ne comprends pas pourquoi Jude m'a fait cela, je le saurais et le comprendrais jamais. Je ne comprends pas pour Hector s'acharne sur moi ni pourquoi il est entré dans ma chambre cette nuit.

— Où est-il maintenant, demandais tout bas.

— Il est enfermé le temps qu'il s'explique, dit-il. Pourquoi ?

— Je veux le voir, dis-je en colère.

— Ce n'est pas une bonne idée, chuchote-t-il, tu dois te reposer avant tout.

— Non, dis-je en tentant de me lever, le souffle court dû à la douleur, je veux le voir et savoir pourquoi il a fait cela.

Il ne dit rien, m'aida à me lever et à m'installer dans une chaise roulante, plaça la perfusion sur la tige puis m'amena le voir. Durant le trajet, tous mes membres tremblaient, mais je devais savoir, je devais l'entendre me dire pourquoi il a forcé ma porte. Dans le couloir en sortant de l'infirmerie nous croisons Teza. Dès qu'elle nous voit, elle vient vers nous. Je ne sais pas si elle sait ce qu'il s'est passé, sans doute que oui, mais j'espère qu'elle ne sait rien de la marque que j'ai. J'espère que l'infirmière qui s'est occupée de moi n'en aura rien dit.

— Est-ce qu'elle sait pour la marque ? demandais-je tout bas.

Il secoua la tête, je fus soulagé, je ne tiens pas à ce qu'elle le sache. Elle est blême, je ne comprends pas pourquoi. Sans doute parce qu'elle a eu peur. J'espère que c'est seulement cela, bien que je n'aime pas cela, je ne peux toujours pas lui dire, je ne sais pas si elle comprendrait. J'ai peur d'en parler encore aujourd'hui.

Je pense que si j'ai pu en palé à Taï c'est seulement parce qu'il m'a avoué que sa sœur avait la même marque que moi.

— Fantasia, je suis désolée, dit-elle en fondant en larme. Comment tu te sens ?

— Tu n'as pas à être désolée, lui répondis-je, ça va, j'ai eu de la chance que Taïzon était avec moi. Je ne sais pas ce qu'il serait arrivé si…

Je ne pus terminer ma phrase que je fondais à nouveau en larme, et je me maudissais d'être aussi faible. De pleurer ainsi ne servait à rien si ce n'est à m'énerver davantage. Je suis en colère contre moi-même, je ne comprends pas pourquoi je pleure ainsi, j'avais appris avec le temps à ne plus pleurer, j'avais appris à ne rien montrer de mes faiblesses et de ma peur que je parvenais bon gré, mal gré à maîtriser. Mais aujourd'hui, je n'y parviens pas. Je suis redevenue cette enfant faible qui pleure et qui a peur au point d'en tomber de s'évanouir.

— C'est ma faute, dit-elle en pleurant, j'aurais dû voir qu'il me manquait la clef de ta chambre sur le trousseau. Je suis désolée, tellement désolée. Pardon.

— Ce n'est pas ta faute, tentais-je de la rassurer. Je ne t'en veux pas.

Je la pris dans mes bras pour la rassurer, mais je savais au fond de moi qu'elle se sentirait toujours coupable. J'avais même dans l'idée de fuir de ce bahut de l'horreur, mais je devais terminer ma formation et surtout ne pas laisser Hector avoir une sorte de victoire. J'avais l'impression que je lui donnais une sorte de médaille si j'en venais à fuir, alors, même si cela était compliquer, je sais que je téterais du mieux possible de terminer mes études et peut-être même me venger. Je ne suis partisane en cela ordinairement, mais avec tout ce que j'ai vécu depuis qu'il me harcèle, je pensais en avoir le droit.

Je dois entrer en guerre avec ma peur. J'en dois terminer une fois pour toutes avec les Am'Staff. Je dois lui faire comprendre que je ne veux pas de lui dans ma vie, d'aucune manière que ce soit.

VI
Chien de garde…

J'avais beau savoir qu'il ne pourrait rien me faire maintenant qu'il est en isolement, mais mes craintes subsistent, je fais encore des cauchemars, et je ne supporte pas les contacts, même venant de Taï. Cela me fait mal car il n'y est pour rien et s'il n'était pas arrivé, je ne sais pas ce qu'il serait advenu de moi. Je l'ai remercié, il m'a dit que cela était normal, mais je sais que peu de personnes seraient venues si lui ne l'avait pas fait, personne en réalité. Et c'est bien cela le plus terrible.

Je ne suis plus dans la même chambre, le proviseur veut même que je rentre chez moi, mais cela est impossible, je ne veux pas abandonnée les cours. Teza passe tous les soirs accompagnés de Taï pour me donner les cours et passer un peu de temps avec moi. Mais je dois avouer que je préfère rester seul. Je ne comprends pas, je devrais avoir peur d'être isolé, mais je ne supporte pas leur regard empli d'inquiétude et de tristesse. Je sais que je ne peux rien changer à cela et cela me navre.
— Salut Fanta, me dit Teza avec un grand sourire.

Je hoche la tête, depuis quelques jours je ne parle plus, je ne sais même pas pourquoi, mais j'ai l'impression que si je venais à parler mes paroles seraient du venin. Je suis en colère, j'ai de la haine envers mon amie, même si je lui ai certifié le contraire. Je ne comprends pas comment elle n'a pas remarqué qu'il lui manquait la clef de ma chambre. Je ne comprends pas qu'elle m'ait dit que j'avais eu une sorte de chance parce qu'Hector veut de moi. Mais ce qu'elle ne comprend pas c'est la manière dont il me veut, cela n'a rien avoir avec une amitié ou même de l'amour, non, ce n'est que de la possession. Je n'appartiens à personne et cela ne changera jamais.

Je sais que pour en terminer définitivement avec tout cela, je dois retrouver Jude et sans doute le marquer et le faire souffrir à mon tour. Cependant, je n'aime pas la personne que je deviens, je sais que je dois pas penser ainsi, ma famille ne le tolérerait pas, mes amis non plus sans doute. Mais je sais que tant que je ne ferais rien pour redevenir comme je l'étais avant, c'est à dire avec moins de peur et surtout une joie de vivre que je n'ai plus aujourd'hui. Je le cherche, et je ferais tout pour le retrouver et le faire souffrir à mon tour. Je n'en ai pas parlé à mes amis, mais j'ai commencé plusieurs sports de combat. J'ai quelques armes également, comme un couteau de lancée que je garde toujours sur moi. Chaque soir, je m'entraîne à le lancer, je fais de la course également. Je dois voir une psychologue également, mais je ne parle toujours pas. Le médecin dit que c'est traumatique, que lorsque je serais prête, je parlerais à nouveau. Je n'en suis pas aussi certaine. J'ai l'impression que personne ne peut comprendre.

— Fantasia, tu m'écoutes ? Teza me sort de mes pensées une fois de plus.

Je hoche la tête, mais je ne l'écoute pas. J'entends des pas venir vers ma chambre. Je reconnais les démarches de tout le monde maintenant, Taïzon arrive. Je sais que c'est lui, il marche lentement. Il a été installé dans la chambre à côté de la mienne, pour que je ne sois pas seule, mais j'ai juste envie de fuir, comme toutes les personnes qui m'approchent. Ma sœur vient tous les jours également, elle mange avec moi le midi, enfin manger, c'est un bien grand mot, je ne mange presque pas. Le médecin tente de trouver un moyen de faire disparaître la marque que je porte, il a voulu m'ouvrir la peau et faire une greffe mais j'ai refusé. Je veux que Jude sache que c'est moi lorsque je l'aurais retrouvé.

Taïzon frappe à la porte, Teza me questionne du regard, je hoche la tête et elle lui dit qu'il peut entrer. Je suis toujours assise sur mon lit, avec mon ordinateur dans les mains, je continue les recherches, mais pour l'instant ça ne donne rien ce qui m'énerve grandement. Je ne comprends pas pourquoi je ne le retrouve pas. Taïzon vient s'asseoir près de moi et me demande si je vais bien. Je lui souris et hoche la tête. Mais je sais qu'il ne me croit pas, il en sait bien trop pour croire toutes les fadaises que je sers aux autres personnes. Il secoue la tête et se tourne vers Teza. Je sais qu'il ne se parle plus, je crois qu'il est tout aussi en colère que moi. Je pose ma main sur la sienne pour l'apaiser un peu, cela fonctionne puisqu'il reporte son regard vers moi et me sourit. J'ouvre un page de texte sur mon ordinateur, il sait alors que je vais « parler ».

« Qu'est-ce qu'il y a ? »

— Hector est toujours en isolement, mais il veut te voir, dit-il.

« Pourquoi, il ne m'a pas assez emmerdé comme ça en me foutant une peur bleue en plein milieu de la nuit, sans compter qu'il a volé la clef de ma chambre à Teza ! »

— Je sais, je ne fais que te passer le message, ne tue pas le messager.

Eh bien il peut aller se faire foutre, j'ai autre chose à faire ! »

— Qu'est-tu as faire ? Vus que tu sors presque pas de ta chambre hormis pour aller en cours et je ne sais où, je ne vois pas. Je peux venir avec toi si tu veux.

« Je recherche Jude !

— Qui est-ce ?

« Le bâtard qui m'a brûlé la peau et séquestré durant trois jours. »

— Mais pourquoi tu fais cela, me questionne-t-il encore plus inquiet que lorsqu'il parlait d'Hector.

« Je dois le faire pour enfin me débarrasser de mes peurs et pouvoir aller de l'avant. »

— Hum, je ne pense tout même pas que ce soit une bonne idée. Je peux t'aider ?

« Peut-être. Pour le moment je n'ai rien trouvé, mais je ne me souviens pas du lieu où ils ont déménagé. Tu pourrais aller voir ma sœur et le lui demander si elle s'en souvient ? »

— Tout ce que tu veux ma belle, dit-il en souriant.

Je lui rends son sourire, mais je ne suis pas plus à l'aise pour autant. Teza qui n'a pas suivi la conversation se demande de quoi nous parlons. Je ne lui parlerais pas de la marque que je porte, je ne lui parlerais jamais de Jude non plus. J'ai peur que si je lui en parle, elle soit elle aussi en danger. Je ne me pardonnerais jamais si quelque chose lui arrivait. Une chose est sûre, une fois que j'aurais retrouvé Jude, ou qu'il se trouve, j'irais le retrouver et le faire souffrir autant qu'il mon fait souffrir. Je ne suis pas adepte de la loi du talion d'ordinaire, mais pour ce chien, oui, cela s'appliquer à la perfection. Taïzon prend mon orbiteur et inscrit une question pour que Teza n'en sache rien.

« Qu'est-ce que tu vas faire une fois que tu auras retrouvé Jude ? »

« Œil pour œil, dent pour dent. »

Je lui souris, un sourire qui pour une fois n'est pas faux, cette idée de le faire souffrir me rend heureuse. Je sais que je ne devrais pas, mais je me demande si je serais capable de le laisser en vie, je ne pense pas. Je vais devoir me contrôler le jour où je serais face à lui.

Je sursaute quand l'alarme de l'école raisonne dans tous les bâtiments, je ne sais pas ce qu'il se passe, et instinctivement je passe ma main dans mon dos pour tenir le manche de mon couteau. Le fer froid me rassure, mais je ne dois pas le sortir. Je me lève et me place en position de défense, je sors de ma chambre en rasant les murs, je ne sais pas ce qu'il se passe, mais je ne compte pas rester encore tétanisé comme lorsqu'Hector est venu dans ma chambre. Je me demande si ce n'est pas une mise en situation de mon professeur de combat. Je sais qu'il doit passer à n'importe quel moment pour voir si l'entraînement qu'il me donne porte ces fruits.

J'avance maintenant vers les internats, hormis les élèves qui courent de partout, je ne vois pas d'étranger pour le moment. J'ai appris également à tout enregistrer, le moindre visage, le moindre geste qui semblerait suspect, tous les petits détails qu'une personne ordinaire ne remarquerait pas. Je ne peux pas isoler les sons des différentes personnes qui cours et qui parlent dans le couloir, mais je sais qu'ils ont peur, chacun se dirige vers leurs chambres en courant et s'enferment. J'entends une multitude de portes s'ouvrir et se refermer, j'entends également des pas derrière moi qui se rapprochent, la personne cherche à faire le moins de bruit possible. Ma main toujours sur le manche de mon couteau, je le sors, me retourne rapidement en faisant tombé la personne, mon couteau maintenant sous sa gorge, je le retire rapidement lorsque je me rends compte que cette personne, c'est Taïzon qui semble bien surpris de mon geste.

— Depuis…

Je ne le laisse pas terminer sa question et me lance à nouveau dans les couloirs désormais presque déserts. Je sais que j'agis d'une façon complètement insensée selon lui, mais je me dois de retrouver mon entraîneur ou la personne qui se serait introduite dans le bâtiment sans autorisation. Je dois devenir une sorte de ninja. Bien sûr je ne le suis pas, mais j'ai une mission à terminer, deux en réalité. Et je ne renoncerais pas, je trouverais la ou les personnes qui sont pesantes. Au loin, je repère Jack, un des élèves qui fait le même entraînement que moi. Je me rapproche doucement de lui et lui tapote sur l'épaule pour qu'il se retourne, j'avais raison, c'est mon entraîneur. Il tourne sa montre qui donne le signal aux autres qu'il a été repérer. Il me suit donc, Taïzon ne comprend bien évidemment pas, mais je n'ai pas le temps de lui expliquer, et puisque je ne parle pas, je ne le peux pas tout simplement.

Je longe le couloir jusqu'aux escaliers, mais je ne descends pas, je regarde d'abord s'il n'y a pas quelqu'un et je vois Anaïs. Je souris, elle est la plus discrète et le plus stratège. C'est la seule personne du groupe qui m'a toujours échappé. Cette fois, ce ne sera pas le cas, je retire mes chaussures et descends les marches sans faire de bruit et lui pose la main sur la tête. Elle se retourne vivement et lance son poing pour se défendre, mais je l'évite et lui évite même de tomber dans les escaliers. Elle sourit et hoche ma tête. Je lui désigne du doigt le haut de l'escalier, elle hoche la tête et rejoint Jack après avoir actionné sa montre à son tour.

Je continue de descendre, et aperçois Leny posté vers la première porte de cours, j'avance tout doucement, il ne regarde pas vers moi et c'est une chance, il doit penser que je ne pourrais pas, une fois encore, éliminer Anaïs. C'est ce qui le perd. Je le fais tomber au sol, lui retire l'arme que je sais qu'il cache dans sa chaussure et lui désigne les autres. Il souffle en voyant Anaïs et actionne, lui aussi, sa montre et va rejoindre les autres. Je suis plutôt fière de moi, j'en ai eu trois sur cinq. Il ne manque de David et Matt, Matt est mon entraîneur et je sais que pour le surprendre ce sera bien plus compliqué.

Taïzon est toujours derrière moi, bien qu'il reste en retrait avec les membres du groupe, il tente de leur demander ce qu'il se passe. Mais dans notre groupe personne ne parle, nous ne communiquons pas, nous sommes seulement des personnes qui suivent un entraînement parce nous avons tous souffert d'une manière proche de la mienne. C'est sans doute pour cela que nous sommes tout aussi proches les unes des autres et que nous ne parlons pas de notre groupe à qui que ce soit. Je continue et me rends vers le réfectoire, je suis tout de même passée vers les différentes bibliothèques pour être certaine que personne ne s'y trouvait, comme je le pensais, personne. Une fois devant la porte du réfectoire, je suis accroupi et me lève lentement et regarde par la petite fenêtre. David se trouve juste derrière la porte et regarde droit devant lui. Je recule et donne un grand coup dans la porte, il tombe au sol et avant qu'il ne soit le temps de se relever, j'actionne sa montre pour que les autres sachent que lui aussi est hors course. Je prends son arme qui est cachée sous son t-shirt, il porte un couteau, tout comme moi. Il hoche la tête. Et je repars, mais cette fois-ci, vers le toit. Je dois être plus prudente, je fais comprendre aux autres que je ne veux pas qu'ils me suivent et qu'il retienne Taïzon et Teza qui a rejoint Taï et qui est tout aussi perdu que lui.

Je remonte après avoir emprunté la montre d'Anaïs. Si je réussis à toucher le bras de Matt dans qu'il ne me repère, j'aurais la mienne aujourd'hui et je serais présente pour la mission de la personne suivante qui entrera dans le groupe. J'ai demandé à Matt une fois si Taïzon pouvait y entrer, il a accepté, mais je dois tout d'abord réussir à tous les neutraliser et ensuite expliquer tout cela à Taï. Je ne suis pas certaine qu'il accepte puisque cela veut dire que nous ne serons pas des Gardiens dans le sens où il l'entend lorsque nous aurons terminé notre formation.

J'arrive devant la porte, en haut des marches, je prends une inspiration et m'élance à l'extérieur. Je regarde autour avec le petit miroir que j'ai dans la poche, je ne m'en sépare pas. La plupart des filles en possède un pour se remaquiller, mais pas moi, ce n'est qu'un moyen pour me repérer lorsque je suis dans un angle. Je le repère et avance sans faire de bruit. Je décide de me métamorphoser et avance verte lui tout doucement. Je ne rampe pas, cela ferait trop de bruit, puis une fois derrière lui je reprends forme humaine et la touche sur le bras après l'avoir plaqué au sol et avoir posé toutes les armes de mon ami à côté de sa tête. Il se retourne et hoche la tête une fois que je me suis reculé.

Il se relève et sort de son sac qui était posé au sol, la montre que je vais porter durant toutes les années de ma formation et les années suivantes. Je la passe à mon poignet à l'actionné. Les autres fondent de même et je comprends qu'ils m'acceptent pleinement dans leurs groupes. Nous ne sommes pas nombreux, nous avons tous des âges différents, mais nous avons tous ces points communs. Nous savons que nous avons tous eu un passé douloureux.

Matt sort une enveloppe de son sac et me la tend. Je ne comprends pas au début, mais lorsque je l'ouvre, je vois l'adresse de Jude, quelques renseignements sur sa famille et les autres personnes qu'il a marqué. En lisant ces noms, je remarque que le prénom de la sœur de Taïzon s'y trouve. Je vais chercher mon ami et l'emmène pour qu'il rencontre Matt mais surtout je veux faire comprendre à mon entraîneur qu'ils sont de la même famille. Je désigne donc le nom et Taïzon en lui indiquant le tatouage qu'il porte derrière l'oreille du côté droit. Matt sort donc une carte qu'il donne à Taï, puis mes amis de groupe s'en vont en me saluant tous. Je leur rends leur salue et les laisse partir. Teza nous rejoint enfin, elle ne comprend pas ce qu'il se passe mais je ne vais pas lui dire quoi que soit ? Je retourne dans donc dans ma chambre.

Je saisis mon ordinateur et explique pourquoi Matt lui a donné cette carte. Je lui montre le nom de Jude ainsi que la liste en faisant attention à ce qui ne voit pas le reste de ses victimes et lui désigne le nom de sa sœur.

— C'est également Jude qui a marqué ma sœur ?

Je hoche la tête et tapote la carte qu'il a dans la main. Il ne comprend pas bien évidemment. Teza entre à son tour dans la chambre et me demande ce qu'il se passe, mais je ne lui réponds pas, je me contente de tourner la tête de gauche à droite et de hausser les épaules. Je sais que cela l'énerve que je lui parle pas, nous avons toujours été proche, mais en ce moment, depuis que j'ai été attaquer par surprise dans ma chambre, je ne parviens à rester aussi complice avec elle que par le passé.

Je retourne sur mon lit et prends mes affaires de cours, je commence à apprendre mon cours et faire mes exercices mais Teza ne veut pas en rester là, je le vois à son regard, puis je sais qu'elle ne lâche pas des yeux. Je comprends, mais j'ai appris gras au groupe vite reprendre une vie normale. Même si je sais que j'ai changé de mission et de formation en quelque sorte, je tiens deux rôles mais je ne me plains pas. Grâce à ce groupe je vais pouvoir marquer Jude. Nous allons tous nous venger et avec l'aide de nos amis du groupe. Je sais qu'une fois que j'aurais eu ma vengeance, Taïzon aura la sienne à mener sur la même personne, je ne sais pas ce qu'il compte lui faire, mais je le soutiendrais et l'aiderais, comme je sais que lui m'aidera s'il est accepté dans le groupe au moment où je passerais en action.

Je mets la montre à mon poignet et vais prendre une douche, je congédie donc mes amis avant d'aller m'enfermer dans la salle de bain. L'eau chaude me détend, j'étais quelque peu tendu, j'avais eu peur qu'Hector soi parvenu à sortir et qu'il tente de me retrouver dans les locaux, mais j'ai été soulagé lorsque j'ai remarqué mes amis et compris tout de suite que j'avais mon initiation pour être officiellement acceptée dans le groupe. Une fois détendue et lavée, je passe le harnais ou je cache mon couteau, j'ai commandé cinq autres, pour le moment je me sers seulement de celui que j'ai acheté après mon agression dans ma chambre.

VII
À la niche…

Je ne vais pas tout de suite me coucher, je prends un carnet et un stylo et je vais dans le bâtiment où se trouve Hector, j'ai besoin de réponse, j'ai besoin de savoir pourquoi il a fait cela, besoin de savoir pourquoi il me harcèle depuis des années.

« Pourquoi ? »

— Pourquoi quoi ?

« Pourquoi être entrée dans ma chambre et avoir tenté de me faire du mal ? »

— Je ne voulais pas te faire du mal, ni même te faire peur…

« Parce qu'entrer dans ma chambre en pleine nuit était censé me rassurer peut-être ? »

— Non, je n'y avais pas réfléchi, je… je suis désolée mais savoir que l'autre était avec toi m'a énervé !

Il ne parle plus, il hurle, comme si cela allait changée quoi que soit. Il est enfermé et va devoir faire face au conseil. Je sais que je vais devoir parler, enfin, m'expliquer, je vais donc devoir leur parler de ma marque et cela me fait peur.

« Je vous déteste et je ne pourrais jamais t'apprécier ! »

— Pourquoi ? Je suis désolée, vraiment, je ne voulais pas que tu sois peur de moi. Excuse-moi.

« Non, je ne t'excuse pas, et la raison pour laquelle je ne pourrais jamais te faire confiance la voilà. »

Je relève mon t-shirt et lui montre la marque que je porte, il le saura de toute manière, alors, que soit maintenant ou plus tard, peu importe. Je le regarde et vois de l'horreur sur son visage. Il ne semble pas apprécié de voir une telle marque sur moi, mais pas autant que moi.

— Qui t'a fait cela ?

« Un de tes semblables, un Am'Staff, tout comme toi ! »

— C'est à cause de cela que tu as toujours refusé d'été mon amie ?

Je hoche la tête pour toute réponse. Je sais qu'ils sont tout semblables, dans leurs physiques, mais même s'ils ne sont pas tous mauvais comme l'était Jude, je ne pourrais jamais leur faire confiance. Je suis bien trop traumatisé par leurs races pour cela.

— Je ne savais pas, je suis désolée, je n'ai jamais eu l'intention de te faire une chose aussi horrible. Je voulais seulement apprendre à te connaître mais tu m'as toujours rejeté sans que je ne sache pourquoi.

« Maintenant, tu le sais. Ne m'approche plus jamais ! »

— Très bien, mais si tu changes d'avis un jour, viens me voir, d'accord.

« Je ne pourrais jamais changer d'avis, tout comme je ne peux pas effacer cette marque que je porte depuis bien trop d'années. »

— Depuis quand ? Avant que je ne te rencontre ?

« Depuis que j'ai 11 ans, donc depuis bien trop d'années et c'est à cause de cela que je n'ai jamais voulus de connaître et cela ne changera pas tant que celui qui m'a fait cela n'aura souffert autant qu'il m'a fait souffrir. Alors, je te conseille de te tenir éloignée de moi si tu ne veux pas subir la même chose que je vais lui faire ! »

Et sur ces derniers écrits, je me suis retourné et parti. Je ne le laissais pas ajouter quoi que soit et sortie du bâtiment isoler des autres. Il resterait un moment encore ici, mais cela je m'en moquais, la seule chose que je voulais était mettre en place le plan pour obtenir ma vengeance. Je ne voulais pas lui laisser une seule marque, j'avais décidé qu'il en aurait une pour chaque personne qu'il a maquée, et la liste était longue. De plus, il m'avait séquestré trois jours, alors je pouvais supposer qu'il avait fait de même avec les autres personnes, donc il resterait enfermer trois jours pour caquer personnes qui il a fait la même chose. Il y aurait pour une seule marque ou je ne devrais rien faire, celle pour Ezira. Je laisserais celle-ci à Taïzon.

J'entrais dans ma chambre, pour l'ouvrir il ne fallait pas une clef, mais l'empreinte de ma main, ainsi que celle de Taïzon, c'est le seul à qui j'ai autorisé l'accès. Teza n'a pas compris, mais je ne voulais pas prendre de risque, elle n'avait pas remarqué que l'une des clefs de son trousseau était manquante, alors je pense qu'elle serait capable de faire entrer quelqu'un dans ma chambre, comme elle l'avait fait pour Taï au début.

Je pris mon ordinateur et cherchais l'endroit où se trouvait la maison de Jude, je trouvais également une vue aérienne de la maison, le plan en piratant quelque peu les archives la ville ainsi que le lieu où il faisait ces études et/ou travaillaient ses parents. Je vis qu'il avait eu une sœur, mais qu'elle était décédée. Très bien, je jouais de cela pour entrer en contact. Je pris toutes les informations dues à sa mort. J'ouvris un document texte et écrivis un courrier que je signais du nom de sa sœur défunte. Je créais une boîte mail et en piratant l'école ou il se trouvait. J'envoyais le mail en me servant de leurs serveurs et avec la nouvelle que j'avais créé. Jheda Am'Staff venait de refaire surface pour hanter ses journées et ses nuits.

De Jheda Am'Staff
À Jude Am'Staff

Je sais ce que tu as fait. Je sais combien de personnes tu as brisées.

Je souris, mon plan commencerait par l'empêcher d'aller bien, même si ce n'est pas physiquement, mentalement saurait une bonne approche. J'allais le briser, l'anéantir aussi purement et simplement qu'il s'en est pris à moi. J'allais ensuite donner tout cela à sa famille. Je pris une photo de la marque que je portais et l'envoyais à ses parents ainsi qu'aux membres du comité dès son école. La violence n'a jamais été tolérée dans aucune des écoles de notre planète alors, j'allais briser ses rêves.

Une fois que j'ai envoyé tout cela à minuit, évidemment, l'heure parfaite, j'allais me coucher après avoir replacé mon portable sur notre serveur et en déconnectant l'adresse de Jheda. Je souriais. J'envoyais tout de même un message aux membres du groupe en leur disant que je commençais. Ma cible ne pourrait plus jamais vivre normalement. J'y veillerais tout personnellement.

***

La matinée débuta avec un grand soleil, comme si le temps était en accord avec moi et qu'il comprenait que j'agisse ainsi. Je me sentais bien, bien mieux que depuis des années. Taïzon était dans mon lit, je pense que comme moi, il a besoin de la présence de quelqu'un qui le comprend. Je lui fais un bisou sur la joue et il ouvre les yeux. Je lui souris ce qui l'étonne.

— Bonjour, bien dormi, me demande-t-il en souriant.

[À Teza : Oui, bien mieux que depuis des années. Merci.]

— Tant mieux si tu à bien dormis. Je suis content.

[À Taï : Moi aussi, je ne t'ai pas entendu entrer d'ailleurs. Tu peux dormir encore un peu.]

Je me levais et allais prendre ma douche, me lavais les cheveux et me maquillais légèrement. Je mis mon ordinateur dans mon sac ainsi que mon téléphone, aujourd'hui j'avais décidé de retourner en classe. Une fois prête, je m'apprêtais à partir lorsque Taï me saisir par la main et me demanda ce que je faisais, alors je sortis mon calepin de ma poche.

« Je vais en cours, je ne peux pas manquer davantage, puis aujourd'hui ça va. Et de toute manière, Hector ne sera pas là, donc tout va bien. »

— Tu es sûre ?

« Oui, j'en suis sûre », lui dis-je avant de l'embrasser sur la joue. « Aller dépêche-toi ou nous allons être en retard. »

Il se prépara rapidement et nous sommes sorties pour aller en cours. Je sentais tous les regards sur moi, je savais que tout avait appris ce qu'il c'était passer, qu'Hector m'avait « attaqué » dans ma chambre. Je ne sais pas ce qu'il me voulait, mais j'avais eu tellement peur que j'en avais perdu connaissance. Je ne voulais même pas le savoir. Ces amis sont venus vers moi et lorsque je les vus s'approcher de moi, j'ai tout de suite placé ma main sur le manche du couteau que j'avais dans le dos. Je ne pourrais pas m'en servir bien évidemment, mais j'étais rassuré de les avoir sur moi.

— Heu… Salut Fantasia… On est désolée de ce qu'a fait Hector, on ne savait pas ce qu'il comptait faire.

J'avais hoché la tête puis était parti au self pour aller prendre mon petit déjeuner. Teza se trouvait là, la tête baisser. Elle semblait triste. Ce que je remarquais tout de suite fut qu'elle ne se trouvait pas en face de la porte comme elle l'a toujours fait, mais elle s'était assise à la place que je prenais toujours. Je pris donc sa place, et commençais à manger mes croissants et boire mon café.

[À Taï : Qu'est-ce qu'elle a ?]

[De Taï : Elle s'en veut pour la clef.]

Je levais mon bras au-dessus de la table et touchais le bras de Teza pour lui faire comprendre que je ne lui en voulais pas, même si cela n'était pas tout à fait vrai. Je ne voulais pas qu'elle se sente mal à cause de moi.

[À Teza : Ne te sens pas coupable, je vais bien.]

Elle releva la tête vers moi et souris tristement. Elle ne me croyait pas. En même temps, je ne suis pas certaine de me croire moi-même si j'avais été à sa place. J'ai eu très peur, j'avais toujours eu confiance en Teza, pas au point de tout lui dire, mais suffisamment tout de même pour lui avoir donné la clef de ma chambre. Je sais que je ne referais jamais cette erreur.

[À Teza/Taï : Viens dans ma chambre après les cours. J'ai quelque chose à te montrer.]

[De Taï : Tu vas lui montrer la marque et lui expliquer ce qu'il t'est arrivé ?]

Je me tournais vers lui et hochais la tête. Je remarquais que Teza avait compris que je parlais davantage à Taïzon qu'à elle, alors que je connaissais Teza depuis des années et Taïzon seulement depuis quelque temps, mais je me sentais plus proche de Taïzon que de Teza à cause de nos passés similaires, parce que sa sœur avait eu la même marque que moi, seulement elle n'avait pas supporté.

[De Taï : Tu crois que je devrais lui parler d'Ezira ?]

Une fois de plus je hochais la tête, je pense que s'il lui en parlait, elle pourrait comprendre pourquoi je suis aussi proche de Taïzon. Je ne sais pas comment elle va réagir, mais je dois lui dire la vérité et enfin arrêter de lui mentir là-dessus. Je sais que durant bien des années elle pensait que je ne l'appréciais pas autant que je lui disais parce que je n'allais pas chez elle, alors que je ne faisais que protéger mon secret.

— Teza, j'aurais aussi quelque chose à te dire après les cours. Fanta le sait déjà, tu comprendras ce soir. Ne lui en veux pas de ne t'avoir rien dit. D'accord ?

— Oui. C'est si grave que cela ?

— Oui, dis-je. Bon, je vous laisse les filles.

Avant de partir il déposa ses lèvres sur ma joue et me chuchota à l'oreille.

— Courage, ma belle. On se vengera.

Je hochais la tête et lui souris, comme ce matin. Un sourire sincère, pas celui que j'ai servi à tout le monde depuis bien trop longtemps. Le fait d'avoir commencé à mettre mon plan en action me donnait l'impression d'être plus forte, me donnais l'impression, qu'enfin je pourrais tourner la page.

***

Les cours se terminaient, j'attendais donc Taï et Teza. Nous prîmes la direction de ma chambre qui ne se trouve plus dans l'internat, mais dans le bureau administratif. Le directeur s'en voulait tellement qu'il nous a autorisés à avoir des chambres dans ce bâtiment-là qui est interdit aux élèves d'ordinaire. Teza, elle, avait toujours sa chambre dans le bâtiment où j'étais autrefois. J'ouvris la chambre et laissais mes amis entrer. J'avais tout de même peur de ce que j'allais lui avouer, mais je ne pouvais la laisser ainsi, elle ne comprenait pas pourquoi j'avais perdu connaissance alors qu'elle aurait été ravie de se trouver avec Hector.

Je lui désignais le lit, elle d'assis avec Taï. J'inspirais et soufflais un grand coup puis je retirais ma veste et mon t-shirt. Au début, elle ne comprenait pas ce que je faisais, alors elle tenta de cacher les yeux de Taï. Cela me fit sourire. J'avançais vers elle et lui montrais la marque. Elle regarda et fronça les sourcils et cachait sa bouche de sa main. Elle était horrifiée. Je comprenais parfaitement. Je demandais à Taï s'il pouvait lui parler, puisque je lui avais tout dit là-dessus, il hocha la tête et commença.

— Cette marque est celle des Am'Staff. C'est Jude, un ancien voisin qui lui a fait quand il l'a retenue prisonnière durant trois jours. Sa maison était à côté de celle de Fanta. Lorsqu'elle l'a rencontré, elle ne pensait pas qu'il était mauvais, et elle a voulu être son amie. Lorsqu'il l'a libéré, elle n'en a parlé à personne, elle faisait des cauchemars, et un jour sa sœur a vu la marque.

— C'est pour cela que tu n'es jamais venu dormir chez moi, demanda Teza.

Je hochais la tête et demandais donc à Taï de continuer.

— Oui, tout comme elle n'a jamais demandé à ses parents pour que toi tu ailles dormir chez elle, elle savait que sinon, tu aurais vu la marque et que tu lui aurais poser des questions, dit-il.

— Mais à toi elle te l'a dit, dit-elle quelque peu énerver.

— Oui. Mais seulement parce que je suis allé frapper à sa porte quand je l'ai entendue hurler. Elle fait des cauchemars depuis. C'est pour cela qu'il n'y avait personne proche de sa chambre. Le directeur m'a mis proche de la sienne parce que je sais ce c'est. J'ai perdu ma sœur à cause d'une marque pareille à celle qu'elle porte. Ma sœur s'est suicidée parce qu'elle aussi avait été marquée par un Am'Staff et j'ai appris hier que c'est la même personne qui à maquer ma sœur. Voilà, tu en sais autant que moi maintenant.

Je la regardais, elle était en colère et en même temps, complètement perdu. Je comprends. Je fus tiré de mes interrogations par la montre du groupe. Je regardais. Le groupe me demandait de venir avec Taïzon pour qu'il commence l'entraînement. Je ne pouvais pas en parler à Teza de cela, mais nous devions y aller.

[À Taï : Je dois aller rejoindre mes amis ce soir à minuit, et il demande que tu viennes également.]

Il me répondit en hochant la tête. Je voyais que Teza ne comprenait pas, mais je ne savais pas si je pouvais lui en parler. Je devrais tout d'abord demander au groupe. J'avais à tous leurs numéros de téléphone, nous ne communiquons que de cette manière. En même temps, je ne pense pas qu'il soit d'accord, cela reviendrait à lui avouer pourquoi ce groupe existait. Et le but de celui-ci était de se venger et de venger les personnes qui ne pouvaient pas le faire, tout comme Ezira. Je suis certaine qu'il y en a encore beaucoup d'autres, et nous allons le venger.

[À CDG : Nous viendrons mais un peu après minuit. J'ai commencé en envoyant des mails au nom de sa sœur La torture mentale est en place.]

[De CDG : Parfait. À ce soir.]

Je souris, nous allions enfin nous venger, au début gentiment, même s'il ne devait pas apprécier de recevoir des mails de sa sœur qui était morte. Mais personne n'est parfait, un jour on perd, un jour on gagne. J'ai perdu il y a des années et il a gagné en quelque sorte. Aujourd'hui, la roue tourne et cela est loin d'être en sa faveur.

J'ai ouvert mon ordinateur et j'ai fait mes devoirs, je devais terminer avant de partir pour rejoindre le Groupe. Le QG était dans une fourrière désaffectée, c'était plus un orphelinat en réalité, mais nous l'appelions ainsi parce qu'il y avait des cages, nous en avions construit plusieurs pour pouvoir mettre en place nos vengeances. Une pour chaque personne qui subirait nos foudres. Taïzon n'aurais pas en construire une puisque nous allions nous venger de la même personne. Jude Am'Staff allait sans doute mourir et cela me réjouissais puis qu'ainsi il ne pourrait pas faire de mal à d'autres personnes. Je ne comprenais pas que personne n'a remarquer qu'il faisait souffrir des personnes comme moi, des personnes comme la sœur de Taïzon. Mais s'il venait à vivre encore, je ne pense pas qu'il recommence de peur que notre groupe ou un autre ne lui fasse encore plus de mal.

Une fois que j'eus terminé de faire mes devoirs, je regardais au bureau de Taïzon et attendis qu'il soit terminé. Je suis allé faire deux cafés, je m'approchais et lui donnais la tasse. Il me remercia et saisis la tasse. Je m'appuyais sur son bureau et regardais où il en était, en réalité il avait terminé, il faisait des recherches sur des poisons. Lorsqu'il leva la tête vers moi, il m'expliqua que sa sœur avait utilisé du venin d'acanthaster pourpre, alors il voulait utiliser celui-ci pour se venger. Ce que je compris totalement. Nous allions commettre les pis actes que nous pouvions faire. La torture et le meurtre, mais personne ne le retrouverait jamais, nous avions tout prévu avec Taïzon lorsqu'il m'eut informé de ces intentions. Personne ne saurait jamais rien, et nous, nous serions enfin en paix.

Nous sortîmes de nos chambres ainsi que du bâtiment et allions rejoindre Teza pour le repas. Nous prîmes nos plateaux et allions nous asseoir avec elle. Elle releva la tête lorsqu'elle remarqua qu'elle n'était pas seule. Je ne savais pas ce à quoi elle pensait mais je savais qu'elle ne me comprenait toujours pas et qu'elle n'acceptait pas que j'aie parlé à Taïzon et que je lui ai caché tout cela. Je pense qu'il lui faudra du temps. Elle prit son plateau et partie. Je compris alors qu'elle ne me pardonnait pas, qu'elle ne le ferait sans doute jamais. Je l'acceptais, mais cela faisait quand même mal. J'espérais qu'elle comprendrait, mais aujourd'hui, la seule chose que je me dis et que jamais je n'aurais dû lui parler. J'aurais dû continuer de le lui cacher.

[À Taï : Je ne mangerais plus ici. À partir de demain, je mangerais dans notre bâtiment. J'y vais. À toute à l'heure.]

Je pris mon plateau et demandais au cuisinier de me mettre le tout dans une boîte. Une fois cela fait, je la saisis après avoir remercié les personnes avec un sourire et parties vers mon bâtiment. Teza se trouvait dehors, je ne savais pas ce qu'elle pensait mais cela me fit mal. Je pris mon portable avant de rentrer dans le bâtiment et lui envoyais un message.

[À Teza : Je suis désolée de ne pas t'en avoir parlé plus tôt, mais je le vivais mal, le vis toujours aussi mal d'ailleurs. J'aurais dû ne rien te dire, ta réaction est tout aussi blessante qu'une autre marque.]

Je montais dans mon bâtiment et allais manger. Une fois que j'eus terminé, je pris le plus d'affaires possible et les mis dans mon sac. Je ne reviendrais pas avant quelque temps, j'avais besoin de partir d'ici. Je sais que la fuite n'est pas la meilleure des choses à faire, mais je ne vois rien qui me retient ici. De plus, aller en cours me rappelle ce qu'a Fait Hector et j'en souffre. Et maintenant la réaction de Teza. Je savais que je ne devais pas lui parler, je savais qu'elle ne comprendrait pas, maintenant elle m'en veut. C'est triste, mais je ne vois pas pourquoi elle m'en veut, c'est moi qui suis souffert et qui ai été torturer et blesser, pas elle. Elle n'a pas le droit de réagir ainsi, elle ne sait pas ce que cela fait et elle me fait la tête parce que je lui en ai pas parlé avant. Elle fait la tête parce que Taïzon a su avant elle, mais lui me comprend. Lui sait ce que cela veut dire, il vécut la douleur en apprenant pour sa sœur, il me comprend mieux qu'elle ne le fera jamais. Ce que je peux être stupide !

Une fois que mon sac est prêt, j'attends, je me sers plusieurs cafés en attendant que Taï revienne. Je ne sais pas ce qu'il fait, mais s'il n'est pas là au moment de partir, je pars sans lui. Et je ne reviendrais pas avant un petit moment. J'ai besoin de faire le point sur tout ce qui m'est arrivé. J'ai besoin de quitter ces lieux un moment pour tirer un trait sur ce qui m'est arrivé ici.

Je regarde l'heure, plus de onze heures. Taï n'est toujours pas revenu, je ne sais pas ce qu'il fait, mais tant pis. J'allume mon ordinateur et ouvre le mail de Jheda après m'être placée sur le serveur de son établissement.

De Jude Am'Staff.
Qui êtes-vous ?

De Jheda Am'Staff.
Ta sœur !

Mon plan commençait à prendre forme, j'allais me venger et cela me fit sourire. J'aimais le faire souffrir, même si cela prenait du temps, je sais que je parviendrais à lui faire autant de mal qu'il m'en a fait, il allait savoir ce que cela signifiait d'être brûlé, de senti l'odeur de la chair brûlée, la fumée qui vous brûle les yeux, le goût du bâillon, la peur et la solitude.

Je regarde à nouveau l'heure. Minuit cinq. Je dois partir maintenant si je ne veux pas être en retard. Je prends mon sac sur le dos et je sors de ma chambre. Je ne laisse aucune note. Je prends le portable que je me suis acheté lorsque j'ai commencé les entraînements avec le groupe et je laisse mon autre portable ici. Personne hormis le groupe n'ait mon deuxième numéro. Même pas Taïzon. Je lui envoie tout de même un message avant de quitter la chambre et le programme pour qu'il ne parte qu'une fois que je serais arrivé à la fourrière. Il le recevra donc dans une heure.

[À Taï : Je suis partie pour rejoindre le groupe. Je ne sais pas quand je reviens. Désolée.]

Je repose mon portable et sors de ma chambre. Je sais que personne d'autre que Taï ne pourra entrer, alors je ne m'en fais pas pour mes affaires. L'ironie dans la situation c'est que je dois passer Pa la niche, le bâtiment ou est retenue Hector. Par chance, je ne croirais personne, j'ai également le brouilleur que m'a donné Matt. Ainsi les caméras de surveillance ne pourront pas m'enregistrer. Je suis soulagé, personne ne saura où se trouve le QG du Groupe. J'avance dans la nuit, les rues sont désertes et j'aime le silence qui règne ce soir. Les rues sont tranquilles, ce qui assez rare, j'aime cela. En marchant, je passe devant les arrêts de bus, je dois prendre le prochain et quitter la ville. Je sais que personne ne pourra me retrouver, Taï non plus puisqu'il ne sait pas où se trouve le repère de notre groupe, du gang auxquelles j'appartiens en quelque sorte.

Je monte dans le bus et vais m'asseoir au fond, vers la porte arrière ainsi je ne manquerais pas la station ou je dois descendre. Le bus démarre et je regarde par la fenêtre, je sais que je ne ferais pas le trajet en sens inverse avant quelque temps. Mais je suis rassuré puisque je sais que je ne serais pas seule. Tous les membres du groupe vivent là-bas, le bâtiment appartient à Matt, il a perdu sa fille il y a deux ans, et c'est cette même année qu'il a formé le groupe en aidant Anaïs, la première personne qu'il a rencontrée et qui était tout autant que lui au fond du trou. Ils se sont aidés mutuellement en quelque sorte. C'est ainsi qu'est née la salle de sport de combat.

Ensuite sont arrivés David, puis Jack ainsi que Leny et pour finir, moi. C'est ma famille de douleur en quelque sorte, nous nous connaissons les uns les autres seulement parce que nous avons eu nos lots de douleurs. Je suis comme eux, une âme torturée comme dit Anaïs et elle n'a pas tort, je l'ai été au sens propre du terme.

VIII
À la fourrière…

Le bus arrive à l'arrêt ou je dois descendre. Je vois Anaïs. Elle savait que je viendrais avec mes affaires alors elle s'est proposée pour m'aider. Je l'en remercie d'ailleurs parce que mes affaires pèsent une tonne. Je la vois chercher Taï du regard, je tourne la tête pour lui faire comprendre qu'il ne viendra pas. Elle hausse les épaules et nous prenons la route pour rejoindre les autres. Je ne sais pas encore combien de temps je vais rester avec eux, mais je sais que je ne rentrerais pas tout de suite. Je regarde l'heure sur mon portable et me rends compte que Taï a dû recevoir le message depuis quelques minutes maintenant.

Je reçois un message de Taï, j'ai demandé au serveur de ma ligne de faire en sorte que je reçoive les massages sur ce portable aussi. Je ne pense pas que Taï soit dans ma chambre auquel cas il aurait vu que mon portable se trouvait sur mon bureau.

[De Taï : Comment ça tu ne sais pas quand tu reviens ? Tu es dans ta chambre ?]

[De Taï : Fanta répond moi]

[De Taï : J'arrive]

Puis plus rien, soit il va vers ma chambre, soit il y est déjà et à vue le téléphone dans ma chambre. Voilà, je suis officiellement disparu du bahut. Je vais continuer mon entraînement, il va devenir intensif même. Mais je suis contente, une fois que je partirais d'ici, ma vengeance aura été accomplie et je pourrais enfin faire ma vie. Je ne sais pas si je pourrais reprendre ma formation de Gardien, quoi que, je peux toujours pirater le serveur de l'école pour prendre les cours et faire les exercices. Je pense que je vais faire cela. Je ne sais pas combien de temps je vais rester là, mais j'espère que je pourrais passer mon examen et obtenir mon diplôme.

Anaïs me conduit à ma chambre ou j'ai tout le confort. C'est plus un appartement en réalité. Je pense que nous en avons tous un. Il y a une salle de sport évidemment et un ring ou nous nous entraînons au combat. Je sais que je ne serais plus la même une fois que je partirais d'ici, j'aurais vu et fait tant de choses que je pense que cela me changera. Je ne sais pas encore si cela sera en bien ou pas, mais je vais tout faire pour que ma vengeance soit rapidement faite. Je ne veux pas vivre avec ce poids encore des années. Je ne sais pas ce qu'en pensera Teza lorsqu'elle saura que je suis partie, elle ne sait même pas que je suivais un entraînement. Je ne vois pas pourquoi je lui en aurais parlé.

J'ai toujours été proche de Teza, mais en même temps je ne pouvais pas lui parler de tout. J'en ai parlé à Taï parce que lui me comprenait, mais Teza n'aurait pas compris et je m'en suis rendu compte davantage lorsque je lui ai enfin tout dit par le biais de Taï et qu'elle n'a pas compris. Je savais que cela ne serait pas facile pour elle à encaisser, mais je ne pensais pas qu'elle réagirait ainsi. C'est à cause de cela que j'ai décidé de partir plus tôt. Je ne devais pas entrer et vivre ici avant la fin de mes études, mais je ne pouvais pas rester avec eux alors que seule Taïzon me comprenait. Je sais que je dois sûrement inquiéter tout le monde depuis que je suis partie, mais je ne pouvais rester et vivre avec leurs regards et la pitié que je décelais chez eux.

Je range mes affaires dans mon appartement, en premier le linge, ensuite la salle de bain, je branche mon ordinateur et mets mon portable à charger. J'allume mon ordi et ouvre les mails. J'en ai reçu un de Jude. Parfait, mon plan prend place petit à petit, j'ai également piraté les caméras de surveillance du bahut de Jude. Je sais qu'en ce moment il est dans la salle informatique du bahut. J'ai appris également en lisant le règlement de son école que l'internet n'est que dans cette salle.

[De @Jheda : Je sais où tu es et ce que tu fais…]

Je souris parce que je le vois regarder autour de lui, il doit croire que je suis dans le même établissement que lui, et cela me fait sourire. Il va savoir ce que cela fait de vivre dans la peur. Je vais prendre un malin plaisir à le torturer mentalement. Je lui envoie le même message avec l'ordinateur sur son portable. Il ne peut pas retracer l'appel puisqu'il tomberait sur le numéro de son lycée. Je suis plutôt contente d'être aussi douée en informatique. Je ne suis pas un hacker, mais je le pourrais et aujourd'hui, de cela j'en use et en abuse sans doute, mais je ne vois pas pourquoi je ne pourrais lui rendre la monnaie de sa pièce en agissant ainsi.

Je ferme la boîte mail, je pirate une nouvelle fois le serveur de mon bahut et prends tous les cours que je dois apprendre, je pirate également les caméras pour que tout s'enregistre sur le serveur externe et que je puisse tout visionner. J'ai décidé de mettre toutes les journées filmées sur les disques et de les visionner le soir. Je ne sais pas comment va se passer la nuit ici, j'ai toujours fait des cauchemars, je ne pense pas que cela change ici. Même si je sais que bientôt, ce sera moi le bureau. Je ne sais pas si je fais bien, je ne sais pas si je ne serais pas enfermé comme Hector en ce moment, mais je fais cela pour sauver des personnes en même temps. Je sais que Jude ne cessera pas, il n'a pas cessé après moi. Maintenant que je vais le surveiller, je pense qu'il sera plus prudent, mais puisque je vais pouvoir le suivre à la trace grâce à toutes les caméras qui se trouves partout, il devra être extrêmement prudent, davantage qu'il ne l'a été jusque-là. Mais je ne compte pas m'arrêter là. Je me demande s'il y avait des caméras dans l'appartement où il vivait, à côté de chez nous, je sais que mon père en avait fait installer, et je connais le mot de passe pour y accéder. Je tente de remonter à l'année où j'ai été marquer.

Je trouve l'année alors je cherche la date exacte ou j'ai été marquer, je les retrouve et les visionne, j'ai toujours été très prudente, j'avais bien caché ce que je portais. Personne dans la famille n'en a jamais rien sur hormis ma sœur, mais je sais qu'elle ne parlera pas si je ne lui demande pas. Je m'attaque ensuite aux caméras de la maison des Am'Staff. Ils sont partis sans rien toucher des images qui avaient été enregistrées, je télécharge le tout sur mon serveur en classant tout par date et par lieux. J'entre donc son adresse en premier et ajoute ensuite la date. Je trouve les trois jours que j'ai passé enfermer et les transfère sur mon portable.

Voir ces images me fait mal, je m'en doutais, mais je ne dois pas faiblir. Au début, je n'avais pas compris pourquoi tout cela n'a jamais été effacé ni pourquoi les caméras fonctionnent toujours, mais en regard ans d'autres images, je comprends pourquoi. Ils n'ont jamais vendu la maison. Jude continuait d'emmener les personnes qu'il a marqué ici, en plus j'ai découvert qu'il avait une armoire ou il avait fait des dossiers de toutes les personnes qu'il avait fait souffrir. J'allais devoir m'y rendre et voler tout cela. Fort heureusement pour moi, je pouvais prendre le brouilleur et ainsi ne pas être repéré. J'irai la semaine prochaine. Je ne dois pas trop traîner ou il risque de tout prendre. Je devais agir alors qu'il se trouvait encore loin. Je sais que depuis quelques mois il n'a pas remis les pieds là-bas, mais cela ne veut dire qu'il n'ira pas pour tout détruire.

Une fois que j'ai tout programmé pour le transféré qui devrait prendre quelques jours, je suis allé me coucher. Je devais me lever tôt demain, enfin, dans quelques heures. Il fallait donc que je dorme un peu. Je me glissais dans les draps après m'être douché et changer. J'avais prévu d'aller faire quelques cours demain si je voulais manger. Je n'étais pas obligé de manger dans mon appartement, mais je ne savais ce que penserais tout le monde de mon arrivée anticiper. Je savais qu'Anaïs n'était pas contrariée, mais pour les autres, qu'en seraient-ils ? C'est sur ces pensées et en observant une dernière fois mon nouvel habitat que je sombrais pour le pays des rêves… Ou des cauchemars.

***

Je me suis réveillée cette nuit, comme je le pressentais ce fut une nuit de cauchemars. Il fait encore nuit d'ailleurs. Je dois faire quelque chose. Je ne peux pas rester ainsi statique, je dois agir mais je ne sais pas où commencer. Bon, réfléchissons, commençons par le début. La maison où j'ai été enfermé dans le sous-sol. Je sors donc de ma chambre après avoir pris mon sac à dos que j'ai vidé et vais au parking. J'emprunte une voiture, j'espère que Matt ne m'en voudra pas de lui emprunter une voiture sans le lui demander. J'entre dans la voiture, règle le siège, les rétroviseurs et insère la clef dans le contact.

Je pris la route pour retourner vers ma maison, mais je ne prenais pas le chemin de chez moi, je bifurquais vers la maison de Jude. Je ne voyais pas de lumière, en même temps, vu l'heure qu'il était, tout le monde devait dormir. J'ai coupé le moteur de la voiture et suis resté quelques instants à regarder cette maison que je voyais chaque jour. Je suis heureuse que ce ne soit plus ainsi aujourd'hui.

Je marche sur le chemin de terre et avance vers la maison, mes mains et mes jambes tremblent, j'ai le cœur qui bat trop vite comme chaque fois que je fais une crise d'angoisse. Je serre la bretelle de mon sac à dos. J'avance encore et écoute l'oreille collée à la porte. Je n'entends aucun buis, soit tout le monde dort, soit la maison est vie. J'espère qu'elle est vide, je sais que Jude est capable du pis pour l'avoir vécu, j'ai également appris en remontant trop loin sans le vouloir que son père eût commis les mêmes atrocités. L'horreur a atteint son paroxysme lorsque j'ai vu que son père lui apprenait tout cela.

Je tourne lentement le poignet pour ouvrir la porte, mais elle est verrouillée. Je fais donc le tour et tente d'ouvrir tous les accès, mais en vain. Lorsque j'étais enfant, avant qu'il ne me torture je grimpais à l'arbre qui se trouve sur le côté de la maison et passais par la fenêtre. J'allais faire de même ce soir en espérant qu'il ne soit pas là.

Je grimpais à l'arbre et atteignis la fenêtre, je l'ouvris et passais dans la chambre, la chambre était vide, j'ouvre la porte lentement en espérant qu'elle nette pas le moindre son, une chance pour moi, elle ne fait aucun bruit. Je longe le couloir sur la pointe des pieds, tout est silencieux da la maison, pas un bruit. Je pas devant plusieurs portes, j'atteins le haut des marches et regarde vers le bas, Seule la lumière extérieure m'éclaire. Je descends les marches, une fois au rez-de-chaussée je traverse le salon, la salle à manger puis la cuisine. Je me rate quelque seconde devant la porte qui mène au sous-sol, j'ai tout de même peur que quelqu'un me surprenne.

J'ouvre la porte, descend les marches et m'éclaire avec une petite lampe, une fois en bas des marches, je suis prise d'une furieuse envie de de vomir, de tout casser dans la maison mais je ne dois pas faire de bruit. Si je suis venu, c'est pour une raison et rien d'autre pour le moment. J'avance vers les étagères qui se trouvent sur le côté, tout près de la porte, je vide les étagères et mets le tout sans mon sac.

Ne me reste qu'à faire le chemin inverse et retourner dans mon appartement et à décortiquer tout cela. Je sais que cela va me faire mal de lire tout cela, surtout que je sais que le carnet qui porte mon nom se trouve à l'intérêt de mon sac ainsi que celui de la sœur de Taï. Je ne sais pas encore si je vais lui donner, je sais que cela le fera souffrir de savoir tout ce qu'elle a vécu.

Une fois que je suis arrivé dans mon « appartement » et dépose le sac au sol, je n'ose pas les sortir, je le dois pourtant. Je prends le mien et celui d'Ezira que je glisse dans ma table de nuit. Je me laisse tomber sur le lit, regarde l'heure, j'ai mon entraînement qui commence dans une heure. Je ne peux même pas espérer dormir.

Je vais prendre une douche et me change, une fois en jogging je vais rejoindre Matt qui m'attend devant le ring. Aujourd'hui, j'ai un entraînement spécifique, je dois parvenir à m'échapper d'un sous-sol dont je ne connais pas la localisation. Je sais que cela va faire remonter des souvenirs, mais je dois prendre sur moi et parvenir à m'évader sans faire le moindre bruit. Je vais être dans un lieu dont je ne verrais pas le trajet, je vais donc devoir réussir à me repérer sans ma vision, je ne saurais pas combien de personnes seront présentes, tout en improvisation. Ne me restera qu'à miser sur mon instinct de survie.

L'on me place un bandeau sur les yeux et ensuite un autre, j'ai les mains attacher pour ensuite je suis déposée dans la voiture, je suis ensuite anesthésié et nous prenons la route. Je n'ai donc aucun moyen de savoir où je me trouve. Je sens le produit s'insinuer sournoisement pour me rendre impuissante. Et je sombre…

***

Lorsque j'ouvre les yeux, je suis dans le noir, mes mains sont toujours attachées ainsi que mes chevilles. Je dois parvenir à me libérer pour ensuite m'évader, et si je parviens à infliger quelques blessures ce n'est que mieux. Pas de coup mortel bien évidement, mais suffisent pour rendre inefficace voir inconscient.

J'entends du bruit, je localise le son, il vient du dessus. J'enlève le bandeau et tente de savoir combien de personnes sont présentes, j'entends deux personnes marcher, mais je rajoute trois personnes, d'autres sont peut-être assises, d'autres encore pour les points d'accès. Les portes et les fenêtres, cela dépend de la taille de la maison mais aussi du monde opérande des individus.

Je tire sur les liens, je me fais mal mais je dois réussir, je ne dois pas laisser mon passé enrailler mon apprentissage. Je parviens à dégager mes mains, j'enlève ensuite les liens qui me maintiennent les chevilles. Je tente de me repérer dans ses lieux plus que sombres, je ne vois même pas mes doigts. Je me dirige droit devant moi et me retrouve à toucher un mur. Je le longe pour atteindre la porte, je la trouve mais la porte est verrouillée. Évidement s'aurait été trop simple dans le cas contraire. Je me dépasse la porte et tente de trouver n'importe quoi pour tenter d'ouvrir la porte. Je trouve une barre, de fer à l'évidence puisqu'elle est froide dans ma main. Je longe à nouveau le mur pour rejoindre la porte et frappe plusieurs fois pour aplatir le bout pour pouvoir le faire passer entre le cadre et la porte. Je parviens à ouvrir la porte mais ne l'ouvre pas entièrement pour ne pas attirer l'attention. Je reste quelque temps sans tenter soi que ce soit, je dois savoir s'il fond des rondes dans le secteur ou je me le trouve. J'ai pu entendre au moins une dizaine de personnes parler lorsque les sont descendu à tour de rôle. Je n'ai pas la notion du temps mais je pense que cela fait quelques heures.

Après être resté statique le temps de déterminer le temps de ronde, j'agis enfin. Je sors de la pièce et pars sur la gauche puisque je suis droitière, les personnes doivent d'attendre à ce que je tourne à droite, j'espère ainsi les prendre au dépourvu. Je longe le couloir éclairé par des ampoules seul au plafond. J'arrive au bout du couloir où se trouve un escalier, j'enlève alors es chaussures et les attaches ensembles et tiens les lacets comme pour pouvoir faire tourner mes baskets et pouvoir frapper avec.

Je monte les marches pour rejoindre le rez-de-chaussée et vois deux personnes, j'attends que l'un d'entre eux descende pour attaquer. Je pousse la première dans les escaliers et avance jusqu'au deuxième, lui assené coup de pingo en plein visage, je prends la première chose qui me tombe sous la main, une bouteille vide, et sans étiquette. J'en vois une multitude, j'avance vers le fond je vois un boîtier lumineux avec écris « sortie » alors je fonce vers cette porte. Je sors, me retourne est vois que je suis dans une maison, elle ressemble à celle de Jude, je regarde devant moi et cours le plus vite possible. J'arrive à un croisement, une fois encore je tourne à gauche et. Je cours durant une bonne distance, je remets mes chaussures et me remets à courir. Je débouche sur une route goudronnée, je ralentis d'un coup pour ne pas attirer l'attention, je ne voudrais pas effrayer les personnes au volant de leurs voitures. Je me retourne régulièrement pour être certain que je ne suis pas suivi.

Je vois une camionnette à plateau, j'attends qu'elle arrive à ma hauteur et lorsqu'il s'arrête puisque j'ai tendu le bras et levé le pouce, je lui demande s'il peut me déposer en ville. Puisque je ne sais pas où je me trouve, je lui demande s'il connaît Delam, il me dit que oui. Je regarde l'heure, quinze heures. Je ne pensais pas que midi était passé, comme quoi, j'ai vraiment perdu toute notion du temps.

Il me rapprocha le plus possible de Delam, je sais que c'est mal, mais je lui pris une veste et la passa, je mis la capuche sur ma tête, je file vers l'arrêt de bus et allait jusqu'au bâtiment de l'ancienne fourrière. J'entrais dans le bâtiment et filais vers mon appartement en évitant d'être vu. Je poussais la porte et vu Mat assis sur mon lit avec mon sac à ses pieds, quelques carnets à côté de lui et un dans la main.

Je m'avançais vers lui et lui tapotais l'épaule. Il sursauta, me fit face et leva le carnet devant moi. Je sortis mon portable de ma table de nuit et écrivis.

[Je suis allé les chercher.]

Je lui tendis mon portable, il lut et releva la tête. Il hocha la tête et prit seulement un des carnets, je compris alors que la personne pour qui il voulait se venger figurait dans ces petits carnets là. Dans ma table de nuit se trouvait toujours le mien et celui d'Ezira. Je ne savais toujours pas si je devais le donner à Taïzon. Je les sortis et les mis dans mon sac à dos. Je laissais mon sac dans l'entrée et suis allé dormir un peu.

***

Lorsque je me réveillais, j'avais affreusement mal aux jambes, avec la course que j'ai faite cela est tout à fait logique. J'avais le sourire, j'avais réussi à fuir de se sous-sol, j'avais laissé une infime partie de ma peur derrière moi, mais j'avais encore du chemin à faire. Je pris une douche et me changeais, je mis un jogging noir, un t-shirt noir et des baskets noires. Je m'attache les cheveux en nattes basses et descends rejoindre les autres pour le repas, mais j'apprends que nous allons manger au restaurant, La Gamelle. Une fois encore j'allais manger dans ce restaurant, la dernière fois, j'y suis allé avec Teza et Taïzon pour qu'ils connaissent un peu la ville. Depuis le temps, il la connaît mieux.

Une fois arrivé, nous sommes montés à l'étage et nous nous sommes installés, Matt commanda une bouteille, je ne sais pas ce que l'on fête, mais on le fête. J'avais posé mon sac au sol à côté de mes pieds et les deux carnets, le mien et celui que j'allais donner à Taï. Je vois Une serveuse monte et chuchote quelque chose à son oreille. Quelques minutes plus tard, Taï arrive, il regarde chacun de nous puis s'avance vers nous après quelques instants où il semblait analyser chacune des personnes autour de cette table avec moi. Nous étions six, les seules avec qui j'avais le plus d'affinité, et surtout notre chef en quelque sorte, Matt. Anaïs, Jack, Leny et David. Il vient directement vers moi, se place derrière moi, je n'ai pas le temps de me lever qu'il me prend dans ses bras.

— Ne refais jamais cela, me dit-il à l'oreille, tu m'entends ?

Je hoche la tête et Matt lui demande de s'asseoir. Ce qu'il fit, je ne savais pas qu'il devait venir, je fis surprise, je regardais donc Matt qui m'indiqua discrètement mon sac. Il avait donc vu le carnet avec le nom du séjour de Taï, il voulait donc m'inciter à le faire, je ne sais pas si c'est bien, mais je ne dois pas garder cela pour moi. Il veut tout autant que moi faire payer ce que Jude a fait à Ezira. J'ai lu son carnet et ce qu'elle a vécue va au-delà ce que je pensais, au-delà de ce que j'ai vécu. Elle a été retenue captive durant une semaine, une semaine à souffrir, une semaine à avoir peur. Je hoche la tête et il prend la parole pour lui annoncer que j'ai le carnet. Le fameux carnet des horreurs.

— Fantasia à quelque chose à pour toi, dit-il à l'attention de Taïzon.

Il reporte son attention sur moi, il me détail, je ne sais pas ce qui le choque mais je vois son visage qu'il est surpris, il fronce les sourcils. Je réalise soudain que je ne suis pas maquillé, que je suis toujours en tenue de sport, puis je n'ai pas vraiment dormi, de plus chaque fois que j'ai fermé les yeux, ce n'était que pour revivre mon cauchemar mais cette fois-ci je n'étais pas seule cette fois-ci, chaque Ezira se trouvait là, tout aussi horrifié et apeuré que moi, je voyais ce qu'elle endurait, comme elle voyait ce que moi j'endurais. Je décidais de lui apporter un peu de réconfort en quelque sorte, quelque chose qu'il cherchait et qu'il n'avait pas trouvé. J'ai donc sorti le petit flacon que je lui tendis en espérant que le sourire que je lui donne lui fasse comprendre que cela va lui faire plaisir. C'est assez étrange d'ailleurs de me dire que ce petit liquide pourrait l'apaiser dans la douleur qu'il porte chaque jour depuis le décès de séjour.

— C'est du venin d'acanthasters pourpre, dit Matt. Je ne sais pas pourquoi tu as choisi cela, mais sache que cela est mortel.

— Je le sais, répondit-il à Matt, c'est ce qu'a utilisée ma sœur pour se suicider à cause du bâtard qu'il l'a marquée.

Je le regarde en même temps qu'il discute avec Matt, et j'ai décrochée de la conversation, il a serré les poings, rien que de parler de Jude le met dans un tel état de rage, ce qui normal. Je suis perdue dans mes pensées, toute la colère que je ressentais, je devais la réserver à Jude.

Je reçus un petit coup sous la table, c'était Anaïs qui avait remarqué mon d'absence. Elle me fit reprendre le fil de la conversation. Je compris en écoutant ce qu'ils se disaient que Jude resterait captif le nombre de jours qu'il retenue ces victimes, toutes ses victimes. Il allait vivre l'enfer pour n'aboutir que sur la mort. Je sortis le petit carnet portant mon nom et le mis sur la table. Taï avait regardé d'où je prenais le petit carnet et réalisa que mon sac était plein.

Nous terminons de manger puis nous sommes tous allés à la Fourrière, Taïzon était du voyage, il a visité le bâtiment avec Matt tandis que moi je suis allé visionner les vidéos. J'avais trouvé celle d'Ezira et même si cela me faisait mal de la voir souffrir ainsi, j'espérais bien que Taïzon ne verrait jamais ces images, qu'ils sachent ce qu'elle a enduré soit bien moins douloureux que de le voir.

Quelques minutes ou une heure plus tard, je ne sais pas, Taï est venu me rejoindre et m'a fait sursauter en posant sa main sur mon épaule, je lui ai pourtant dit qu'il valait mieux pas que l les visionne cela, mais il a préféré tout de même voir cela. Il s'assit à côté de moi, je posais ma tête sur son épaule et remis la vidéo au début. Je n'aime pas cette « soirée film » elle ne valait pas du tout la première, bien qu'elle soit mal terminée cette nuit-là. Je souris sans m'en rendre compte et la face instantanément lorsque j'entends les cris d'Ezira, ce qui me fit sursauter.

À la fin de cela, nous sommes allés rejoindre les autres pour déjeuner…

[illegible]

[illegible]

[illegible]

Deuxième partie
Taïzon

IX
Disparus…

Teza vient de partir avec son plateau, je ne comprends pas sa réaction, Fantasia lui a quand même révéler la vérité sur un pan de sa vie qu'elle aimerait qui ne lui soit jamais arrivé et elle ne comprend pas, elle se contente de partir avec son plateau pour s'asseoir à une autre table. Mon portable vibre alors je le sors de ma poche et regarde.

[De Fanta : Je ne mangerais plus ici. À partir de demain, je mangerais dans notre bâtiment. J'y vais. À toute à l'heure.]

Elle se lève à son tour avec son plateau, je la suis du regard et la voie aller vers le cuisiner et lui demandant avec l'aide de son portable de mettre le tout dans une boîte pour qu'elle puisse manger dans sa chambre. Une fois que le cuisinier lui tend la boîte elle hoche la tête, sans doute pour le remercier et pars sans se retourner vers le bâtiment administratif ou se trouve désormais nos chambres.

[À Teza : Je ne pense pas que tu réalises à quel point tu viens de la blesser. Et moi aussi par la même occasion…]

Je mange rapidement et décide d'aller retrouver Teza et tenter de lui faire comprendre ce qu'elle vient de faire, qu'elle vient de blesser davantage son amie. Fantasia n'a vraiment pas besoin de cela avec tout ce qu'elle a subi et ce qu'elle vit encore. De plus, j'ai entendu quelque fille de la classe discuter avec Teza durant la semaine ou Fanta était à l'infirmerie disant qu'elle aurait été ravie qu'Hector soit dans sa chambre en pleine nuit. Je suis certain qu'elles n'auraient pas été aussi ravies qu'elles le prétendent et je ne vais pas me gêner pour le leur rappeler.

Je me lève, débarrasse mon plateau et sors du réfectoire, je vois Teza assise sur un banc dans la cour entre les bâtiments, elle regarde son portable. Je suis certain qu'elle vient de recevoir un message, ou elle vient de lire le mien. Je m'approche d'elle, elle relève la tête et je vois qu'elle pleure. Cela ne me fait rien, elle vient quand même de faire souffrir mon amie, et je considère Fantasia un peu comme ma sœur. Elle me fait énormément penser à Ezira, elle ne ressemble pas, mais en même temps elles se ressemblent dans leurs manières de sourire faussement pour n'inquiéter personne, dans leurs manières de s'habiller pour cacher au mieux la marque et je sais qu'elles ont souffert autant l'une que l'autre. Ezira, elle n'a pas supporté et s'est donné la mort, de son côté Fantasia continue de vivre mais je sais qu'elle est comme morte à l'intérieur.

— Teza, pourquoi tu es partie comme cela ?

— Elle m'a menti durant des années, dit-elle, je ne comprends pas pourquoi elle ne m'en a rien dit, je pensais qu'elle avait confiance en moi.

Elle essuie ces larmes du revers de la main et je comprends qu'elle aussi se sent mal, mais elle devrait comprendre, même si

Fantasia ne lui en a pas parlé plus tôt, elle devrait comprendre et accepter maintenant qu'elle l'a fait.

— Tu sais, elle pouvait continuer à ne rien te dire. Elle ne t'en à parler que parce que tu ne comprenais pas pourquoi elle avait perdu connaissance lorsque Hector est entré dans la chambre et la bloquer dans la salle de bain.

— Mais je ne savais pas tout cela, je n'avais pas compris qu'elle avait peur d'Hector.

— Ce n'est pas d'Hector qu'elle a peur, mais de ce qu'il pourrait faire. Elle pense qu'il est comme Jude, celui qui l'a marqué.

Elle pleure à chaude larme, je tente de la calmer du mieux que je peux, mais je ne sais pas quoi faire en réalité. Je n'ai jamais été douer pour apaiser les esprits et encore moins lorsqu'il s'agit de fille. Déjà avec ma sœur c'était pareil, je ne savais jamais quoi faire lorsqu'elle pleurait en pleine nuit, d'autant plus qu'elle ne voulait pas me dire quelle en était la raison. Avec le recul, je comprends mieux, je sais pourquoi elle se sentait mal, aussi bien physiquement que mentalement. Après quelques heures, je reçois un message. Je regarde et je ne suis pas certain de bien comprendre. Avec tout cela, j'en avais oublié que je devais rejoindre Fantasia pour rencontrer le Groupe dont elle m'a rapidement parlé. Je savais seulement que je devais partir avec elle se soir un peu après minuit.

[De Fanta : Je suis partie pour rejoindre le groupe. Je ne sais pas quand je reviens. Désolée.]

Comment ? Non, elle ne peut pas partir comme cela. Je ne pense pas qu'elle puisse quitter le lycée sans l'accord du directeur. Je regarde Teza, elle s'est endormie, sûrement à force de pleurer et peut-être même due à la culpabilité, je ne sais pas, mais je dois la réveiller. Je vais quand même envoyer un message à Fanta espérant que je puisse la faire changer d'avis.

[À Fanta : Comment ça tu ne sais pas quand tu reviens ? Tu es dans ta chambre ?]

Je réveille Teza le plus doucement possible, je ne veux pas lui faire peur non plus, mais je suis vraiment inquiet. Puis je réalise que je ne sais même pas où trouver le groupe. Je ne sais pas s'il faut quitter la ville, si je peux y aller à pied, puis même si je pars, pour chercher où ? Bon, pour commencer je vais la chercher dans le bahut. Elle ne me répond pas. Je décide de lui renvoyer un message, mais je sens au fond de moi que je n'aurais pas plus de réponses.

[À Fanta : Fanta répond moi]

— Teza, où va Fanta quand elle ne va pas bien ? Je lui demande tout de go.
— À la bibliothèque ou dans sa chambre. Pourquoi tu me demandes ça ?
— Parce qu'elle vient de m'envoyer ça, lui hurlais-je dessus en lui montrant mon portable.

Je suis plus qu'énerver, je suis certain que si son ami n'avait pas réagi comme cela, elle n'aurait pas décidé de partir aussi vite. Je savais qu'elle devait rejoindre le groupe, elle devait juste y aller, avec moi qui plus est, et nous devions revenir après. Il n'était pas prévu qu'elle quitte le bahut. Je ne sais vraiment pas quoi faire. Est-ce que je dois demander au surveillant et au directeur s'ils savent où elle peut être ? Sa sœur peut-être, mais je ne la connais pas suffisent. J'ai fait le tour du bâtiment principal, et elle ne se trouve nulle part.

[À Fanta : J'arrive]

Je cours pour rejoindre le bâtiment, Teza est devant la chambre, elle ne peut pas entrer, Fantasia n'a pas voulus qu'elle le puisse à cause de ce qu'il c'est passer avec Hector, et je comprends, mais j'avoue que l'a pour le coup j'aurais aimé qu'elle puisse entrer pour me dire si elle se trouvait dans la chambre.

— Si elle est là, me dit-elle, elle ne répond pas.

Je place ma main sur le lecteur digital et la porte s'ouvre, je vais dans sa chambre, elle n'est pas là, je vais ensuite dans la mienne qui est attenante, elle n'est pas là non plus. Je regarde dans ses placards, certaines de ces affaires ne sont plus là. Je regarde alors sous lit et je remarque que son gros sac est manquant également. Elle est partie. J'ai l'impression que cela recommence, ma sœur avait fui la maison quelque temps avant de se suicider. Je ne veux pas qu'elle fasse la même erreur. Je regarde l'heure. Il est plus de trois heures. Je ne sais vraiment pas ou elle pourrait être, je ne le connais pas suffisamment pour savoir où elle aurait pu aller. Je sors mon portable pour lui envoyer un autre message ou l'appeler, oui l'appeler, entendre sa voix et tente de la faire changer d'avis pour qu'elle revienne. Je m'assois sur son bureau mais ma main se pose sur un objet, son téléphone. Elle n'a pas pris son téléphone. Je crois et frappe dans la mûre.

— Elle est partie, dis-je en sentant une larme couler sur ma joue. Sors ! Sors d'ici !

Je la pousse vers la sortie et referme la porte en me laissant glisser le long de celle-ci. Pourquoi ne m'a-t-elle rien dit, pourquoi ne pas m'avoir attendu et partir ensuite pour rejoindre le groupe. Pourquoi j'ai l'impression que je la reverrais pas ? Pourquoi j'ai cette boule dans le ventre qui me tenaille et me fait souffrir comme lorsque j'ai perdu ma sœur ? Non-Fantasia est plus forte que cela, elle ne ferait pas pareille bêtise, elle n'est pas aussi fragile que sœur. Je vais sur mon lit et prends les lettres de ma sœur, je les prends partout où je vais, elle ne me quitte jamais.

Taï,

Je sais que tu comprendras pas, je sais que tu vas me chercher partout lorsque tu rentreras à la maison et que tu ne me trouveras pas dans ma chambre. Mais je ne peux plus. Chaque fois que je m'endors, je revis ces journées. Je vous ai menti, je ne suis jamais partie avec mes amies durant une semaine. Non, j'ai été enlevé. Je sais que cela est insensé puisque je suis revenu une semaine après. Mais cette semaine a été a plus horrible de ma vie.

Je suis désolée mon Taï, mais je ne pouvais plus. Chaque fois que je me voyais dans le miroir, et je voyais cette marque sur mon corps, je tremblais et j'avais peur. Je me suis demandé bien trop de fois, pourquoi ? Pourquoi moi ? Qu'avais-je fait pour que l'on me fasse souffrir ainsi ? Mais je n'ai jamais eu la réponse et je sais que je l'aurais jamais et cela me fait bien trop mal encore.

S'il te plaît, ne me cherche pas, sache seulement que je vous aime et que cela n'est en rien à cause de vous. Je ne veux pas vous faire souffrir, mais je souffre chaque jour et je ne le supporte plus. Soyez fort. Ne me pleurez pas et vivez, oui, vivez comme si j'étais encore là, ou comme si je n'avais jamais existé, ce qui vous fera le moins souffrir. Je sais que mes mots sont durs, mais je vous en prie, ne me pleurez pas, je ne pleure plus aujourd'hui. Je serais enfin libéré de cette douleur insoutenable.

Je vous aime fort, ne l'oubliez jamais.

Ezira.

Je relis cette lettre comme chaque fois que je ne vais pas bien. Fantasia n'a pas laissé de lettre. J'espère que c'est bon signe, en fait, je ne sais pas. Peut-être qu'elle en a laissé une quelques pars. Je me redresse et essuies mes larmes, je range la lettre dans ma table de nuit avec les autres et commence à fouiller dans ces affaires. Je n'aime pas faire cela, je n'aimerais pas que l'on fasse de même dans les miennes, mais je veux être certain qu'elle n'a pas laissé de lettre comme celle d'Ezira.

Nous ne sommes pas dans ce bâtiment depuis assez longtemps pour qu'elle ait pu trouver une quelconque cachetée. Je cherche dans les lieux les plus logiques. Je vide toute son armoire sur le lit, mais je ne trouve rien. Je replie tous ces vêtements et les range. Je regarde sous l'oreiller, rien, je regarde dans les draps, rien non plus. Je lève le matelas et trouve un cacher fermer par un cadenas. Son journal intime, il me semble. Je le saisis et le place dans ma table de nuit avec les lettres de la sœur.

Je refais tout de même son lit, je ne veux pas laisser la chambre en désordre bien que cela m'importe peu en réalité. Je m'allonge sur mon lit et saisie son cahier, je me demande si je peux le lire. Je ne savais pas qu'elle tenait un journal, je ne l'ai jamais vu avec cela dans les mains ou même écrire avec autre chose que son ordinateur. Je pense qu'elle aurait fait son journal dans son ordinateur puisque cela, elle l'a pris avec elle. Je ne sais pas quoi faire, si je l'ouvre et qu'elle revient bien comme elle l'a laissé supposer dans son message elle m'en voudra, mais si elle ne revient pas et que je ne l'ouvre pas, je ne serais pas si elle a laissé une lettre pour sa famille.

Toc Toc Toc

Je souffle. C'est sans doute Teza qui vient pour savoir si Fanta m'a contacté ou je ne sais trop quoi. Je range le journal dans ma table de nuit et vais ouvrir la porte en prenant tout mon temps. Je n'ai envie de voir personne. J'ai l'impression que tout recommence. J'ouvre la porte et vois Teza, en pleure. Elle me demande si elle peut entrer et je la laisse passer même si je ne veux pas lui parler. Il est presque six heures et je ne sais toujours pas où chercher. Je n'ai pas le moindre indice.

— Qu'est-ce que tu veux ? Lui balançais-je.

— Tu crois qu'elle va revenir ? Me demande-t-elle en reniflant ?

— Selon son message oui, dis-je, mais elle-même ne sais pas quand.

— Tu sais où elle est partie, me questionne-t-elle encore.

— Je sais seulement qu'elle est allée rejoindre des amis, répondis-je.

Je ne sais pas si je dois lui en parler, mais peut-être qu'elle sait où les trouver. Je n'en suis pas sûre, et je le pressentiment qu'elle ne sait rien, mais je dois être certain, je dois en avoir la confirmation même si cela me fera souffrir.

— Je suis allé voir tous les amis que nous connaissions, j'ai même demandé à sa sœur si elle savait si Fanta avait des amis dans le coin, me dit-elle en tentant de retenir ses larmes, mais elle m'a dit qu'elle ne connaissait pas d'autres amis de Fanta hormis ceux qui se trouve ici et d'autre de leurs enfances. Elle ne sait pas ou Fanta peut-être.

Nous voilà bien, nous ne savons même pas où chercher. Je ne sais vraiment pas quoi faire. Je me frotte la nuque et m'arrête sur mon tatouage. Ezira qu'est-ce que tu aurais fait, ou serais-tu allé si tu voulais te venger. J'ai vu les personnes qui ont effrayé un peu tout le monde lorsqu'ils sont venus, les membres du groupe, je me souviens de leurs visages et je me souviens qu'il m'a donné une carte quand Fanta leur a montré le nom de ma sœur sur la liste de nom que le plus âgé lui a donné. Peut-être qu'elle est avec ces personnes-là.

— Tu devrais aller dormir un peu, dis-je à Teza pour qu'elle me laisse seule.

— Oui, dit-elle, appelle-moi si tu as du nouveau.

— Ouais, réponds-je.

Une fois qu'elle est sortie et que la porte est fermée, je vais prendre la carte dans mon portefeuille et regarde s'il y a une adresse ou un numéro de téléphone. Jackpot. Un numéro, c'est au moins cela, j'espère seulement qu'elle se trouve bien avec les personnes qui m'a donné cette carte, sinon, je suis complètement perdue. Le nom est Chien de Garde. Je l'enregistre dans mon portable au nom de CDG est envoie un message.

[À CDG : Je suis Taï, un ami de Fanta, est-elle avec vous ?]

Je pose mon portable sur le bureau et vais prendre ma douche pour aller en cours, je sortirais du bahut se soir pour la chercher. J'espère que la personne va me répondre et que je ne me trompe pas. J'espère qu'il la connaît bien et qu'il me dira ou elle se trouve ou au moins un lieu où je pourrais la retrouver pour lui parler.

Après plus d'une demi-heure sous l'eau et une fois lavée, j'enroule une serviette autour de ma taille et sors. Je prends un jean, un t-shirt noir et mes baskets. Je prends mon sac et y glisse mon ordinateur ainsi que mes papiers. Je regarde mon portable et j'ai un message, j'espère que c'est la personne à qui j'ai envoyé un message, je l'ouvre.

[De CDG : Oui. Ce soir, 20 h, La gamelle.]

J'ai eu une réponse. Mais je ne sais pas si Fanta sera là. Je l'espère en tout cas. Je prends mon portable et le glisse dans ma poche, mets mon sac sur les épaules et bois un café avant de partir. Je descends et vais au réfectoire. Je ne vais dire à Teza que je vais peut-être la voir ce soir. Je ne sais même pas si elle sera là ce soir, alors autant ne pas lui donner de faux espoir.

Une fois au self, je prends un plateau et prends un petit déjeuner rapide. Je m'apprête à me lever lorsque Teza vient à ma table, la leurs en réalité, elle s'assoit et me demande si j'ai eu des nouvelles.

— Comment veux-tu que j'aie des nouvelles puisqu'elle n'a pas pris son portable ? lui dis-je amèrement.

— Tu as raison, c'est bête dit-elle en baissant la tête.

Je sais que je suis dure avec elle, mais j'ai vraiment peur de ce que pourrais faire Fantasia, je ne sais pas ce qu'elle a en tête et j'ai peur ne fasse la même connerie que ma sœur. Mais en même temps, je n'aurais pas eu un message me demandant d'aller à la Gamelle si elle comptait se suicider, non ? Je ne sais pas et cela me rend fou. Je ne sais pas ce que je ferais si je la perdais elle aussi. Elle est trop importante pour moi pour que cela ne m'affecte pas.

Je déjeune rapidement et ne parle pas à Teza lorsque je m'en vais pour aller en cours. Je ne sais pas comment vont réagir les professeurs en remarquant l'absence de Fantasia, je ne sais même pas quoi leur dire. Rien sans doute. Je débarrasse mon plateau et ne peut rien faire d'autre qu'attendre que les cours terminent. Je vais m'asseoir au fond de la classe et reste muet durant les cours. J'attends…

X
Doggy bag…

Les cours sont terminés, j'ai eu l'impression que cette journée ne se terminerait jamais. Je vais rapidement vers ma chambre, je dois poser mon ordi et partir. Je sors de ma chambre, je remarque que Teza n'est pas là et j'en suis soulagé, je ne tiens pas à ce qu'elle vienne. Je ne sais pas si les personnes se montreront si elle se trouve avec moi. Je sors du bâtiment et je vois Teza devant le bâtiment. Je ne sais pas ce qu'elle fait là, mais je ne compte pas le lui demander.

— Où tu vas, me questionne-t-elle.

— Je sors prendre l'air, lui dis-je.

— Je peux t'accompagner ? Me demande-t-elle d'une petite voix ?

— Écoute, dis-je, j'ai besoin de resté seul, alors tu fais ce que tu veux, mais tu me fous la paix OK, si elle est partie c'est parce qu'elle n'a pas apprécié la façon dont tu as réagi, d'accord !

Mon portable vibre dans ma poche, je le sors et remarque un message. J'espère que c'est Fantasia, mais sais au fond qu'elle ne me contactera pas. Ce ne peut être que la personne qui m'a donné rendez-vous à la Gamelle. Je l'ouvre et constate que je ne me trompe pas.

[De CDG : Prends des affaires pour dormir sur place ce soir. Viens seul.]

Je remonte et vais faire un sac. Je ne sais pas où je vais aller ensuite, mais je vais quand même faire ce qui m'est demandé. Je ne sais pas dans quel lieu je vais me trouver, mais si cela me permet de voir Fanta ce soir, je ne dis pas non. J'ai l'impression d'être vide, elle me manque alors que je ne la connais pas tant que cela. Je me demande si je suis normal en cela, mais surtout si j'ai bien toute ma tête. Je sais qu'elle n'est pas ma sœur, je sais que je ne pourrais rien faire si elle décide de faire comme Ezira et cela me rend dingue. J'ai juste envie de tout casser autour de moi, de frapper quelqu'un juste histoire de me défouler et de faire sortir la colère et la peur que je ressens. Je n'ai jamais été quelqu'un de violent par le passé, quoique, lorsque j'ai découvert la lettre de ma sœur, je me suis battu bien plus qu'à mon tour, j'ai fait souffrir des personnes seulement parce que moi je souffrais.

Je sors du bahut en repensant à tout cela, au nombre de fois où mes parents sont venus me chercher au poste, au nombre d'heures chez le psy que je devais obligatoirement voir alors que j'étais seulement en colère. J'avais besoin de comprendre, alors je suis allé voire les flics et autant dire que je les pas porter dans mon cœur lorsqu'ils nous ont appris qu'il n'y aurait pas d'enquêtes puisque que cela était un suicide. Il avait retrouvé le corps de ma sœur dans un entreposé non loin de l'école où nous allions, elle était décédée depuis quelques jours. Je me souviendrais toujours de son corps froid et si pâle, je me souviendrais toujours de ses yeux sans vie, elle avait perdu son âme, ses yeux étaient vide d'expression. Comme si elle pouvait enfin partir, elle qu'elle pourrait être heureuse dans la mort alors nous devions continuer à vivre avec cette douleur dans la poitrine. La perdre a été terrible pour toute la famille, nous avions perdu de notre joie de vivre avec sa disparition, encore davantage lorsque nous avons appris que son corps avait été retrouvé une semaine plus tard.

J'arrive devant le restaurant, j'entre et demande si une table au nom de Nova-Scotia ou de Chien de Garde a été réservé. L'homme à la réception hoche la tête et me conduit à l'étage. Je ne savais même pas qu'il y avait un étage. En même temps, je ne suis là que depuis quelque temps et je n'ai pas demandé la première fois que je venue, puis je n'ai pas réellement fait attention non plus.

Je monte les marches après avoir remercié l'homme qui ne semblait pas vouloir monter. Je ne compris pas, mais ne cherchais pas non plus, la seule chose que je voulais était voire Fantasia. Elle était assise à une table avec cinq autres personnes. Je les reconnus tous, c'étaient les personnes qui étaient entrées au bahut et qu'elle avait tous touché soit à la tête soit au bras, elles leur avaient à tous retiré des armes qu'ils cachaient à divers endroits, dans les chaussures ou dans le dos. Je m'avançais vers eux, leur dis à tout bonsoir et pris fantasia dans mes bras sans même qu'elle eut le temps de se lever.

— Ne refais jamais cela, lui dis-je à l'oreille, tu m'entends ?

Elle hocha la tête et l'homme, le plus âgé du groupe me demanda de m'asseoir. Je ne comprenais pas vraiment ce qu'il se passait, mais j'avais l'impression qu'il fêtait quelque chose. Je fis ce qu'il demandait et n'ajoutais rien. Je ne savais pas quoi faire hormis écouter ce qui se disait, enfin, écouter, il n'y a que l'homme qui parlait, tous les autres restaient silencieux, tout comme Fantasia, mais je savais qu'elle ne parlait plus depuis quelque temps. Le contre coup du choc d'après le médecin, je pense surtout qu'elle a eus tellement peur et que cela l'a traumatisé, refaisant remonter tous ces mauvais souvenirs à la surface.

— Fantasia à quelque chose pour toi, me dit l'homme.

Je reportais mon regard sur elle, elle avait les yeux cernés, sans doute à cause de ses cauchemars, elle portait un survêtement noir et des baskets noires elle aussi, ses cheveux était attaché en une natte basse. Elle sortit une fiole de son sac et me la tendis en me souriant. Je ne la saisis et regardais, je ne savais pas ce que cela était alors je lui demandais.

— C'est du venin d'acanthasters pourpre, dit l'homme. Je ne sais pas pourquoi tu as choisi cela, mais sache que cela est mortel.

— Je le sais, répondis-je à l'homme. C'est ce qu'a utilisé ma sœur pour se suicider à cause du bâtard qui l'a marqué.

Je serrais le poing sous la table, repenser à cela me donnait toujours envie de tous casser, de frapper et pour cette personne-là, je lui réservais la mort après qu'il est souffert, j'avais dans l'idée de le retenir captif une semaine, comme il l'a fait pour sœur, de le brûler également comme il l'a fait à ma sœur et ensuite de le marquer avant de le tuer le septième jour à la même heure ou ma sœur à rendue son dernier soupir.

— La mort est donc pour Jude Am'Staff, dit-il. Sache que nous voulons tous d'abord qu'il endure le supplice qu'il a infligé à bon nombre de personnes.

— Je n'avais pas pensé autrement, ajoutais-je, je comptais qu'il soit également captif une semaine, c'est le temps qu'il a retenu ma sœur.

— Nous ajouterons donc la semaine au nombre de jours ou il serait prisonnier.

Je hochais la tête en signe d'assentiment. Je ne savais pas combien de temps il resterait captif, mais j'espérais qu'il le resterait suffisent longtemps pour qu'il endure mille souffrances, qu'il prie même pour que nous l'achevions rapidement. Fantasia sortie un carnet de son sac et me le tendis. Je vis le nom de ma sœur inscrit dessus. Je ne savais pas si je voulais prendre, honnêtement, j'avais peur de ce que je pourrais y lire puisque je savais qu'il n'était pas à ma sœur. Ce n'était même son écriture sur ce petit carnet. J'eus un frisson qui me parcourut tout le dos, j'avais peur de découvrir là-dedans le calvaire qu'elle avait enduré. Je remarquais dans son sac qu'il y en avait une trentaine au moins.

— Ce sont toutes les personnes qu'il a fait souffrir, lui demandais-je.

Elle hocha la tête et en sortie un deuxième, je vis cette fois-ci son nom inscrit dessus. Mes mains tremblaient alors que je saisissais celui au nom de ma sœur. Je le posais à côté de moi sur la table et ne pouvais détacher mes yeux de celui-ci.

— Nous avons retrouvé plusieurs des personnes qu'il a fait souffrir. Cinq personnes se sont donné la mort, y compris ta sœur. Et une dizaine sont mortes en captivité. Les corps n'ont pas été retrouvés, mais nous espérons qu'en fouillant dans son passé, nous puissions les retrouver et ainsi prévenir les familles et qu'elles aient des funérailles.

— C’est bien, dis-je, ne pas savoir est le pis des sentiments.

Je les regardais tous, et me suis demandé s’ils avaient tous souffert comme Fantasia et ma sœur. Sans doute que oui, c’est doute pour cela qu’ils se soient trouvés. En tout cas, même si je n’ai pas souffert directement comme eux, je suis plutôt content qu’ils m’acceptent dans le groupe.

Je les vis sortir leurs portables pour parler tour à tour, Fantasia aussi. Je ne savais pas qu’elle avait un autre portable. Pourquoi ne pas nous avoir donné de nouvelle alors ?

— Pourquoi tu as laissé ton portable dans la chambre ? lui demandais-je.

Je l’ai vis écrire sur son portable, et refermer son portable. Je m’attendais à recevoir un message de son nouveau numéro, mais non, ce fut celui de l’homme qui vibra sur la table, et ouvris les messages et referma le portable. Ce fut au tour du mien de vibrer sur la table.

[De CDG : TR : Je ne l’ai pas pris parce que je sais que vous auriez tout fait fais pour me faire changer d’avis.]

Je comprenais, mais si elle trouvait en danger, comment ferait-elle ? Elle se retrouverait impuissante, aussi impuissante qu’elle l’a été alors qu’elle était enfant et qu’elle a été marquer, ou même dans sa salle de bain lors de l’intrusion d’Hector. Je sais qu’elle veut en terminer avec cela, mais je ne comprends pas qu’elle ne m’ait pas demandé de l’aider ou même fait appel à la sécurité. Peu de personnes le sait mais il y a deux sortes de Gardiens, ceux qui agisse pour les Humains une fois les formations terminées. Et ceux qui protègent les nôtres, que nous soyons enfants ou non.

Ma sœur voulait être une Gardienne pour les nôtres. Elle ne voulait pas quitter Caïnine. Je ne sais pas si elle aurait réussi. Mais je pense que tout ce qu'elle à endurer lui ait fait changer d'avis. Je pense que, bien au contraire, cela l'a conforté dans son idée d'entrée dans cette école et de pouvoir ensuite apprendre à aider les autres, mais j'en viens à me demander si elle n'a pas fait cela aussi pour trouver des preuves de la culpabilité de Jude afin de l'arrêter.

— Vous êtes un Gardien ? demandais-je à l'homme.

Il se tourna vers moi et me fixait, fis un sourire en coin, et je me suis demandé s'il souriait parce que j'avais raison, ou si parce que je trompais complètement. Je ne sais pas, et je savais qu'il ne me répondrait pas. Les Gardiens qui travaillent sur Caïnine pour les habitants de Caïnine sont très secrets et personne ne sait qui est une Gardienne ou non. Je sais qu'ils ont un tout autre travail à côté de cela. Aussi, je fus surpris lorsqu'il me répondit.

— Non, je ne suis pas une Gardienne, dit-il. J'ai perdu ma fille à cause d'une personne comme Jude. Je tiens une salle de sport et j'aide les jeunes qui en ont besoin.

Je hochais la tête. Nous avons terminé le repas dans le silence, et une fois cela fait, nous nous sommes rendues vers le parking. À partir de là, j'eus les yeux bandés. J'avais espéré pouvoir mémoriser le chemin, mais l'on m'a fait tourner sur moi-même plusieurs fois pour que je perde toute notion d'orientation. Une main me saisit et m'entraîna avec eux. Je ne sais pas combien de temps nous avons marché, je ne sais pas quelle direction nous avons prise mais je comprenais. Lorsque la main qui me tenait me lâchait, je compris que nous étions arrivés. Le bandeau me fit retirer. Je laisser mes yeux s'habituer à la lumière et au fait de pouvoir de-nouveau s'ouvrir et se refermer sans être dérangé par le tissu.

Je me trouvais dans une salle de sport. Je vu également un ring au centre de la pièce, sans doute des sports de combat pour leur apprendre à se défendre. Je levais la tête et remarquais d'autres personnes accoudées aux rambardes de l'étage, je me suis demandé combien de personnes étaient ici. Mais je ne devais pas poser de questions comme celle-ci. Je repensais aux contenus du sac de Fantasias, elle avait à peu près une trentaine de petits carnets avec à chaque fois un nouveau nom. Je me suis demandé si elle avait bien tout trouvé.

Je regardais Fantasia qui fit quelque signe à l'homme, je ne comprenais pas ce qu'elle voulait dire, mais il me sembla qu'ils avaient tous établi entre eux un code pour communiquer puisqu'ils ne parlaient pas. L'homme hocha la tête, fis également quelques songes et ce fus au tour de Fantasia de hocher la tête. Elle se retourna vers un membre de leurs groupes, un garçon. Je l'avais vu au lycée, c'est la personne à qui elle avait pris des couteaux. Je ne comprenais pas, je me suis demandé pourquoi ils étaient entrés à plusieurs dans l'école. En y repensant, personne n'avait été blessé, elle avait réussi à désarmer toutes les personnes sans leur faire le moindre mal.

— Viens, je vais te faire visiter, dit-il en avançant. Voici la salle de sport, tout le monde doit faire au moins deux heures par jour. Les autres étages sont des appartements, chacun en possède un. Et enfin au sixième, se trouvent les salles de lecture, de jeux, et la salle informatique et des petites salles de visionnage. Si veux y aller, Fantasia y passe beaucoup de temps.

— Qu'est-ce qu'elle regarde ? demandais-je.

— Elle a pirater le système de surveillance de l'école où se trouve Jude ainsi que l'ancienne résidence de même que la nouvelle propriété de cette famille Am'Staff.

— Pirater ? Mais elle ne risque pas d'être découvre, demandais-je inquiet pour mon ami.

— Non, dit-il avec un petit rire, elle fait tout cela depuis le serveur de la colle de Jude avec l'identifiant de la sœur de Jude, qui est décédée.

— Il avait une sœur ? demandais-je. Je pense que cela doit le faire souffrir de savoir que quelqu'un utilise son identifiant, continuais-je en souriant.

— Oui, c'est pour cela que Fantasia s'en sert. Chaque jour, elle se connecte à minuit et à diverses heures de la nuit. Ensuite, elle visionne tous les vidéos qu'elle trouvera.

— Est-ce qu'elle a visionné le moment où… demandais-je sans pouvoir terminer ma phrase.

— Ou elle a été torturée et marquée, oui, elle a également visionné celle de trois autres personnes. Pour le moment, Jude est sur ces gardes. Elle visionne également les vidéos des journées pour savoir ce qu'il fait.

— De la torture mentale, demandais-je. Cela ne la fait pas plus souffrir qu'autre chose ?

— Cela la rend mal, mais elle tient à le faire pour se venger et venger les autres personnes. Elle a trouvé le carnet d'une amie à elle qui a été tuée lors de sa captivité.

Je ne savais pas quoi lui répondre, je levais à nouveau ma tête vers les étages. Elle devait se sentir mal, mais je ne voulais pas la brusquer.

— Est-ce que la vidéo de ma sœur s'y trouve aussi ?

— Part pour le moment, dit-il simplement.

Je me suis demandé combien de temps il lui faudrait pour remonter jusqu'à ma sœur. Je ne sais pas non plus si je serais capable de la visionner. Je sais que je vais devoir le faire, j'espère seulement que je ne serais pas complètement anéanti.

L'homme me demanda de le suivre, bien que je ne susse toujours pas comment il s'appelait, je lui demandais donc son nom.

— Je m'appelle Matt, annonce-t-il. Viens avec moi, je vais te montrer ton appartement.

— Un appartement, clamais-je, carrément.

— Si tu viens à devenir un membre à part entière de notre groupe, tu vas rester quelque temps avec nous, clarifia-t-il, donc un appartement est nécessaire.

— Très bien. Je vous suis.

Nous sommes montés, je regardais chaque porte, chaque fois il y avait un nom sur celle-ci. Nous sommes allés vers le fond du couloir, en face de mon appartement, ce trouvait celui de Fantasia, cela m'a fait rire parce qu'au lycée, ma chambre se trouvait en face de la sienne avant que nous soyons transférés au bâtiment administratif. Maintenant, ma chambre est à côté de la sienne avec une porte communicatrice.

J'entrais et découvrais mon appartement, je ne savais pas combien de personnes se trouvaient là, mais je compris que nous étions vraiment beaucoup et qu'ainsi, il n'y avait pas que des personnes qui avaient souffert à cause de Jude. Sur ma porte, mon nom s'y trouvait ainsi que celui de ma sœur. Je ne compris pas, mais sans doute qu'il ne savait pas que ma sœur s'était suicidée avant qu'il ne l'apprenne par Fantasia ou par moi. J'allais poser mon sac sur le lit puis allait chercher Fantasia.

J'avais plus l'impression de me trouver dans un labyrinthe que dans un immeuble. En même temps, je ne sais même pas ou je suis, si ce n'est que j'ai enfin retrouvé Fantasia. Mais pour combien de temps ? Je ne sais même pas si elle va vouloir revenir au bahut, je lui ai amené les cours de la journée. Je ne pense pas que je la verrais tous les jours, j'en suis même sûre. Elle ne rentrera pas tant qu'elle n'aura pas fait en sorte que Jude se trouve enfermer quelques pars. J'en ai la certitude et cela n'est pas pour me rassurer.

Je suis ensuite sorti de mon appartement pour me rendre aux sixièmes étages pour trouver la salle de visionnage où se trouve Fantasia. Matt m'a expliqué qu'elle faisait en même temps une sauvegarde de toutes les vidéos qu'elle à trouver de la famille de Jude depuis qu'ils ont emménagé à côté de leurs maisons. C'est ainsi qu'elle a compris comment il a procédé. Elle a ensuite pu remonter jusqu'aux parents de Jude. Sa mère, elle est une femme des plus aimables, alors que son père lui, a commis des méfaits dans le même genre que ceux de Jude. C'est sans doute une histoire de famille. Quant à Jheda, j'ai appris qu'elle était morte, mais je me demande bien comment.

J'ai trouvé les salles de vinages, je cherche Fantasia dans chacune d'elle, mais je ne sais pas si elle va accepter que je visionne tout cela avec elle. En même temps, je sais que je devrais le faire puisqu'il y aura celle de ma sœur. J'espère qu'elle n'a pas souffert autant que je l'imagine, que ce n'est pas au-delà non plus.

Je frappe à la porte, elle se trouve assise sur un siège, face à son ordinateur avec un casque sur la tête, sans doute pour que les autres n'entendent pas. Je la regarde un instant, sans signaler ma présence, elle sursaute plusieurs fois. Je me doute que ce qu'elle regarde n'est pas une partie de plaisir, mais je me demande pourquoi elle regarde toutes les autres vidéos. Elle doit avoir assez d'informations en se basant seulement avec les carnets. Elle ne devrait pas s'infliger tout cela. J'avance vers elle pour pouvoir voir l'écran, ce que je vois me glace. J4ai devant moi le visage de ma sœur, apeuré et en larmes. Elle est bâillonnée et étagée avec une chaîne aux chevilles. La salle où elle se trouve n'est éclairée que par une ampoule au plafond, aucune source de lumière naturelle. Elle devait être dans un sous-sol. Cela veut-il dire qu'elle s'est retrouvée au même endroit que Fanta lors de sa séquestration ?

— Fantasia, dite en posant en même temps ma main sur son épaule.

Elle sursauta, se retourna puis souffla lorsqu'elle comprit que ce n'était que moi. Elle voulut fermer l'ordinateur qu'elle avait sur les genoux mais je lui fis comprendre qu'elle pouvait le laisser ouvert en faisant non de la tête.

[De Fanta : Tu ne devrais pas voir cela. Retourne avec les autres, lis seulement le carnet, tu n'as pas besoin de voir tout cela.]

— Non-fantasia, lui dis-je en sentant des larmes couler sur mes joues, je veux savoir tout, en détail. Ne t'en fais pas, ça ira.

Je m'installais avec elle sur le petit fauteuil, elle cale sa tête sur mon épaule et nous avons regardé la vidéo qu'elle remit au début pour que je puisse tout voir. Je savais que cela ne serait pas beau à voir. À choisir, j'aurais aimé que nous soyons dans nos chambres devant un bon film, pas cette horreur, mais j'avais besoin de savoir.

XI
Bats les pattes…

Nous avons regardé la première journée ou ma sœur a vécu son cauchemar. Je ne comprenais pas qu'elle ne m'ait rien dit de tout cela. Je ne me doutais pas que cela puisse être aussi horrible. J'ai également appris que ma sœur avait souffert avant Fantasia. Un an après elle, c'était donner la mort, et une semaine après cela, Fantasia vivait son cauchemar. Je me suis demandé si la semaine suivante après Fantasia il y avait eu une autre fille. Je le saurais bien assez tôt.

Nous sommes ensuite allés rejoindre les autres pour le petit déjeuner à quatre heures et quart. Je savais qu'ensuite, je devrais retourner en cours, cette fois-ci avec Fantasia. Matt avait également décidé de nous laisser une voiture pour que nous puissions venir par nos propres moyens, je pourrais connaître l'adresse une fois que j'aurais passé l'épreuve que Fantasia à passer. Tout comme elle, je devrais réussir à surprendre les personnes du groupe, je devrais les désarmer et leur toucher le bras pour qu'il sache qu'ils sont hors-jeux, en quelque sorte. Matt serait présent également, pour lui, ce sera la tête au lieu du bras. En revanche, je ne dois pas être touché par l'un des membres du groupe. Lorsque j'y parviendrais, j'aurais une montre comme celle qu'ont les autres, je pourrais apprendre également leurs codes de communication ainsi que l'adresse. Cela peut arriver tout moment. De même que les entraînements aux combats. Je pourrais choisir mon arme. Je ne sais pas trop quoi penser de tout cela, plus je passe du temps ici, et plus j'ai la conviction que Matt est un Gardien de Caïnine.

En même temps, je n'en suis pas certain, je ne pense pas que ces méthodes soient acceptées par les siens, ou alors il ne l'est plus. Lorsque nous sommes passés dans le couloir, j'ai vu son nom avec celui d'un autre, un féminin, cependant, je n'ai vu personne entrer avec lui dans cet appartement ni même en sortir, si ce n'est lui. Je suis allé prendre ma douche après notre petit déjeuner et me suis changé, je ne pensais pas que nous allions rester éveillés toute la nuit, mais ce fut le cas.

Une fois que nous étions tous les deux près, nous sommes MNT du véhicule, je laissais mon sac sur la banquette arrière et nous sommes parties. J'avais une fois de plus le bandeau sur les yeux, une fois encore, je ne devais pas voir le trajet et ainsi ne pas le mémoriser. En même temps, à pied cela aurait été possible, en voiture, je ne pense pas que j'en sois capable. Du coup, je n'essaie même pas.

Fantasia m'indiqua que nous étions arrivés en retirant mon bandeau. Nous étions sur le parking de l'établissement, je ne l'avais encore jamais vu. Je voyais le bâtiment administratif, celui où se trouvaient nos chambres. J'avais remarqué que Fantasia n'avais pas ramener de sac pour la nuit, sans doute qu'elle retournerait là-bas. Je savais qu'elle avait commencé la torture en commençant pas le mental. Je ne sais pas si j'aurais pu me faire passer pour sa sœur, en tout cas, je sais que je vais trouver le moyen de lui faire peur aussi. Mais avant j'aimerais retrouver les personnes qui ont, elles aussi, souffert. Je sais qu'elles sont nombreuses. J'ai également accusé à distance au vidéo que Fantasia à pirater.

Une fois que nous avons passé les grilles de l'établissement scolaire qui se compose de quatre bâtiments, deux que je connais, en revanche pour les deux autres, je ne sais pas ce qui s'y trouve, je ne sais même pas si nous sommes autorisés à y pénétrer.

J'avançais jusque bâtiment et ouvrais la porte, je laissais Fantasia passer, et la suivis. Elle se stoppa net, je regardais donc devant et vis Teza, elle attendait devant les marches. Je ne pensais pas qu'elle serait debout aussi tôt. Fantasia passa à côté d'elle sans lui accorder la moindre importance. Je ne comprenais pas, je savais qu'elle le prenait très mal, mais à ce point-là.

— Fantasia, l'interpella Teza, je suis désolée.

Fantasia ne l'écoutait pas et continuais d'avancer, je ne sais pas si cela annonçait la fin d'une longue amitié mais j'avais de la peine pour Teza. Elle n'est pas méchante au fond, elle n'a simplement pas compris pourquoi Fantasia ne lui avait rien dit, je comprends mais elle aurait dû adopter une autre attitude. Je suivis Fantasia et allait préparer mon sac pour les cours, je regardais l'heure sur mon portable et remarquais en même temps que j'avais un message.

[À Taï : Je ne sais pas comment tu as fait pour la trouver, mais merci. Je suis rassuré. Tu crois qu'elle me pardonnera un jour pour ma réaction ?]

Je ne savais pas, je suis allé dans la chambre de Fanta et voulue lui poser la question, mais quand je vis qu'elle retirait toutes les photos qu'elle avait accrochées sur son mur, celle où Teza se trouvait, je sus que non. Du moins pas avant un long moment. Je savais qu'elle le vivait mal, qu'elle vivait toujours avec le poids de son secret, qu'elle aimerait également remonter le temps pour ne jamais le lui avouer. Je pris la lettre de ma sœur et la relus une fois de plus, comme chaque matin, je la pliais, la remis dans l'enveloppe et la rangée dans ma table de chevet. J'avais également placé la fiole d'acanthasters pourpre dans le fond. Je ne savais pas encore comment je lui ferais prendre, mais je savais que je ne renoncerais pas à la mort de l'Am'Staff qui a causé la perte de ma sœur.

Dans mon placard se trouvait aussi le journal de Fantasia, je ne l'avais pas ouvert, mais je me demandais encore ce qui se trouvait écris à l'intérieur. Je savais, bien sûre que je ne l'ouvrirais pas, jamais. Je pris le petit carnet au nom de ma sœur et le glissais dans la petite poche de mon sac. Je n'avais pas eu le courage de l'ouvrir, le peu d'images que j'avais visionné m'ont donné de quoi avoir peur et d'être anéantis pendant quelques années. Je comprends maintenant pourquoi Ezira refusait de venir à la piscine avec nous, pourquoi elle ne se mettait jamais en tenue féminine, elle ne portait que des pantalons et des pulls, des t-hart manches longues, aussi bien en hiver qu'en été. Je m'étais mainte fois posé la question évidemment, mais j'avais pensé qu'elle avait honte de son corps et qu'alors, elle la cachait. Mais elle ne faisait que cacher les traces de ses souffrances, elle ne voulait pas nous inquiéter et vivait perpétuellement dans la peur. Je ne comprends toujours pas pourquoi elle ne m'en a jamais parlé, j'aurais tenté de l'aider. Aujourd'hui il est trop tard, plus de six ans trop tard.

Je plaçais mon sac sur mon épaule, pris mon portable et sortis de ma chambre. J'étais perdue dans mes pensées quand Teza se manifesta, me faisant par la même occasion sursaute. Je ferais un piètre Gardien, je ne suis pas au point. J'ai vu les autres s'entraîner, j'ai vu Fantasia qui les a tous surpris sans qu'il ne la remarque alors qu'il venait pour cela. Je ne suis vraiment pas à son niveau, et j'en viens à me demander si je le serais un jour.

Oui, je le serais, je ferais tout pour cela, je tiens à venger la mort de ma sœur, je veux faire souffrir l'homme qui à blesser ma sœur et lui a fait peur durant tous ces jours ou il l'a retenu captive ainsi que tous les suivants ou elle a peu à peu perdu confiance en elle et eus peur de la vie elle-même. J'aurais dû comprendre, j'aurais dû savoir. J'avançais dans les couloirs sans regarder ce qu'il se passait autour, je me contentais d'avancer pour aller rejoindre ma salle de classe. Je n'avais même pas envie d'aller en cours, mais je le devais, je devais terminer ma formation, mais j'allais prendre un autre chemin. Je ne serais pas un Gardien pour les Humains, mais pour mes paires. Je devrais donc me mettre au combat, apprendre les lois, apprendre les peines que les personnes encourent pour chaque infraction. Je serais la police de ce monde pour aider des personnes comme ma sœur, pour aider des personnes comme Fantasia, comme toutes les personnes que j'ai croisées dans cet immeuble et toutes les autres qui se terre dans le silence.

Une fois devant la salle, je suis allé dans le fond et m'installais à côté de Fantasia, je sortis mon ordinateur et en profitais pour me faire un dossier pour les lois, le peines et je demanderais à Fantasia de m'apprendre tout ce qu'elle sait de l'informatique. Je voudrais être capable moi aussi de me servir des caméras de surveillance, pouvoir m'introduire dans les serveurs, pouvoir prend accès de diverses boîtes mail que ce soit seulement pour en lire les correspondances ou faire des en voir comme fais mon amie avec celle de Jheda Am'Staff. Je commençais à prendre le cours, je cherchais en même me temps ou je pourrais suivre cette formation. Je devais tout d'abord terminer celle que j'avais commencée puisque ce diplôme-là, j'en aurais besoin pour pouvoir être accepté dans celle de la sécurité. Je devais également passer un examen et des tests psychologiques pour y entrer, je ne sais pas ce que cela donnera, mais je vais tenter ma chance.

Fantasia prend des notes, mais j'ai remarqué qu'elle a déjà le cours dans son ordinateur, alors soit la leçon a déjà été donner, soit elle l'a piraté. Je pense que je vais lui demander de me le copier.

— Fantaisie, chuchotais-je, le cours, il a déjà été fait ?

Elle me fit signe que non, elle se servit donc de l'ordinateur pour me demander pourquoi. Je lui donnais mon mail pour que le professeur ne nous remarque pas, vive la technologie Humaine.

[De @Fanta : Non, j'ai piraté le serveur, j'ai pris les cours des deux années de FDG. (Formation De Gardiens) P.J1 : Cours première année. PJ2 : Cours deuxième année. PJ3 : Dossier élevé (toute l'école)]

Je ne savais pas pourquoi elle m'avait également donné le dossier des élèves de toutes les classes, même des deuxièmes années, mais j'allais les lire et en apprendre le plus possible sur tout le monde. Je ne sais pas ce que penserait ma sœur de cela, mais je devais trouver un moyen de ne pas penser, et si pour cela, je devais tout savoir sur le plus de mode possible, alors je le ferais.

— Mr Nova-Scotia, me demanda le professeur, pouvez répondre à cette question, quel est le nom de la maladie du chien ou l'un des symptômes est de tourner en rond ?

— La maladie de carré Mr, lui répondis-je ?

— Mlle Nova-Scotia, interrogea-t-il ensuite mon amie, savez-vous pourquoi elle se nomme ainsi ?

Elle écrivit sa réponse sur son ordinateur et tourna l'écran vers moi pour que je puisse lire et ensuite donner sa réponse au professeur.

— Car c'est le nom de la personne qui l'a découverte, lis-je à haute voix.

— Très bien Mlle, dit-il. Je suis navré de ne pas avoir pu l'entendre de votre bouche.

Je comprenais qu'il ne faisait cela que pour la faire parler. Mais je savais qu'elle ne répondrait pas tant que Jude ne se trouverait pas dans cette cage endurant les souffrances qu'il lui a infligées et qu'il demande la mort ou la liberté. Cependant, pour lui, il n'y aurait pas d'autre liberté que celle apportée par la faucheuse à coup de venin.

Le cours s'est enchaîné sans qu'elle ne prononce le moindre mot, chaque professeur essayait de la faire répondre à diverses questions ou à chaque fois elle avait la réponse. Je compris qu'elle avait pris de l'avance sur le programme, sans doute pour pouvoir mener son entraînement en même temps, je pense que je devrais faire la même chose. Je vais devoir faire travailler ma mémoire, je vais devoir tout repérer et tout garder en tête. Et pour cela, les dossiers des élèves vont m'être utiles.

À midi, nous sommes allés au réfectoire, Teza a voulu venir à notre place, mais Fantasia ne lui adressa pas le moindres regard et partie avec son repas à une autre table pour ensuite partir dans la cour. Je savais qu'elle était tenace, mais pas à ce point-là. Teza allait devoir ramer sévère pour gagner à nouveau sa confiance, surtout au sujet de ce qu'elle lui à avouer, je sais qu'elle souffre de la réaction de son amie. Je terminais rapidement de manger et allais la rejoindre dans la cour, Teza m'avait suivi. Lorsque je fus à deux mètres d'elle, je remarquais Hector qui avançait vers elle, je n'eus pas le temps de dire quoi que soit qu'Hector posait sa main sur l'épaule de Fantasia ?

Tout se passa très rapidement, elle attrapa cette main, sans se retourner pour savoir à qui elle appartenait, elle fit basculer Hector par-dessus son épaule, retenant son bras et le tordant en même temps, il hurla lorsqu'il touche le sol. Elle le regarda avec un air mauvais et un sourire qui aurait pu faire peur, mais je savais qu'elle ne lui ferait rien d'autre que de le maîtriser. Elle le lâcha ensuite. Il se releva en se massant l'épaule et partie sans demander son reste. Lorsqu'il fut à mon niveau, il me donna un coup de poing, mais je parvins à l'éviter. J'avais déjà été dans des bagarres bien trop souvent pour savoir réagir. Je savais ce qu'il comptait faire. En revanche, je ne comprenais pas pourquoi il voulait se battre.

— Hé, lui hurlais-je, c'est quoi ton problème ?
— Mon problème, dit-il, c'est toi, tu vas me le payer !

Il voulut me frapper à nouveau, je saisis son poignet et lui retournais dans le dos, plaçant tout aussi rapidement mon autre main sur son omoplate gauche pour le maintenir. Il se débattit, je lui lâchais ensuite le bras et le poussais en avant, il fit quelques pas mais se repris avant de tomber au sol. Il se retourna vivement pour attaquer d'un coup de pied retourner, je lui attrapais le pied au vol et le fis tourner et il s'écrasa au sol. Je n'avais pas remarqué que les élèves s'étaient massés autour de nous pour assisté à la bagarre. Je partis dans mon bâtiment et ne voulais voir personne. Je verrouillais la porte qui me donnait accès à la chambre de Fanta et laissais la clef dans la serrure pour qu'elle ne puisse pas utiliser la sienne. J'avais besoin de solitude. J'avais besoin de me calmer ou j'allais lui faire du mal comme j'avais déjà fait du mal à quelques élèves de mon ancien établissement. Je ne voulais pas de schéma de violence ici, je ne voulais pas être le mauvais garçon comme autrefois.

Je savais que toute la colère accumulée devrait sortir tôt ou tard, mais ici, je ne le devais pas, je devais apprendre à me contrôler, je devais rester maître de moi-même. J'entendis frapper à la porte, mais puisqu'il n'y avait aucune lumière allumée dans ma chambre, si je ne faisais pas de bruit, la personne devrait s'en aller. La personne insista mais je ne bougeais pas, je ne dis rien, et me contentais de fixer le plafond et de lire et relire la lettre de ma sœur.

Quand la nuit fut tombée, je suis sortie, je m'étais changer et portait maintenant mon jogging noir avec mes baskets pour la course. J'avais besoin de courir, cela me calmait quelques fois, mais je ne pense pas qu'aujourd'hui ce soit le cas, j'avais bien trop de haine en moi, premièrement envers Jude pour ce qu'il a fait à ma sœur, pour ce que Jude et Hector ont fait à Fantasia. Je ne pensais pas que je m'attacherais tant à elle, pas de cette manière du moins. Nous avons souffert tous les deux, de différente manière et Fantasia à confiance en moi, mais je me demande ce qu'elle pensera de moi une fois qu'elle aura lu mon dossier. Une fois qu'elle saura qu'avant de venir ici j'étais une très mauvaise personne et qu'il ne fallait pas me fréquenter.

Perdre ma sœur m'a fait sombrer, je suis devenu quelqu'un de méchant, j'aimais faire souffrir les personnes parce que je me disais qu'en même temps je me délestais d'une part de ma douleur, de ma colère et de ma tristesse, mais je ne faisais que le mal autour de moi. Même Jade, ma petite amie ne le supportait plus et m'a quitté. Mon comportement lui fit peu à peu peur, elle craignait qu'un jour de colère je ne m'en prenne à elle, bien que je n'aie jamais frappé une fille, seulement des garçons. Je ne voulais pas devenir comme les personnes qui avaient fait du mal à ma sœur. À cette époque mon père pensait que les amis de ma sœur, les garçons surtout avaient tout avoir avec son changement de comportement, d'autant plus qu'elle avait décidé soudainement de ne plus les voir. Je comprends aujourd'hui qu'elle avait peur, comme Fantasia à peur d'Hector alors qu'il n'est en rien responsable de ce qu'elle a vécu.

Je marchais dans les rues et me retrouvais devant un bar, j'entrais et commandais un verre de scotch. Je remerciais le barman et saisie le verre que je tenais fermement, le faisant tourner par moment, la couleur ambrée de cet alcool me rappelait les yeux de ma sœur, aussi brillants que la lumière qui se reflète sur le liquide, aussi foncé que cette boisson des hommes et femmes des ombres. Je savais que ma sœur n'approuverait en rien toute les actions que j'ai commises, toutes les blessures que j'ai infligées aux personnes de mon entourage dans mon ancien bahut. Elle n'approuverait pas non plus que je tombe à nouveau, que je me noie une fois encore dans l'alcool pour tenter d'oublier. Aujourd'hui, je sais que je ne le suis pas, mais je ne le savais pas par le passé.

Je reposais le verre sans l'avoir bu et parti après avoir réglé ma non-consommation. L'homme me dit qu'il n'était pas nécessaire que je le paie puisque je n'avais pas bu, mais je l'avais commandé, et je savais qu'il serait vidé dans l'évier pour terminer sa course dans les océans après avoir traversé les égouts. Il faisait nuit noire, et je ne savais pas où aller, je ne voulais que marcher pour tenter de me vider la tête. Je savais que Fantasia retournerait dans le bâtiment des Chiens de Garde, mais j'allais mal, je ne voulais pas être désagréable avec elle. Elle me rappela bien trop ma sœur par moment, elle avait le même regard envers Hector qu'Ezira envers Evan et Daniel, ces deux amis d'enfance, ces deux meilleurs amis en réalité. Elle n'avait jamais apprécié de traîner avec des filles, elle n'aimait pas parce qu'elle ne se sentait pas elle-même en leurs contacte.

Je pense que cela l'a perdue en même temps, je ne sais pas si Jude l'a choisi parce qu'elle se trouvait avec des garçons la plupart du temps ou si elle avait fait l'objet d'une fixation avant, s'il l'avait suivie, traquer durant des jours, des semaines voire des mois. Je ne le pense pas, je sais qu'une semaine avant son enlèvement, il y avait une autre fille dans sa tanière. Je sais qu'il n'a pas laissé le temps pour apprendre à la connaître un peu pour se rendre compte que ma sœur était une fille gentille, généreuse envers autrui, qu'elle aimait toutes les personnes qu'elle rencontrait et qu'elle avait le cœur sur la main. S'il avait su, peut-être, oui peut-être qu'il ne l'aurait pas choisi. J'ai besoin de savoir, j'ai besoin de comprendre pourquoi elle, qu'est-ce qu'il l'a décidé à prendre ma sœur pour la torturer, pour la briser et la rendre pareil à une coquille vide.

Je ne comprenais pas qu'Hector soit sorti, je ne comprenais pas comment le directeur pouvait le laisser aller et venir dans l'établissement alors qu'il a fait une peur terrible à Fantasia et qu'elle en a été blesser et traumatiser. S'introduire dans la chambre d'une élève en pleine nuit sans l'accord de la personne ne semble pas être suffisamment sanctionné selon moi. Je ne comprends pas pourquoi il ose en plus aller la trouver et encore moins pourquoi s'en prendre à moi alors que je n'ai fait que lui venir en aide.

Je continuais de marcher, le temps c'était bien rafraîchie. J'entendais des pas derrière moi, j'espérais seulement que cette personne ne viendrait pas m'importuner car je n'étais vraiment pas d'humeur. Je ne voulais que me vider la tête et tente de me calmer au mieux. J'avais besoin de solitude, j'avais besoin de frapper pour expulser la colère et la rancœur.

Une main se posa sur mon épaule et me fit pivoter, Hector se trouvait devant moi. Il n'avait soit pas conscience qu'il ne devait pas s'en prendre à moi, soit il n'avait vraiment peur de moi et encore moins de subir ma colère.

— Qu'est-ce que tu foutais dans la chambre de Fantasia ? cracha-t-il.

— Va faire chier quelqu'un d'autre avant que je ne t'explose la tête, dis-je trop calmement.

— Je n'irais nulle part tant que je n'aurais pas de réponse espèce de bâtard, lança-t-il.

Non, vraiment, je crois qu'il tenait à mourir ce soir, en m'insultant de la sorte, je ne pense pas qu'il réalise qu'il insultait Fantasia par la même occasion. Il devait avoir oublié que nous étions tous deux des Nova-Scotia. Et il oubliait qu'il ne me connaissait pas. Je sais que je ne devrais pas, mais je n'avais qu'une envie, de lui exposer les dents sur le sol, j'imaginais même la scène et les cris de fillette en larmes qu'il pousserait. Je ne dois croiser personne lorsque je suis dans cet état. Pourtant mon visage fermé et la colère qu'il avait vus un peu plus tôt ne le dissuadaient pas de venir vers moi et de me saisir par le col. Cela me fit rire parce qu'en quelques secondes, je m'étais libéré et plaquais mon avant-bras sous sa gorge.

— Tu es un malade, dit-il d'une vois presque éteinte, je ne comprends pas pourquoi Fantasia tu apprécies.

— Peut-être, parce que je ne lui ai jamais fait de mal ou, dis-je sardoniquement, contrairement à toi qui la harcèles et lui fais peur par ta simple condition. Elle n'aime pas les Am'Staff, et tu sais quoi, lui demandais-je froidement, moi non plus.

Je le lâchais et repris mon chemin pour me calmer, j'avais les poings serrés, heureusement pour lui que j'avais encore le contrôle, il ne resterait rien de lui si tel n'était pas le cas.

— Ne t'approche plus de Fantasia, me cria-t-il dessus.

— Et pourquoi cela ? lui demandais-je en revenant vers lui.

— Parce que…
— Bats les pattes, lui annonçais-je.
— Et pourquoi cela ? me demanda-t-il avec un sourire mauvais. J'ai une raison de vouloir l'approcher moi, je serais curieux de connaître la tienne rias-il.
— Parce que je l'aime, lui hurlait dessus tout en le plaquant une fois de plus au mur en voulant lui faire mal.

Son regard changea, je le vis passer de la surprise à la colère. Je compris alors que lui aussi était amoureux d'elle. Mais elle ne pourrait pas être avec deux personnes, soit cela serait l'un de nous, soit aucun si elle venait à rencontrer quelqu'un d'autre. Ce que je ne voulais pas du tout, je ne supporterais pas de la perdre, même si cela ne voulait pas dire la mort – comme ma sœur…

XII
Il jappe…

Je n'en reviens pas, il est jaloux, ce bâtard et amoureux de Fantasia. Depuis quand ? Est-ce pour cela qu'il a tant voulu se rapprocher d'elle ? Non, je ne dois pas ma laisser empoisonner l'esprit par personne, je suis certain qu'il est comme Jude, comme le monstre qui a fait souffrir deux personnes que j'aime, même si l'une n'est plus de ce monde et que la deuxième ignore mes sentiments.

Tout en continuant ma route, je me suis retrouvé devant le restaurant où je suis allé avec elle, ou j'ai rencontré ces nouveaux amis et/ou j'ai appris l'entière vérité sur la mort de ma sœur. Je ne tiens pas y entrer, de plus, si elle est retournée avec les CDG, elle se trouvera certainement ici pour manger puisqu'elle ne veut plus prendre ses repas au réfectoire du bahut. Je comprends, mais je ne tiens pas à la rencontrer dans l'état d'énervement ou je me trouve. Je passais donc chemin et continuais à fouler les rues pour trouver un autre lieu de restauration. Je dus marcher un moment tout en restant dans la rue principale. L'odeur de la nourriture me parvint, je la suivis toujours en ligne droite et me trouvais maintenant devant l'enseigne « Patte et mise en bouche » je poussais donc la porte et allais m'installer. C'était un petit restaurant où nous commandions sur des bornes, le personnel viendrait ensuite nous servir. Je remarquais qu'il cherchait un employé.

J'allais m'asseoir après avoir passé ma commande. Je n'ai pas besoin d'un emploi mais cela pourrait me libérer l'esprit. Je pourrais tout aussi bien ne pas travailler et continuer dans mon but des recherches, mais j'ai vraiment besoin de penser à autre chose. Je sors donc ma clef USB de ma poche, j'ai mon CV sur moi, je comptais travailler durant les vacances, mais autant commencer plus tôt. Puis j'ai remarqué en entrant que les horaires d'ouvertures ne sont que de nuit. Une chance pour moi. Je vais devoir aménager mon temps pour les devoir, je pense que je les ferais durant l'heure du déjeuner et durant l'heure d'étude à 18 heures.

Une femme vint vers moi avec un plateau, elle déposa le tout sur la table et me souhaita un bon appétit. Je lui demandais avant qu'elle ne reparte s'il avait trouvé l'employer dont il avait besoin.
— Non, nous cherchons encore, me dit-elle.
— J'ai mon CV, lui dis-je, je peux vous le copier sur un poste.
— Oui, suivez-moi, me signale la jeune femme.

Je levais donc et la suivis, elle me conduit à l'arrière de la salle, puis nous entrâmes dans un bureau. Je copiais donc mon CV sur leurs postes informatiques et la remerciais. Elle me signala avant que je ne retourne m'asseoir que je sois contacté dans la semaine, que j'aie le poste ou non. Je la remerciais et allais manger.

Je regardais dans la salle tout en mangeant et constatas qu'effectivement, la pauvre femme aurait bien besoin d'aide. Je savais que je ne pourrais pas l'aider aujourd'hui. Elle me sourit quand elle passa à côté de moi. Lorsque j'eus terminé, je pris mon plateau et le débarrassais. J'avais observé la jeune femme, je savais donc où je devais aller, en revanche, puisque je ne pouvais pas aller à l'arrière, je laissais mon plateau sur la pile qu'elle tenait lorsqu'elle passa à côté de moi.

— Au revoir, lui dis-je, peut-être à bientôt pour un coup de main.

— Oui, dit-elle.

Je sortis et j'avais retrouvé ma bonne humeur. J'avais eu une bonne idée en venant ici, heureusement que je n'étais pas allé à la Gamelle. Je ne pense pas que j'aurais pu retrouver ma bonne humeur si j'avais été là-bas. Je pris le chemin inverse que j'avais fait, pas compliqué en même temps, même pour un nouveau dans la ville.

Après avoir marché une bonne grosse demi-heure, je me trouvais devant les portes du bahut. Je suis tout de même passé au parking pour savoir si la voiture de Matt se trouvait toujours là. Je la vis garée proche de la sortie, elle était donc partie puis était revenue. En partant, aussi énervé que je l'étais, je n'avais pas pris mon portable avec moi. Je ne sais même pas s'il est dans ma chambre, ou si je l'ai oublié quelque pars. M'enfin, je le retrouverais bien, puis si je ne l'ai pas retrouvé demain matin avant les cours, j'en achèterais un nouveau, je ne dois pas manquer l'appel du restaurant.

Je me dirige vers mon bâtiment, le calme de la nuit m'apaise un peu, même si je sais que demain ce sera l'effervescence partout. Pour le moment, je profite de la tranquillité des lieux. J'ouvre les portes et vais voir ma boîte aux lettres, mon portable se trouve à l'intérieur, un souci de moins qui me rassure. Je monte les marches qui me mènent à chambre, place ma main sur la tablette digitale, j'entre et pose mon portable sur mon bureau. Je prends ensuite un caleçon et je vais prendre une douche, une fois détendue grâce à l'eau chaude, je me laisse tomber sur mon lit. Mon portable vibre, je regarde, un message d'un numéro inconnu.

[D'Inconnu : J'ai parlé au patron. Il est OK pour que tu bosses chez nous. Demain 21 heures. Allianna.]

J'enregistre le numéro et lui réponds.

[À Allianna : OK. Ravi de pouvoir te donner un coup de main. J'ai vu comme cela a été dur pour toi ce soir. Taï.]

[De Allianna : Oui. Merci d'avoir débarrassé ta table. C'est ce qui a décidé le patron à te prendre d'ailleurs. Tu verras, il est cool.]

[À Allianna : Ravi d'avoir pu t'alléger un peu. Je verrais cela demain. Bonne nuit.]

[De Allianna : Bonne nuit.]

Je reposais mon portable sur la table de chevet et me glissais dans mes draps. Je ne sais pas si je vais parvenir à dormir, mais je l'espère en tout cas. Demain matin, je vais devoir me lever plus tôt puisque je n'ai pas fait mes devoirs, mais je sais que ce sera rapidement fait. Je regardais l'heure qui s'affichait au plafond grâce à mon réveille bricoler par mon père. Plus de 23 heures. Je ne sais pas si Fantasia est là, mais je ne tiens pas à la réveiller si elle est là et qu'elle dort. La chambre à côté est plutôt calme alors soit elle dort bien, pour une fois, soit elle est sortie depuis que je suis rentré. Ce fut en pensant à Fantasia que je m'évadais pour aller rejoindre les bras de Morphée.

Bzz-Bzz-Bzz

J'ouvre les yeux, dérangé par un bruit de vibration. Il me faut quelques secondes pour comprendre que c'est mon portable. Je le saisis et regarde. Un appel manqué de Fantasia et plusieurs messages écrivent. Je regarde le dernier et vérifierais les autres demain.

[De Fanta : Tu es rentré ?]

[À Fanta : Oui.]

[De Fanta : Qu'est-ce qu'il s'est passé pour que tu partes comme cela ? Pourquoi Hector et toi vous êtes-vous battus ?]

De Taï à Fanta
[À Fanta : Je ne sais pas. Juste parce que j'étais là sans doute et que je passe beaucoup de temps avec toi…]

Je reposais mon portable et fixais le plafond. J'aurais aimé qu'il puisse parler, qu'il puisse me donner des réponses à toutes les questions qui me traversaient l'esprit. Je décidais de m'excuser auprès de mon ex petite-amie. Je ne sais pas ce qu'elle est devenue. Cela fait un an et demi que nous avons rompu, j'espère qu'elle va bien et qu'elle est heureuse.

[À Jade : Salut. C'est Taï. Je voulais juste m'excuser auprès de toi. Je sais que j'ai mal agi envers beaucoup de monde et que cela t'a blessé. J'allais mal, cela n'est certes pas une excuse, mais je tenais à te demander pardon. Bonne nuit la miss.]

Décidément, ce soir et le soir des remises en question. Je ne sais pas si elle va accepter excuse, je ne sais pas si elle va répondre, mais j'espère en tout cas qu'elle va bien, qu'elle n'a jamais souffert autant que moi et qu'elle ne souffrira jamais ainsi. Elle mérite d'être heureuse, d'avoir tout le bonheur possible. Je n'ai pas été juste avec elle, je lui ai souvent mal parlé, ma colère se déversait de mon ouche tel du venin, mais jamais je n'ai levé la main sur elle. Elle était le seul réconfort que j'avais au début, lorsque Ezira était porté disparu, puis lorsque nous avons appris son décès, j'ai viré. Je suis devenu comme fou, je passais mon temps dans les bagarres, je n'allais plus réellement en cours et n'avait plus de respect pour les autres. Elle a tenté de m'aider, mais rien ne pouvait apaiser toute la peine que j'avais, toute la colère et la rage envers les personnes qui l'ont fait souffrir et l'on conduit à la mort à petit feu. Sa marque n'était rien d'autre qu'un rappel éternel à ce qu'elle a subi durant cette semaine-là.

Bzz-Bzz-Bzz

Bzz-Bzz-Bzz

Bzz-Bzz-Bzz

Appel entrant de Jade.

Je regarde mon écran et reste interdit. Je pensais qu'elle allait répondre par message, enfin si elle répondait, je ne m'attendais pas du tout à ce qu'elle m'appelle. Je n'hésite pas longtemps et décroche.

— Salut Taï

— Salut, Jade, ça va ?

— Ça va. Ça fait longtemps.

— Ouais, tu as raison, trop longtemps. J'aurais dû appeler avant, m'excuser bien plus tôt.

— Tu en fais pas, je comprends. Perdre Ezira a été dur, l'est toujours en fait. Elle me manque, tu sais.

— À moi aussi.

Je me levais et allais sur mon petit balcon. J'avais besoin de prendre l'air. Parler de ma sœur me donnait toujours le sentiment de suffoquer, le paix vent qui soufflait m'aida un peu. Ce fut elle qui reprit la parole.

— Tu crois qu'elle nous voit de là où elle maintenant ?

— Je ne sais pas. Je me dis que oui et qu'elle ne doit pas être fière de moi. J'ai mal agi, avec beaucoup de monde. Je regrette, tu sais.

— Je sais. Tu sais, moi aussi j'ai fait des conneries quand j'ai su. Je suis pas fière de moi non plus. Mais je me dis que, peut-être elle nous à pardonner.

— Ouais. Sûrement. Je sais ce qu'elle nous dirait là.

— Ah bon, et quoi ?

— Qu'on est des nazes !

Je me mis à rire, c'est certain, elle aurait dit cela. Je revois même la tête qu'elle faisait quand elle nous le disait. Je laissais mon regard se perdre dans le vide en m'appuyant à la porte. Je triturais également la bague que je voulais offrir à Jade avant que cela n'arrive.

— Oui. Le Couple de Nazes.

— Ouais. Le couple de nazes de l'année même.

— De la décennie, tu veux dire.

— S'aurais pu, mais j'ai merdé, et pas qu'un peu.

— Arrête de te culpabiliser. J'ai rien vu moi non plus.

— J'aurais dû comprendre, j'aurais dû l'aider, mais je n'ai rien vu. J'ai été un putain d'aveugle pour le coup.

— Hé, je me dis qu'au moins maintenant, elle n'a plus peur.

— Je comprends maintenant pourquoi elle ne voulait plus rester avec Evan et Daniel mais qu'elle passait tout son temps avec toi, puis avec nous par la suite.

— Ce qui nous a rapprochés. Même si je t'aimais déjà.

— Je le savais.

— Ah bon ?

— Ouais. Evan et Daniel n'avaient pas su tenir leurs langues. Evan a toujours été un grand bavard.

— Ho la honte.

— Mais non, t'inquiète. Remercie-le au contraire.

— Evan !

— Jade ! je t'en prie mes oreilles.

— Salut Taï, ça va ? Qu'est-ce que tu deviens ? Où es-tu maintenant ?

— Hé Bro, moi aussi je suis content de t'entendre, mais moins vite le moulin à parole.

— Tu le disais toi-même, il a jamais su tenir sa langue.

— C'est sûr. Vous me manquez.

— Toi aussi tu nous manques. Ça te dit qu'on se voit.

— Ouais. Ça me dit même carrément.

— OK. Du coup, faut que tu nous dises ou te trouves maintenant.

— Où je suis, attends, laisse-moi réfléchir. Je suis sur la planète…

— Caïnine, on sait.

— Je suis dans un pays, où se trouvent une ville et un bahut.

— Tu as repris les cours, c'est pas vrai !

— Ouais. Je suis à Delam.

— Ho putain, Bro, Delam, il y a la meilleure école.

— Je sais, j'y suis crétin. Mon père/Ma mère y bosse.

— Veinard va.

— Hum. Possible. Je sais pas. Alors, ont dit ce week-end ?

— OK pour ce weekend.

— Bon, c'est pas que je veux plus vous parler, mais j'ai cours demain.

— Tchao, Bro.

— A sweek Bro.

— Chô mi-ombré.

— Asta Lego mi-Cora !

Sur ces dernières paroles, j'ai raccroché. Ils me manquent ces crétins, mais je les aime. J'avais retrouvé ma bonne humeur, rien de mieux que le trio Spitz pour me remonter le moral. J'ouvris la fenêtre et refermais derrière moi, puis je me laissais tomber sur mon lit. J'ai hâte d'être à ce week-end, je suis certain que nous allons bien rigoler. Bon, faut que je dorme un peu.

Bzz-Bzz-Bzz

[De Jade : Ça m'a vraiment fait plaisir de t'entendre, et j'ai super hâte de te revoir.]

[À Jade : Moi aussi, faudra que je chop le num des Bro.]

[De Jade : Je te les envoie. Vcard Evan – Vcard Daniel – il y a de quoi se trémousser vers chez watt ?]

[À Jade : Bien sûr. Faut juste que je me renseigne. Tu veux bouger ton popotin avec moi ?]

[De Jade : Hum… Je sais pas… Faut voir. Tu danses toujours aussi mal ? Je dois prévoir basket ou talons ? Je me suis amélioré moi Héhé.]

[À Jade : Vantarde va. Non, j'ai toujours deux pieds gauches, prends les talons, tu trouver sûrement un beau danseur pour être ton cavalier. Bon, cette fois, faut vraiment que je dorme. À +]

Je posais mon portable, et fermais les yeux. Je ne savais pas vraiment où nous irions, mais je devrais rapidement trouver le plan de la ville et des environs ainsi que les horaires de bus vu que je n'ai toujours pas de voiture. Vu que j'ai mon attestation, je pense que j'irais demain après les cours et avant d'aller bosser. Ouais et dans tout ça, je les fais quand mes devoirs ? Demain après le boulot si je trouve pas rapidement.

Je fermais les yeux me m'endormit. Pour de bon, j'espère cette fois.

***

BIP-BIP-BIP-BIP

J'ouvre les yeux, difficilement. Ma nuit a été courte. Mais enfin, je suis content, j'ai trouvé du boulot, j'ai reparlé à mes potes et à mon ex qui ne m'en veut pas. Et en plus, on se voit ce week-end. Il n'est que quatre heures. Je dois faire mes devoirs, une partie du moins. Je suis ensuite allé prendre ma douche, pris une tenue de rechange que je glissais dans mon sac de sport et pris mon sac de cours. Je devais en plus aller trouver une voiture se soir après les cours et avant d'aller au boulot. J'espère que ma journée va bien se passer parce qu'elle plus que bien charger. Je sens que je vais être naze ce soir. De plus, je dois encore trouver l'arme avec laquelle je vais faire souffrir Jude. Je sais ce qu'il a utilisé, et j'ai des heures de visionnage à faire. Vraiment, je sens que 24 heures ce ne sera pas suffisant pour cette journée.

J'entre dans le réfectoire en bâillant. Je suis épuisé. Je vais devoir carburer au café. Je me dirige vers les plateaux, en sosie un, prends une cuillère, deux tasses et me sert du café bien serrer. Je vais devoir aussi en boire durant la journée. Je prends mon thermos dans mon sac et le remplis pour la matinée. Je vais m'asseoir à la première table que je trouve vu que je suis le premier arrivé. Je ne compte pas traîner, je dois aller prévenir mes parents que les Spitz débarquent ce week-end. Je me demande quelle tête ils vont faire.

En y pensant, je pars dans un fou rire. J'entends du chahut mais n'y fais pas attention. Je sursaute lorsque j'entends la chaise à côté de moi rayer le sol dans un bruit métallique à vous en casser les oreilles. Mon rire s'arrête instantanément.

— Ben alors, Taï, pourquoi tu ris ? me demande Teza.

— Des amis viennent ce week-end, je m'imaginais la tête de mes parents, lui dis-je, le regard braquer sur elle et souriant comme un con.

— OK, dit-elle simplement.

Je vois Fantasia qui arrive. Je ne sais pas si elle va venir à cette table vue que Teza s'y trouve. Au même moment, mon portable sonne. Un appel de Jade. De si bonne heure, qu'est-ce qu'elle veut ?

— Hola Cora

— Hola mi-ombré. Dis-moi, mon petit riz. Est-ce que tu veux que je te ramène les affaires de ta sœur qui sont restées chez moi ?

— Oui, je veux bien. Il y en a beaucoup ?

— Non, deux petits cartons. Je n'ai jamais osé les ouvrir.

— On les ouvrira tous ensemble.

— Et sinon, que fait mon petit riz déjà levé à cette heure ? Je pensais tomber sur ta boîte vocale.

— Je suis au ref ? P'tit déj. Enfin café. Beaucoup.

— Porque ?

— Grosse journée en perspective. Je te dis sweek. Tu vas rire.

— Avec toi, je m'attends à tout, surtout au pire.

— Hô ben merci.

— De nada mi-ombré.

— Hasta Lego mi-Cora.

Encore une fois, j'étais plié en deux. Faut que je reprenne mon sérieux. Fanta s'est déjà assise et a entendu la moitié de ma conversation peut-être. De toute manière qu'est-ce que ça change ? Rien. Je regarde mes deux amies, elle ne se parle pas. Houla, je sens que le petit déjeuner va être sympa…

Je regarde Fantasia, je m'apprête à lui demander comment elle va, quand je vois qu'elle regarde derrière moi et qu'elle se tend, elle n'est pas à l'aise et je sais ce que cela veut dire. Hector vient vers nous. Vaut mieux pour lui qu'il ne m'adresse pas la parole et qu'il ne s'arrête pas à notre table ou je sens que je vais Peter un plomb direct. Je me retourne et vois qu'il sourit, ce n'est pas un beau sourire, non, c'est un sourire de prédateur, un sourire carnassier, je me retourne pour faire face à Fantasia, je vois qu'elle a peur. Je passe ma main sur la table et la pose sur la sienne, elle détourne son regard de l'Am'Staff et me fait un petit sourire, mais elle est loin d'être complètement rassurer. Normal…

— Ça va aller, lui dis-je, t'inquiète. S'il te touche, je l'aligne.

Elle hoche la tête et me sourit une fois encore. Teza, elle, n'a pas loupé un seul instant de la scène. Elle nous regarde tour à tour, puis pose son regard sur nos mains sur la table puis fais un large sourire. Je suis certaine qu'elle se fait des idées. Je retire ma main et bois mon café d'une traite. Ça brûle, mais son réveil.

Bzz-Bzz-Bzz.

Je ne regarde pas pour l'instant. Tant pis, qu'il vibre, je m'en moque. Je ne dois pas laisser tomber mon amie, elle est plus importante que… je ne sais qui d'ailleurs. Fantasia se concentre sur son petit déjeuner, mais je vois bien qu'elle ne va rien avaler, comme quoi, venir à l'ouverture du ref n'est pas la solution pour ne pas le croiser.

[De Fanta : Je ne comprends pas pourquoi il ne me lâche pas. Il m'énerve. J'ai juste envie qu'il me foute la paix.]

[À Fanta : Tu te souviens lorsque tu m'as parlé de lui la première fois ?]

Je relève la tête pour voir sa réaction, elle me regarde et hoche la tête. Je sais que la réponse ne va pas lui plaire, mais je ne veux pas lui mentir. Je me sens déjà assez mal de le savoir et de la manière dont je l'ai appris. Non pas que je n'assume pas ce que je ressens, mais je ne tiens pas à lui dire pour le moment ce que je ressens pour elle. J'ai surtout peur que cela ne la mette mal à l'aise, je ne veux pas que cela nous éloigne et qu'elle prenne se sentiment comme une mauvaise chose.

[À Fanta : J'avais raison, il est bel et bien amoureux de toi. Je disais cela comme ça la première fois, pour tenter de te faire rire. Mais hier quand je suis sorti du bahut je l'ai croisée dans la rue et il a confirmé mes doutes.]

Je la vie tressaillir. Je savais que cela ne lui ferait pas du bien d'entendre cela, de lire en relaie, mais je ne voulais pas lui mentir. Je ne sais pas comment est Hector, je ne le connais pas à vrai dire, mais je n'ai pas envie de le connaître. Il ne m'inspire aucune confiance, et je sais qu'il en va de même en ce qu'il inspire à Fantasia. Elle est tout de même fragile, même si elle suit un entraînement de choc, même si elle est capable de le mettre à terre. Elle l'a prouvé la veille d'ailleurs.

— Au fait Fanta, la questionne Teza, tu fais du sport de combat ?

Elle hoche la tête avec un sourire et me regarde. Son regard dévie derrière nous, et son sourire disparaît encore plus rapidement qu'il lui ait venu. Je me retourne une nouvelle fois, il est derrière moi et fixe Fantasia. Je soupire, qu'est-ce qu'il m'énerve ce gars, il ne peut pas nous foutre la paix tout simplement.

— Salut, Fanta, Teza, il se décale pour me regarder dans les yeux, son sourire a disparu, je ne vois que de la colère dans son regard. Taï.

— Dis, Médor ne veut pas foutre le camp, lui demandais-je.

— Ho ça va, dit-il, je ne suis pas votre ennemi. Je ne vous ai rien fait.

— En ce qui me concerne, dis-je avec un sourire aussi faux que la tour Effel est en verre, je n'en dirais autant.

Il se départis une fois de plus de son sourie qu'il avait repris, sans doute pour se faire bien voir. Il me fait penser à un serpent à sonnette, ou pis, au loup parmi les moutons, le lion parmi les agneaux. Ce qu'il peut m'énerver ! Il ne comprend pas que Fantasia est tétanisé en sa présence. Je me tourne vers elle, elle est pâle, trop pâle, j'ai l'impression qu'elle va tourner de l'œil, de plus elle respire bien trop vite, si cela continue elle va ventiler.

— Fantasia, dit Hector en fronçant les sourcils, ça va, tu es toute pâle.

— Espèce d'abruti, lui dis-je, tire-toi.

— Pourquoi, s'étonne-t-il, je n'ai rien fait ?

— Non c'est vrai, dis-je ironiquement, tu lui as juste flanquer la peur de sa vie en entrant dans sa chambre en pleine nuit. Casse-toi !

Je reporte mon regard vers Fantasia, elle est vraiment blême, elle tremble au point de presque en renverser son café. Elle ne le lâche pas des yeux, comme l'homme qui regarde la mort lui arriver dessus, sachant irrémédiablement qu'il ne pourra l'éviter ou la fuir.

— Fantasia, dit-il en posant son plateau sur a table et en t'approchant d'elle, tu veux je parte.

Elle n'eut pas le temps de faire le moindre mouvement que ses yeux se révulsèrent et qu'elle faillit tomber de sa chaise.

J'eus juste le temps de pousser Hector et de la retenir pour qu'elle ne se blesse pas une nouvelle fois en heurtant la table avec sa tête.

— Je t'ai dit de foutre le camp, hurlais à Hector.

Je me levais et allais prendre Fantasia dans mes bras et la conduire à l'infirmerie suivie de Teza qui se retrouva chargée de mon sac et de nos portables. J'avançais rapidement, tellement que Teza me dit de ne pas courir, mais je ne cours pas, je marche, vite, certes, mais je marche. Teza passe devant une fois que nous sommes devant la porte de l'infirmerie et nous ouvre. J'entre et la dépose sur le lit alors que Teza court pour aller chercher l'infirmière.

— Qu'est-ce qu'il s'est passé ? demande-t-elle.

— Crise de panique, elle s'est évanouie, dis-je concise.

Je savais que cela finirait mal au moment où je l'ai vu se tendre. Je dis à Teza de rester avec, que je leur donnerais les cours une fois qu'elles pourront revenir, si elle revienne de la journée, ce qui m'étonnerais fortement. Teza baisse la tête, regarde mes mains, constantan ils sont serre en poing, elle relève la tête et tente de me calmer. Mais rien ne pourrait me calmer.

— Ne fais pas le con, me dit-elle.

— Non, je ne ferais pas le con, la rassurais-je, je vais juste lui expliquer ma façon de penser, lui avouais-je sans me départir d'un sourire mauvais qui l'a fait reculer.

— Vu ta tête, balance-t-elle, je ne pense pas que tu comptes lui taper la bise.

— En effet, répondis-je en m'e allant.

Je sors de l'infirmerie, je retourne au self, prends un plateau que je garde vide, histoire de pouvoir entrer, je chercher Médor des yeux et le repère avec Dhelilah et Max, si je ne me trompe pas. Ils sont en pleine discussion. J'avance vers eux d'un pas vif, je pose mon plateau en le faisant claquer sur la table ce qui a pour effet de faire sursauter les trois personnes assises. Non mais quel trouillard ?

— Dis-moi Médor, lui dis, qu'est-ce que tu ne comprends quand je te dis de foutre le camp.

— Comment va-t-elle ? me demande Dhelilah, réellement inquiète.

Je sais qu'elles sont amies depuis quelques années, même si elles se parlent peur, Fantasia l'apprécie énormément, de même que Max. Je ne comprends pas que personne n'est jamais remarquer que Fantasia avait peur de Jude, je l'ai remarqué avant qu'il ne s'introduise dans sa chambre, mais depuis, c'est encore pire.

— Elle va assez bien, dis-je en me tournant vers elle, si l'on prend en compte que ce fils de p**e lui a flanqué une peur bleue. Elle a fait une crise de panique et c'est évanoui.

Je vois Dhelilah porter la main à sa bouche, sous le choc, Max, lui se tourne vers Hector et lui donne un regard menaçant.

— Pourquoi tu ne lui fou pas la paix, dîmes Max et moi en même temps.

Nous nous regardons, et je comprends maintenant pourquoi elle l'apprécie autant, je sais qu'elle le considère comme son frère et je réalise qu'il est très protecteur envers elle. Soit il la considère comme sa sœur, soit il tient plus à elle que je ne le soupçonnais. Teza, viens nous rejoindre, et je sens que nous serons quatre à vouloir obtenir des réponses.

— Écoute-moi bien Hector Am'Staff, dit Teza en pointant un doigt vers lui et avançant droit vers lui, tu approches encore une seule fois de mon amie, tu la regardes seulement et je te jure que je vais faire de ta vie un enfer. Ce que tu lui fais subir ne sera rien en comparaison de ce que moi je te faire vivre. Est-ce que c'est clair ?

— Mais je n'ai rien fait, dit-il, je lui aie seulement demandé comment elle allait.

— Comme lorsque que tu es entré dans sa chambre, dit-elle menaçante. D'ailleurs si tu persistes, je porte plainte pour vol et je pense même la persuader de porter plainte contre toi. Et je suis certaine qu'elle le ferait.

— Mais vous êtes malades, ricane-t-il, ta plainte et la sienne ne mèneront à rien.

Il n'en fallait pas plus pour me faire perdre le peu de contrôle que j'avais encore, j'avançais vers lui, le saisi par le col et le fis reculer jusqu'à ce que son dos heurte violemment le mur. Tout le self devint silencieux et nous regardait. Cependant, tous gardaient leurs places, ne voulant certainement pas s'attirer mes foudres.

— Méfie-toi Médor, lui dis-je sur un très calme – aussi calme que celui qui annonce la tête, tu ne sais pas qui je suis, tu ne sais pas ce que je suis capable de faire. C'est la dernière fois que je te le dis, ne l'approche plus, ne lui parle plus, ne la regarde même plus, parce que je te jure que si tu lui fais quoi que soit, que tu lui dis quoi que soit, ou si je remarque qu'elle se tend comme elle l'a fait, tu n'auras pas le temps de courir pour te cacher que je t'aurais déjà mis six pieds sous terre, esta claro ?

Ce fut son tour de blêmir, il devint aussi livide qu'un cadavre. Il hocha la tête mais n'ouvris pas la bouche pour répondre ce qui m'énerva d'autant plus. Je la soucoupe et le fis heurter une fois encore le mur, cela lui coupa le souffle et il ferma les yeux, comme si cela pouvait me faire disparaître. Il me regarda à nouveau et cette fois-ci je fus satisfait de voir la peur dans ses yeux.

— Oui… Oui… Très clair… bégaie-t-il.

Je le relâchais, remis son t-shirt en état et lui tapotait l'épaule sans pour autant reculer. Je lui fis un sourire et il rentra la tête dans ses épaules.

— Je l'espère pour toi, dis-je.

Je me retournais et regardais mes amis qui semblaient choquer de ce que je venais de dire et de faire. Ici, personne ne me connaît, personne ne sait le passé qui est le mien et tout ce que j'ai fait avant d'arriver à Belém, personne ne sait le surnom que m'avaient donné les habitants de mon ancienne ville. Ils ne savent pas non plus qui sont mes amis. Moi qui espérais qu'ici, je serais plus calme, c'est raté, et dans les grandes formes.

— Waouh… dit Teza. J'aimerais pas être ton ennemi.

— Pareil, dit Max.

— Idem, dit Dhelilah d'une petite voix.

D'accord… Je venais de faire peur à quatre personnes, trois sans les touchers, sans m'adresser à eux. Mais je n'avais pas de raison de m'en prendre à eux, ils avaient le même but que moi, protéger Fantasia. Je suis plutôt satisfait de savoir qu'elle n'est quand même pas seule.

Je sortis mon portable et regardais l'heure, je réalisais que j'avais eu un message avant que Fantasia ne s'évianaise que je n'avais pas regardé. Je l'ouvris donc.

[De Jade : Tu veux que l'on te rapporte ta moto ?]

Je l'appelais en espérant qu'elle réponde et qu'elle ne soit pas occupée. Je les connais mes zoives, toujours en vadrouille.

— Un peu que tu me ramènes ma bécane, Jade.

— OK, on va la chercher et je vais la mettre dans mon garage en attendant ce week-end.

— Hé, tu la touches pas, tu ne la conduis pas.

— Houla, tu es de mauvais poil ?

— Ouais…

— Tu m'expliques ce qu'il se passe.

— No, nada ! Tu ne la conduis pas, compris.

— Oui chef.

— Dit Diégo est dans le secteur.

— Houla, je sens les embrouilles.

— Diégo est dans le coin ou pas ?

— Non, il est pas là aujourd'hui.

— Dis-lui de répliquer ce week-end… et qu'il emmène son matos.

— Pas de problème. Heu… Lequel ?

— Les deux.

— Sans soucis. Je peux participer ?

— Jade !

— Si senior.

— Tu te calmes.

— Pour toi ? Toujours !

— Cabessa grande !

— haha
— Ouais, c'est ça rigole.
— Allez, on se rappelle quand tu serais de meilleure humeur.
— Tu as tout compris. Chao Chao Corason.

Une fois que je coupais la conversation, je remarquais que j'avais trois secteurs. Et merde ! J'espère juste que personne ne va poser de question. Mais bien sûr qu'ils vont en poser. Ils ne savent rien de moi, ils ne savent qui sont mes amis, et encore moins, qui est Diogo. Jade à raison, je ne suis vraiment pas de bonne humeur aujourd'hui. Vivement vendredi soir que je décompresse au volant de mon bolide.

— Dis-moi, me dit-elle en plissant les yeux et en souriant, tu as des fans ce matin.

— Ah bon ? demandais-je.

— Oui, ton portable fume, rit-elle.

— Ho, c'est rien, ris-je.

— Mouais… dit-elle, j'en suis pas sûre.

— Aller, file retrouver Fanta, lui dis-je en la poussant légèrement vers la sortie, je vais en cours.

— Aller, dit-elle, à tout à l'heure pour le dej.

— Non, je serais pas là, dis-je en me dirigeant du côté opposé du sien.

Je la vis changer de tête, je pourrais presque voir les rouages de son cerveau tellement elle se pose des questions quant à la raison de mon absence pour l'heure du déjeuner. Mais je ne vais rien lui dire, cela ne la concerne pas. Je vais devoir courir pour trouver une boîte de nuit. Super, ma journée n'était pas assez remplie, qu'il faut en plus que je passe au restaurant, le patron veut me rencontrer avant que je commence ce soir. J'en profiterais pour demander une adresse à Allianna, elle doit connaître vu qu'elle n'est pas plus âgée que moi. Je sens qu'elle va devenir une bonne amie.

Je courus pour aller en cours, mais je réalisais que je n'avais pas mon sac de sport puisque Teza ne « abatis pas apporter pour venir nous me rejoindre et menacé Médor. Je devrais donc passer à l'infirmerie pour aller le chercher avant d'aller au restaurant. Je commençais à me demander si tous les restaurants du coin avaient des noms assez étranges. Je verrais cela en faisant le tour la ville. Je devrais le faire, je ne tiens pas à rester aussi paumé ici, j'aimerais être aussi à l'aise que je l'étais à Syska.

XIII
Chien mordant…

J'entrais dans la salle de cours et allait m'installer à la place que j'avais depuis que j'ai fait mon entrée dans cette classe. Hector ne se trouvait pas dans la même salle de cours, heureusement pour lui, je ne pense pas qu'il veuille vivre la suite de notre interlude de ce matin. Je sortis mon ordinateur de mon sac à dos, que forte heureusement j'avais gardé sur moi en allant à l'infirmerie. Je ne sais pas comment j'aurais fait si tel n'avait pas été le cas. Méthode archaïque, papier et stylo. Non ! Très peu pour moi, carrément pas, ouais.

Je notais tout, je crois que je n'ai jamais été aussi attentif. En même temps, j'ai dit que je prenais le cours, mais je sais que Fanta l'a déjà, elle a piraté le serveur, je l'ai aussi d'ailleurs puisqu'elle m'a envoyé le programme dans son intégralité des deux ans que nous allons faire ici. Le professeur m'avait tout de même demandé où se trouvait Fantasia et Teza, je lui ai donc répondu qu'elles étaient toutes les deux à l'infirmerie et que je leur donnerais les cours.

Les quatre heures de cours passèrent assez rapidement, ce qui me rendit quelque peu de meilleures humeurs. En revanche, je devais aller à l'infirmerie pour aller chercher mon sac de sport. J'y allais donc en courant, je ne devais pas traîner. J'aurais aimé avoir ma moto, je sais que je n'arriverais pas en retard mais quand même.

J'arrive devant la porte de l'infirmerie, j'entre et regarde au sol pour repérer mon sac, mais je ne le vois pas. J'espère qu'elle ne l'a pas oublié quelques pars. Je prends mon portable qui vibre dans ma poche, je n'ai pas le temps mais bon. Je décroche quand même, sans même regarder qui tente de me joindre.
— Halo.

Je continue de chercher mon sac dans l'infirmerie, j'avance jusqu'au bureau du médecin scolaire, elle lève la tête vers moi et se souviens de moi, en même temps, je ne pense pas qu'elle reçoit tous les jours deux personnes qui arrive en courant pour déposer une personne inconsciente.
— Bonjour, votre amie est réveillée.

Je hochais la tête, j'avais mon portable à la main mais je ne l'avais pas à l'oreille. En même temps, je devais faire rapidement. Je le levais vers ma bouche prononçais une phrase rapide, je ne savais même si la personne allait entendre ce que je l'allais dire.
— Hé, salut, tu te sens comment ?

Elle ne parlait toujours pas, elle prit donc un petit carnet qui avait été posé à côté d'elle pour qu'elle puisse tout de même communiquer.

« Ça va, juste un peu mal à la tête. »

— Tu m'as fait peur, à tous en fait.

« Désolée. »

— Ce n'est pas ta faute, t'inquiète pas, il ne t'approchera plus, je pense.

« C'est vrai… comment vous avez fait ? »

— Disons qu'il a rencontré quelques murs et qu'il a vu que tu étais bien entouré. Teza m'a impressionné, Dhemilah et Max aussi. Tu as tes amis en or.

« Toi aussi, je suis sûre que tu as réagi aussi, même si l'on ne se connaît pas depuis longtemps, j'en suis certaine. »

— Aller repose toi, on se verra après les cours. Je dois filer, repose-toi hein.

Elle hochait la tête, je ne lui laisse pas le temps d'écrire quoi que ce soit et je pars chercher mon sac et sors du bahut. Pourtant je m'arrête sur le parking, ma moto est là. Ils ne devaient pas être là avant vendredi, je ne comprends pas, mais en tout cas, je suis heureux de revoir ma bécane ; J'avance et je sens mon portable vibrer.

[De Jade : On s'est dit qu'elle avait été assez longtemps loin de toi. Les clefs sont dans le compartiment casque, avec le casque.]

J'ouvris donc le compartiment, dessous la selle se trouvait bien mon casque et au fond, les clefs. Je le saisis, alluma le monteur et souri comme un con en entendant ce ronronnement qui m'avait tant manqué.

[À Jade : Dis-moi que vous êtes là. Que vous n'aviez pas laissé ma moto et êtes repartie sans au moins me dire bonjour !]

[De Evan : Vraiment, tu nous en crois capables ?]

[À Evan : Vous êtes où]

[De Evan : Juste devant les grilles, et on a de la visite pour toi.]

Je partis donc avec ma moto et allais les rejoindre en dehors de l'établissement. Ce que je suis content dès les revoir, ce qu'ils m'ont manqué.

— Salut Draz, me dirent en cœur mes amis.

— Diégo, comment ça va ? dis-je à mon tour.

— Je vais bien, mais dis-moi, tu veux un autre tatouage que t'as demandé que je vienne avec tout mon matos, me questionne-t-il. Personne ici ne pouvait te le faire ?

— Si, si, dis-je en souriant, mais tu sais bien que je n'ai confiance qu'en toi.

— Mmm… Tu veux quoi cette fois ? Et où me demanda-t-il ?

— Ceci, dis-je en sortant un morceau de papier où j'avais dessiné ce que je voulais. Et je ne sais pas encore ou, je dois y réfléchir, je te dis ça plus tard, je dois filer.

— Aller à tout à l'heure, les entendis-je alors que je partais.

Je ne mis pas longtemps à rendre au restaurant, je me garais derrière le bâtiment et attachais ma moto avec l'antivol qui ne quittait jamais mon coffre. Je mis ensuite les clefs dans ma poche et entrait. Je retrouvais rapidement Allianna qui m'emmena voir le patron. Je fis donc la rencontre d'Erik, un homme ayant la trentaine, jovial à ce que je peux en voir. Il est assez petit pour sa carrure, il doit faire la même taille qu'Alianna.

— Bonjour, Taïzon, dit-il en me tendant la main, je suis Erik le patron de ce petit restaurant.

— Enchanté, lui dis-je en tendant la mienne à mon tour.

— Je tenais à vous rencontrer avant que vous ne commenciez, dit-il en s'assoyant à une table et me demandant se m'asseoir également d'un signe de la main, avez-vous déjà travaillé dans un restaurant ?

— Oui, répondis-je simplement.

— Qu'est-ce qu'il vous a décidé à postuler ? me demande-t-il.

— Seulement parce que j'ai vu l'annonce, dis-je, j'ai également vu Allianna assurer seule le service hier soir, dis-je en regardant la jeune fille. J'ai pensé que de l'aide lui serait de bien venu.

— Vous serez donc à l'essai durant une semaine, m'annonce-t-il, si cela vous convient, je vous ferais signer un contrat en fin de cette période.

— Je vous remercie, dis-je avec le sourire.

— Très bien, dit-il en se levant, je vais vous faire visite, vous aurez également un uniforme de service, les horaires sont simples, de 21 heures à minuit. J'ai également vu que vous étiez étudiant.

— Oui, répondis-je, j'étudie au lycée de Delam depuis peu.

— Très bien, sourit-il. Allainna, je te laisse lui faire faire le tour annonce-t-il en prenant un appel. À plus tard.

Il partit et me laissa avec Allianna qui me fit donc visiter la salle de restauration, les vestiaires, la salle de pause, les cuisines ainsi qu'une petite salle ou le personnel prends leurs repas. J'appris également que toutes les personnes qui travaillent isi sont étudiant, mis à part Erik, évidement.

J'ai donc fait la connaissance du cuisinier, Jhon, un gars plutôt réservé. Je me suis présenté nous avons discuté tous les trois durant un petit moment. Je me suis également souvenu que je devrais trouver une boîte de nuit.

— Dites-moi, demandais-je, vous ne sauriez pas où il y aurait une boîte de nuit par hasard.

— Si, dit Allianna avec un grand sourire, ce soir après le service si tu veux je t'y conduis. Je bosse dans une boîte après mon service ici tous les soirs.

— Cool, lui dis-je, OK pour ce soir alors.

Je regardais l'heure, je devais filer je ne voulais pas être en retard en cours. Je dis donc au revoir à mes tout nouveaux collègues de travail et partie à l'arrière du bâtiment pour enfourcher ma moto. Ce qu'elle m'avait manqué, se son m'avait manqué. Je pris donc la toute pour aller au bahut, une fois devant les grilles, j'entrais et allait garer ma moto au parking puis passait rapidement pour aller prendre mon sac de cours que j'avais laissé dans ma chambre avant de partir. Je n'eus qu'à ouvrir ma porte et prendre mon sac, je déposais en même temps mon casque et allait en cours.

***

Une fois que les cours étaient enfin terminés, je repartis vers ma chambre, je devais me préparer pour aller bosser, j'avais encore du temps puisque je ne commençais pas avant 21 heures, je devrais donc partie une dizaine de minutes avant maintenant que j'ai ma moto. Je profitais du temps qu'il me restait pour faire mes devoirs et ensuite j'allais à l'infirmerie pour voir Fantasia. Teza se trouvait déjà là, je l'entendais depuis la porte, elle lui expliquait ce qui c'était passé au réfectoire ce matin et lui dit qu'elle avait déjeuner avec Dhelilah et Max et que je n'étais pas là ce midi.

J'entrais dans la petite pièce ou Fantasia était allongé sur une petite banquette. Elle semblait aller bien mieux. Je m'assis sur une chaise à côté de Teza qui souriait puis me posa des questions quant à mon absence.

— Dis-moi, me dit-elle, j'ai rêvé ou tu as une moto ?

— Non, lui répondis-je, tu n'as pas rêvé, j'ai enfin récupéré ma bécane.

— Tu ne nous avais pas dit que tu en avais une, dit-elle, en même temps, on ne sait presque rien de toi, tu es assez secret.

— Je sais, dis-je. Mes amis sont ici, du coup ils me l'ont rapporté puisqu'elle ne roulait pas quand nous avons déménagé.

— D'accord dit-elle simplement ?

Je regardais l'heure, 20 heures, cela faisait seulement quelques minutes que j'étais là et j'allais bientôt devoir partir.

— Tu vas rester ici ce soir, demandais-je à Fantasia.

Elle hocha la tête, et au même moment l'infirmière arriva pour voir comment se portait notre amie. Nous la laissons passer en nous levant mais nous ne sortîmes pas de la pièce. Elle lui donna une boîte de comprimé, lui expliquant que cela devrait lui éviter des crises d'angoisse. Pourtant, je savais que cela ne changerait rien, sa peur n'était pas petite, elle était devenue une constante de sa vie, même si jusque-là, elle n'avait pas autant eu peur et jamais fait de crise comme celle-ci, je savais que cela se reproduirait sûrement. Cependant, je ne dis rien.

— Bon, tu as l'air d'aller bien mieux, tu pourras retourner en cours demain, mais repose-toi tout de même, lui dit l'infirmière.

Elle hocha la tête. L'infirmière nous demanda ensuite de la laisser, nous signifiant que nous pourrions revenir demain matin avant les cours. Nous hochâmes la tête. Nous avons discuté quelques instants encore avec Fantasia, puis l'avons tout pris dans nos bras et lui souhaitant bonne nuit et sommes partie de l'infirmerie et sommes sortie du bâtiment.

— Tu fais quoi ce soir ? me demanda Teza.

— J'ai quelques petites choses à faire, lui dis-je, pourquoi ?

— Je voulais savoir si tu voulais manger avec moi ce soir.

— Désolée, dis-je, je suis déjà pris.

— Dommage, dit-elle. On remet ça alors. Vendredi, ça te va.

— Vendredi, je suis avec mes anciens amis, lui répondis-je. Je ne sais pas combien de temps il reste. Mais si tu veux, tu peux venir. Tu crois que Fantasia pourra sortir ?

— Je veux bien rencontrer tes anciens amis, dit-elle, pour Fantasia, je ne sais pas si elle voudra venir. On se tient au courant.

— Pas de problème, lui dis-je. Je te raccompagne ?

— Je veux bien, sourit-elle. Tu ne vas pas être en retard ?

— Je ne fais que te raccompagner, lui expliquais-je, je ne reste pas, donc sa devrais aller.

Nous sommes ensuite allés à son bâtiment où je la laissais devant sa porte et partie aller chercher mon casque dans ma chambre et pris le chemin pour le restaurant. Le trajet fut rapide et j'étais heureux de conduire à nouveau, adieu les transports en commun. Je me sentais à nouveau libre, comme autrefois. Mais en même temps, je sais que je ne suis pas aussi heureux que je le prétende, les autres y croient, c'est l'essentiel. Mais je pense que je serais à nouveau bien lorsque j'aurais mis la main sur Jude, qu'il sera enfin à notre merci et qu'il souffrira autant qu'il a fait souffrir toutes ces personnes.

J'arrivais devant à l'arrière du restaurant où je laissais ma moto garer sur une place de parking attaché de son antivol. J'entrais donc par la porte de service et allait me changer. Ma tenue de service se composait d'un pantalon noir, d'une chemise blanche avec un gilet noir et pour parfaire le tout un nœud papillon. J'ai toujours détesté en porter, mais je n'ai pas le choix, c'est la tenue que je vais devoir porter chaque soir.

John entre à son tour dans les vestiaires accompagnés d'Allianna, elle file rapidement se changer, elle porte une robe patineuse noire et blanche, elle est aussi affublée d'un nœud papillon. Elle vient vers moi et me salue. Elle m'indique également que je vais servir la partie gauche du restaurant, elle se charge donc de l'autre moitié. Nous entrons en salle et prenons chacun un tablier avec le carnet et un stylo. Les tables sont numérotées. J'hérite donc de toutes les tables impaires. Nous allons saluer Erik qui est à son bureau, puis nous filons en salle lorsque nous entendons la clochette de l'entrée. Et c'est parti pour trois heures de services.

***

Une fois ma première soirée de travail terminé, je suis satisfait, voilà longtemps que je n'avais travaillé dans un restaurant. J'ai toujours aimé cela et j'espère bien que je vais avoir le poste en contrat en durée interminée une fois que ma semaine d'essai sera terminée. Je suis donc allé me changer, Erik nous remercia pour le travail accompli et il était ravi qu'Allianna soit de l'aide et satisfait de mon travail. Cela est peut-être bon digne. Il nous dit au revoir et part vers le parking après avoir fermé le restaurant. Nous le saluons lorsqu'il démarre et je me dirige vers ma moto. Allainna prend sa voiture, elle m'a expliqué qu'elle raccompagnait John et passait le prendre chaque jour puisque qu'il vit entre le restaurant et chez elle. Je la suis donc pour aller en boire. Après une vingtaine de minutes, nous arrivons devant la boîte. Je regarde l'enseigne lumineuse des « 4 pattes » je souris, j'ai l'impression qu'ici les noms ne sont pas communs, j'aime assez. Je descends de ma moto et rejoins Jhon et Allianna devant l'entrée. Un videur est à l'entrée, je ne sais même pas s'il acceptera de me laisser passer.

— Salut Ben, dit Allianna, nous sommes trois ce soir.

— Tu me fais des infidélités ma belle, dit-il en riant.

— Jamais, dit-elle en l'embrassant, je te présente Taïzon, le nouveau serveur au resto. Il m'a sacrément bien aidé ce soir.

— Bonsoir, Taïzon, me dit le videur, passez une bonne soirée.

— Elle ne sera pas aussi bien que je le voudrais dit Allainna, tu ne peux même pas entrer ce soir.

— Ne t'en fais pas, dit-il, vendredi je ne bosse pas.

Il nous ouvre la porte et nous entrons. Je ne compte pas rester longtemps, je voulais surtout avoir une adresse, je ne pensais pas rester toute la nuit, puis demain j'ai cours. La salle est pleine, la musique retentit dans la salle qui est éclairée par des lumières multicolores. Nous allons nous installer à une table et commençons à discuter. Allianna m'explique pourquoi elle travaille dans ce restaurant, comment elle à rencontrer Ben, Jhon, lui me dit qu'il n'a pas encore trouvé la femme de sa vie, je le rassure en lui disant que cela viendra un jour. Nous commandons à boire et allons danser. Sur la piste je suis bousculé plusieurs fois, je n'y prête pas attention jusqu'à qu'Hector arrive et cherche les embrouilles. Je tente de le calmer, je ne tiens pas à me battre, je sais qu'il n'aurait pas de chance face à moi.

— Qu'est-ce que tu fous la Taï, crie-t-il pour se faire entendre par-dessus la musique, Fantasia n'est plus intéressante.

— Médor, lui dis-je, si tu crois que je vais te laisser m'emmerder ce soir, tu te trompes. Va jouer ailleurs.

Deux autres personnes arrivent, deux Am'Staff, tout comme lui. Je sens déjà la colère et la haine montées en moi. J'aurais dû me douter qu'il ne traînerait pas avec d'autres personnes que des horreurs comme lui. Je tente de passer pour rejoindre Jhon qui est retourné s'asseoir, mais l'un deux tentes de me frapper. Pas de chance, j'esquive son coup et c'est une autre personne qui reçoit son poing. Jhon qui n'a pas échappé à la scène vient vers moi, il me demande ce qu'il se passe mais je ne lui réponds pas. Hector tente de me frapper et encore une fois j'évite le coup, je ne réplique pas, je tiens à terminer ma soirée tranquille, je ne tiens vraiment pas à m'énerver davantage.

— Que ce passe-t-il Taï, me dit Hector avec un sourire mauvais, tu as peur ou quoi ?

— Peur, lui demandais-je, de toi ? Même pas.

Je lance ma main vers son cou pour le maintenir, je réussis à l'attraper et resserre mon emprise autour de sa gorge. Il tente de se débattre, une main se pose sur mon épaule, je me retourne pour voir qui ose m'interrompre et je vois Diégo accompagné de Daniel, Evan et Jade.

— Draz, me dit Diégo, tu expliques déjà à ce gamin ce que cela donne de faire chier le monde.

— Tu as tout compris, lui répondis.

— Tu comptes lui faire quoi, me demande Jade avec un grand sourire, j'ai bien mon idée, tu me le laisses ?

Je ris, Jade est encore pire que moi, elle aime voir souffrir les autres, c'est cela d'être sadique. Je sais qu'elle a pas mal d'idée. Je me pose la question quelques secondes avant d'imaginer les atrocités qu'elle pourrait bien lui faire subir. Ce n'est pas pour rien que nos nous nous entendons bien tous les deux. Pourtant, nous ne nous en sommes jamais pris à des personnes sans histoires, seulement à des personnes comme Jude. Pourtant Hector n'est qu'une petite frappe à côté des personnes que nous avons blessée. Je le lâche et le pousse de l'autre côté.

— Non, lui dis-je, il n'en vaut pas la peine. Il est insignifiant.

— Dommage, annonce-t-elle, cela fait longtemps que je ne me suis pas amusée.

— Ne t'en fais pas, lui assurais-je, tu trouveras bien quelqu'un d'user timbrer dans le coin.

— Bon, dit-elle en me donnant un grand sourire et une tape sur l'épaule, on va danser, je voudrais voir si tu es toujours aussi mauvais cavalier que tu le dis.

Je regarde en direction d'Allianna qui danse avec Evan, il n'a pas perdu de temps, Jhon c'est trouvé une charmante cavalière lui aussi, Daniel quant à lui est assis à une tale à siroter un verre. Jade me tend la main, je la prends et nous allons danser. Je surveille tout de même Hector et ces amis, ils ne nous lâchent pas du regard. Je suis sûre qu'ils tourmentent quelque chose, Hector est assez vicieux, j'ai pu m'en rendre compte de la manière dont il a agi pour pouvoir entrer dans la chambre de Fantasia.

Après une heure à nous déchaîner sur la piste, nous avons tous prie un verre, sans alcool pour moi puisque je conduite ensuite, de même qu'Evan et Allainna. Nous nous sommes retrouvés sur le parking pour chacun prendre notre véhicule et nous séparer. Nous n'avons pas eu le temps de mettre le contact qu'Hector déboule accompagné de ses deux amis. Je lève les yeux au ciel lorsque je vois Jade se frotter les mains. Elle a envie de faire souffrir quelqu'un se soit à l'évidence. Elle s'approche de lui, l'air de rien en battant des cils. Je vois Evan et Daniel sourire, Allainna et Jhon, eux ne comprennent pas ce qu'il se passe et regarde la scène avec grand intérêt.

— Salut, mon gars, lui dit Jade.

Hector ne lui répond pas et avance vers moi. Je ris, Jade déteste être ignorée. J'opère qu'il va rapidement lui répondre ou cela risque d'être douloureux pour lui.

— Tu devrais lui répondre, lui dis-je, elle n'aime pas être ignorée.

— J'en ai rien à faire de cette meuf, dit-il, tu vas mourir mon gars.

— Je ne pense pas, lui dit Jade, au fait, c'est quoi ton nom de bâtard ?

— Médor, dis-je sans laisser le temps de répondre à Hector. Médor ça lui correspond bien, tu trouves pas ?

— Tout à fait, rit-elle, elle se place à côté de moi et le regarde dans les yeux. On ne t'a pas appris la politesse, Médor ?

Il tente de la pousser, mais elle lui fait une clef de bras, il reste choqué quelque seconde, les deux amis d'Hector viennent et tente de faire lâche prise à Jade, mais sans y parvenir, puisqu'ils sont à leur tour maîtrisés par Evan et Daniel.

— Qu'est-ce que je vais faire de lui, demande Jade, Drazik, tu n'aurais pas une idée.

— Ne perds pas ton temps avec lui, lui dis-je, j'en fais mon affaire, laisse-le partir pour ce soir, mais si tu le croises à nouveau tu as carte blanche, Anita.

— Je ne peux même pas m'amuser un peu, dit-elle, je suis certaine que c'est le genre de Gard à se pisser dessus quand il est seul.

— Je ne le connais pas assez pour te le dire, lui dis-je, en tout cas, ce matin il ne riait pas.

— Tu t'es amusée sans moi, me Jade avec un regard triste.

— Oui, tu n'es pas en cours avec moi, lui dis-je, c'est dommage, tu aurais aimé voir la scène. Aller, lâche-le.

Elle le lâche et affiche une mine boudeuse. Cela me fait rire, comme autrefois. Elle se retourne et Hector en profite pour l'attaquer, il frappe des deux mains dans son dos pour la faire tomber au sol, elle se retourne et lui attrape l'un de ses mains et mors suffisamment fort pour le faire saigner et laisser une belle emprunte de ses dents.

— Tu m'as mordu pétasse, crie Hector, tu vas me le payer !

— Ho, le pauvre petit va appeler sa maman, se moque-t-elle de lui ouvertement, je ne pensais pas qu'un gars comme toi puisse être aussi… pathétique.

Je vois Allianna et Jhon complètement stupéfaits. Ils me regardent et regardent Jade. Je sais qu'ils se posent des questions, mais je ne vais pas leur répondre, je ne tiens pas à devoir expliquer ce qui est arrivé ce matin ni la raison de notre accrochage. Cela ne regarde personne en réalité. Mais je sais que si Jade le voit encore, elle ne sera pas aussi tendre qu'elle est en ce moment, elle sait être très inventive.

— Tu vas souffrir demain, me dit Hector.

Je rigole. Qu'est-ce qu'il croit lui ? Que je suis un ange ? Bien au contraire ! J'ai largement eu mon quota de méfait, même si j'ai toujours défendu les plus faibles, je sais me montrer sans pitié. Il n'a pas du bien entendre ce matin lorsque je lui ai dit qu'il ne me connaissait pas. Jade, Evan et Daniel partent dans un fou rire. Je sais bien pourquoi, je suis certaine qu'ils ont compris qu'il ne sait rien de moi, de mon passé, de ce que j'ai fait. Après tout, ici, je ne me suis livré à personne. Eux me connaissent depuis la tendre enfance, depuis le berceau même.

— À demain, Médor, lui dit Jade.

Puis se rend dans la voiture accompagnée de ses deux frères. Jhon et Allianna en fondent autant. Je mets mon casque et démarre, je prends le chemin du bahut. J'espère seulement que je ne vais réveiller personne en arrivant au parking avec ma moto. Une fois arrivé devant les portes du bahut, je coupe le contact et pousse ma moto jusqu'au parking. Je rentre ensuite dans mon bâtiment et vais dans ma chambre. Je pose mon casque et me couche. Je sombre rapidement après cette journée à courir et très mouvementé.

XIV
La queue entre les pattes…

Le lendemain matin, je me lève tôt, plus tôt que d'ordinaire pour retrouver Teza et ensuite aller voire Fantasia. Je vais donc l'attendre devant son bâtiment, elle arrive quelques minutes plus tard, je suis passé dans la chambre de Fantasia se matin pour prendre son ordinateur. Je ne sais pas si elle repassera par sa chambre avant d'aller en cours.

— Salut, me dit Teza encore un peu endormie.

— Salut, lui répondis-je, ça va ?

— Oui, juste fatigué, me dit-elle, et toi, ça va ?

— Oui, lui dis-je, très bien ? On y va ?

Elle hoche la tête et nous allons à l'infirmerie. Nous retrouvons Fantasia qui écoute ce que lui dit l'infirmière. Elle dut lui signaler notre présence puisqu'elle se retourne vers nous. En entrant, nous apercevons Hector qui fait soigner sa main, il faut dire que Jade n'y est pas allée de main morte. Je ris en le voyant.

— Alors Médor, lui dis-je, elle t'a fait mal hein ?

Il ne répond pas et prend la fuite. Ce qu'il peut être courageux lorsqu'il est seul, s'en ai risible. Teza qui ne comprend évidemment pas me regarde étonner. Je ris encore et tourne la tête pour lui faire comprendre que je ne lui expliquerais pas. En revanche, le regard qu'avait Teza en voyant Hector ma surprise, elle était énervée envers lui, je sais qu'elle l'appréciait, mais elle semble avoir changé d'avis à son sujet. Sans doute due au fait de ce qu'il fait vivre à son amie d'enfance. Je ne sais pas, mais je ne vais pas l'interroger sur le sujet.

L'infirmière nous laisse entrer et nous quittons le bâtiment en compagnie de Fantasia. Mon portable vibre dans ma poche, je regarde et remarque j'ai un message. Je l'ouvre et reste étonné de ce qui est écrit. Je relève la tête puis la porte à nouveau sur mon écran. Je suis surpris, puis je ris au point d'en avoir mal au ventre.

— Qu'est-ce qu'il se passe ? me demande Teza.

— Mes amis qui viennent de me surprendre lui répondirent, je vous retrouve au ref, j'arrive.

Elle esquisse et partent, je me retourne et regarde vers le portail ou je vois mes amis en pleine discussion avec le surveillant. Je vois mes amis entrer avec la voiture et aller au parking. J'y crois pas, c'est pour cela qu'il voulait sans doute savoir où j'étais, pas seulement pour me restituer ma moto mais parce qu'ils allaient également s'inscrire ici. Je sens que l'on va rire. Je vais les retrouve sur le parking ou ils garent la voiture à côté de ma moto, je les aide à prendre leurs affaires et leurs demandes dans quel bâtiment ils sont.

— Bâtiment administratif, répond Jade, pas loin de ta chambre et d'une certaine Fantasia, il me semble.

— C'est bien cela, lui dis-je. Aller ont va poser vos affaires et ont va prendre le petit-déj.

— OK, t'inquiète, me dit Evan, nous n'avons pas beaucoup de choses, le reste est dans le camion de dégagement qui devrais arriver ce soir.

— Nos parents sont aussi du voyage, m'explique Daniel, ils ont un meilleur poste ici, du coup tu vas nous avoir sur le dos mec.

Je leur souris. Je suis heureux de savoir qu'ils vont rester ici, moi qui pensais ne les voir que pour le week-end. Je ne me doutais pas qu'ils allaient emménager ici. En même temps, je ne leur ai pas demandé, ils voulaient sans doute me faire la surprise. Nous montons les affaires dans leurs chambres et je constate que Jade à sa chambre en face de celle de Fantasia et qu'Evan se trouve en face de la mienne tandis que celle de Daniel se trouve à côté de celle de Jade. Nous plaçons le tout rapidement, ils prennent leurs sacs avec leurs ordinateurs et nous allons ensuite au réfectoire.

En arrivant devant les portes, l'un des cuisiniers demande à mes amis ce qu'ils font ici. Je souris car je sais d'avance ce que va répondre Jade. Elle n'a pas sa langue dans sa poche et elle est sans filtre. Si elle veut dire quelque chose, elle le dit, elle ne se soucie pas de ce que les personnes vont penser. Je pense que c'est pour cette raison qu'Ezira l'appréciait autant. Moi aussi par la même occasion.

— Nous venons prendre le petit déjeuner paradis, dit Jade.

Je ris puis me retourne pour voir les filles, elles discutent, enfin Teza parle et Fanta écrit sur son petit carnet. Je me dirige vers sa table, suivis de mes amis d'enfance. J'espère seulement que cela ne dérangera pas Fantasia, même si je vais lui demander si cela la dérange, et selon comment elle réagit, j'irais à une autre table.

— Me voilà les filles, leurs dits. Mes amis viennent d'arriver dans la région, cela vous dérange s'ils s'installent ici, demandais-je en regardant principalement Fantasia.
— Moi cela ne me gêne pas, dit Teza, Fantasia ?

Elle regarde mes amis qui sont maintenant à côté de moi. Puis elle me regarde. Elle regarde de nouveau mes amis et souris à Jade. En revanche, je redoute la réaction qu'elle va avoir envers Daniel et Evan.
— Sinon, je vais à une autre table, lui dis-je.
— Bonjour, je m'appelle Jade, dit mon amie, et voici mes frères, Evan et Daniel.
— Bonjour, moi c'est Teza, et voici Fantasia, dit-elle.
— Bonjour les filles, dirent Evan et Daniel en même temps. On peut s'asseoir avec vous, demande Evan.

Teza et moi regardons tout deux Fantasias, elle ne pâlit pas, elle ne tressaille pas, cela est peut-être bon signe. Elle les regarde attentivement et me regarde de nouveau puis prend son portable pour m'envoyer un message. J'anticipe et pose mon plateau pour prendre mon portable qui se trouve dans ma poche.

[De Fanta : Tu les connais bien ?]

— On a grandi ensemble, lui dis-je.

[De Fanta : Tu leur fais confiance ?]

— Évidement, répondis-je, je ne vous les présenterais pas sinon.
— Elle ne parle pas, demande Evan.

— Non, lui répondit laconiquement.
— Elle me fait penser à ta sœur, dit Jade le visage triste.
— C'est vrai, dit Daniel.

[De Fanta : Ils ont connu ta sœur ?]

— Oui, répondis-je.

Je relève la tête lorsque je vois Hector entrer. Jade me regarde et me fait un grand sourire. Fantasia se retourne pour voir ce que nous regardons et vois à son tour Hector. Elle se tend et je vois qu'elle commence à respirer de plus en plus vite.
— Salut Médor, dit Jade avec un grand sourire, pas trop mal ?

Daniel et Evan commencent à rire. Je sens que mes amis non plus ne vont pas apprécier cet individu. Je les regarde, me tourne à nouveau vers Fantasia et remarque qu'elle est raide, elle commence à paniquer, je le vois. Jade pose son plateau en remarquant le visage de Fantasia, Evan et Daniel m'interrogent du regard, mais je ne dirais rien, si Fantasia veut qu'ils sachent, elle me le fera comprendre ou leur écrira sur son carnet.
— Tu fais moins le malin Médor, ris Jade, te faire mettre minable par une fille ne te fais te sentir aussi minable qu'une merde ?
— Ta gueule, répond Hector en partant aussi rapidement que possible.
— Hé l'Am'Staff, crie Evan, fais gaffe, tu parles mieux à ma sœur, compris ?
— Tu crois que tu me fais peur, hurle Hector en s'approchant.

— Je crois qu'il aime avoir mal celui-là, dit Jade en me regardant. Attends, j'ai pas eu le temps de bien te dire à quel point je suis gentille dit lui après s'être retourné face à Hector.

— Je m'en tape, dit Hector.

Fantasia me regarde, surpris alors que je ris, je savais que j'allais rire avec mes amis ici, je ne pensais pas que ce serait aussi rapide. En même temps, tous les quatre nous avons toujours fait des étincelles dans notre ancienne ville, de même qu'au bahut. Nous étions craints, notre réputation ne nous laissait paraître comme de parfaits élèves, certes nous avions tous d'excellents résultats, mais nous étions aussi souvent dans les bastons.

Hector vide son plateau et reviens vers nous, nous nous regardons tous les quatre, mes amis posent leurs plateaux en même temps, puis s'avance vers ce malheureux. Tous avec un sourire mauvais au visage, nous sommes tous les quatre en ligne et lui faisons face, j'ai été le premier à bouger pour me placer entre lui et Fantasia, je ne tiens pas à ce qu'elle panique davantage. Je sens les regards de Fantasia et Teza sur moi, mais je ne me retourne pas, je sais qu'Hector en profiterait pour m'attaquer dans le dos comme il l'a fait avec Jade.

— Je peux m'amuser cette fois, me demande Jade avec un sourire à faire peur.

— Tu as carte blanche, lui répondis-je, je te l'ai dit hier. Fais-toi plaisir.

Elle me gratifie d'un sourire encore plus large et s'avance vers Hector, il recule, sachant qu'avec elle, il n'aura pas le dessus puisqu'elle le lui a déjà prouvé. Elle le fait reculer jusqu'au mur et avance sa tête jusqu'à n'être qu'à quelque centimètre de lui, puis elle lui souffle sur le visage. Croyant qu'elle allait le frapper, il s'est ratatiné au sol, se mettant en boule. Elle s'accroupit devant lui et sourit encore. Elle passe son temps à sourire. Quand elle sourit en général, c'est mauvais signe, elle est sadique, et j'adore ça.

— Ben alors, lui dit-elle en appuyant sur sa tête, la raclure a peur ?

Elle se relève et revient vers moi, l'air triste. Je souris tout d'abord et ris, de même qu'Evan et Daniel. Teza elle, n'a pas manqué un seul instant de la scène, elle arbore un large sourire et je comprends qu'elles les aiment déjà. Jade boude toujours, elle n'a même pas eu à le frapper pour qu'il soit peur, je comprends sa déception. Elle prend son plateau et s'assoie en face de Fantasia, l'air triste. Fantasia ne comprends pas, je m'assoie à côté de Jade et Evan et Daniel l'un en face de l'autre.

— Ce n'est pas juste, se plaint-elle.

— De quoi, lui demande Teza.

— Lui, dit-elle en lançant le bras pour désigner Hector, je lui ai seulement soufflé dessus qu'il s'est mis en boule.

— Tu en fais Ani, on trouvera de quoi tu amuses, lui dis-je.

— Draz, me menace-t-elle, vaux mieux parce que sinon je repars.

— Tu as lui fais peur, dit Evan, dis-toi que c'est suffisant.

— Non mais tu es sérieux, lui demande Daniel à son tour.

Nous nous tournons tous les trois vers lui et levons les sourcils, cela nous a tous surpris qu'il dise une chose pareille, comme si cela allait contenter Jade. Inspirer la peur n'est pas suffisant pour elle, elle aime surtout voir et entendre la souffrance des personnes qu'elle n'aime pas. Et Hector est une personne qu'elle n'aime pas alors qu'elle vient de le rencontrer.

— Franchement, dit Jade, c'est nul.

— Allez, boude pas, lui dis-je en ébouriffant ses cheveux. Tu auras d'autres occasions. Il cherche toujours la merde.

— C'est vrai, demande-t-elle en regardant Fantasia et Teza, vous me le garantissez ?

— Mais d'où elle sort, demande Teza bien intriguer, en tout cas, je l'aime déjà, dit-elle en me regardant.

Je ris une fois encore, et nous mangeons enfin. Je sens que cette année ici va vraiment être l'éclate. J'ai l'impression d'être entier avec mes amis. Nous allons bien rire tous ensemble. Fantasia nous regarde, elle n'a rien mangé, ce qui ne me rassure pas. Lorsque nous avons tous terminé, nous débarrassons nos plateaux et filons en cours. Teza discute avec les nouveaux arrivants, tandis que moi je suis avec Fantasia un peu en retrait. Elle marche lentement et je ne comprends pas pourquoi.

— Draz, m'appelle Jade, il est top se bahut.

— Tu en doutais, lui demandais-je en souriant.

— Un peu, dit-elle, mais j'ai revu mon opinion.

— Contenant que cela te plaise, lui dis-je en lui faisant un clin d'œil.

Fantasia lève la tête vers moi et fronce les sourcils, je ne sais pas ce qui l'intrigue, mais je compte bien lui demander lorsque nous serons seuls. Nous arrivons devant la salle de cours, et entrons. Le professeur nous arrête et nous dit que le plan de classe a changé. Teza et Fantasia se retrouvent à la même table, je suis à côté de Jade juste derrière les filles et les garçons tout deux ensembles devant les filles. Puis le cours commence.

Les heures de cours sont passées rapidement, chacun de nous avons été très attentif, il n'y a pas eu de problème et nous avons même terminé en avance. Nous rangeons tous nos ordinateurs dans nos sacs et sortons de la salle. Les filles ne nous ont pas attendues, ce que je ne comprends pas, Fantasia m'entend toujours, et là, non. Il faut vraiment que je lui demande ce qu'il lui arrive. Nous sortons tous les quatre du bâtiment pour aller dans nos chambres, Jade va me donner les cartons de ma sœur et nous allons en profiter pour ranger leurs affaires, je me suis dit qu'à quatre cela ira plus vite.

J'entre dans la chambre de Jade pour prendre les deux cartons qui m'intéresse et vais les mettre dans ma chambre, nous les ouvrirons se soir avant que je ne parte travailler. La chambre de Jade est encombrée de cartons, heureusement qu'elle n'a pas tout pris, ce serait quoi sinon. Elle commence par ranger ses vêtements tandis que je prends tout ce qui va dans la salle de bain, puis je continue par ses livres et nous terminons par rangée ses objets de décoration. Je tombe sur une photo d'elle et d'Ezira, je la regarde quelque instant et la pose sur sa table de nuit. Je trouve ensuite des photos de nous, il y a quatre photos, une ou nous rions, une nous nous regardons, une nous faisons une grimace et la dernière ou l'on s'embrasse. Je trouve un autre cadre où elle est avec ses frères, elle est au milieu, puis la dernière ou nous sommes tous les cinq ou aucun de nous ne regarde l'objectif.

Jade s'approche de moi et regarde les photos elle aussi. Puis elle m'annonce qu'elle en a fait de doubles pour moi puisqu'elle savait qu'elle me retrouverait ici. Elle me tend également un paquet d'enveloppes. Je ne comprends pas, puis elle m'explique qu'elle m'a écrit tous les jours mais que, puisqu'elle ne savait pas où les envoyés, elle les a gardés en se disant qu'elle me les donnerait si l'on venait à se revoir, ou qu'elles les auraient envoyés si elle obtenait mon adresse. Je prends les enveloppes et vais les placer dans ma chambre, je les glisse dans ma table de nuit, avec la lettre de ma sœur. Je pense que je vais les placer dans un classeur, je ne voudrais pas que tout cela s'abîme avec le temps.

Evan et Daniel arrivent pour nous aider, mais tout est déjà en place, me lit est déjà fait, le bureau est rangé, son linge aussi ainsi que ses affaires de toilette. Il ne reste qu'un carton, elle l'ouvre et sort son casque de moto. Je pensais qu'elle n'en faisait plus puisque je n'ai pas vu la moto.

— Où sont vos motos ? leur demandais-je.

— Bientôt là, me répond Evan. Diégo nous les ramènera ce soir, elles sont dans son camion.

— Tiens, me dit Jade en me tendant trois boîtes de chaussures, j'ai trouvé les photos.

— Il y en a combien là-dedans, demandais-je en riant.

— Je ne sais pas, dit-elle en haussant les épaules, beaucoup.

— Je vois ça, dis-je en riant aussi.

Une fois que tous sont rangés et que mes amis sont satisfaits, nous sortons du bâtiment et allons manger. Nous prenons nos plateaux et cherchons les filles du regard, mais elles ne sont pas là. Nous nous installons et mangeons rapidement. Une fois que nous avons terminé, nous sortons, et je vois les filles au foncé, à la même place où se trouvait Teza lorsque Fantasia est partie. Mon portable vibre dans ma poche, je le sors et regarde.

[De Allianna : Ce soir service de 23 h à 2 h.]

[À Allianna : OK. À ce soir.]

[De Allianna : Soirée au resto après le boulot entre collègues. Erik a fait ton contrat.]

[À Allianna : Je ne devais pas le signer après une semaine d'essai ?]

[De Allianna : En effet. Mais il a décidé de te prendre. Il t'adore déjà puis tu bosses bien alors il a déjà décidé.]

[À Allianna : Super. J'ai hâte. Du coup, ce soir a fait mon embauche donc ?]

[De Allianna : Tu as tout compris.]

Finalement, je commence plus tard, ce n'est pas plus mal, j'aimerais vraiment regarder les photos et lire les lettres que ma donnée Jade. Je sais que je n'aurais pas eu le temps sinon. En même temps si je m'organise bien, je devrais pouvoir faire tour mes devoirs avant demain. Je regarde une fois encore vers les filles, Fantasia me tourne le dos, Teza me fait signe de venir. Je vais vers elle sans dire quoi que ce soit à mes amis et vais les rejoindre.

— Tu es très proche de tes amis, me questionnes Teza.

— Oui, ont à grandit ensembles, dis-je, je suis content de les revoir.

— On a remarqué, dit-elle, tu fais quoi ce soir ?

— Je sors, lui dis-je, pourquoi ?

— Ils t'accompagnent, je suppose, ajoute-t-elle, tu rentres tard ? On fait une petite soirée entre nous, ça te dit ?

— Non, ils ne m'accompagnent pas, dis-je ne comprenant pas où elle veut en venir, je pars vers 22 h 30 et je ne serais pas de retour avant 3 h, je pense. Je serais là, enfin, cela dopent à quelles heures est la soirée.

Bzz-Bzz-Bzz

[De Diégo : Je n'arrive pas à joindre les autres, dis-leur que leurs motos sont là, livrées sur le parking. Tu as réfléchi ou tu veux faire ton tatouage ?]

Je relève la tête vers les filles, Teza fronce les sourcils, je range mon portable, je répondrais plus tard. Je ne sais toujours pas ou le faire, quoi que, en y pensant là tout de suite, sur l'avant-bras, ça serait bien. Ouais, sur l'avant-bras, puis comme celui que j'ai dans le cou, personne ne comprendra ce que cela veut dire.

— Juste après les cours, on mange dans la chambre de Fanta, me dit-elle, tu seras là ?

— Oui, dis-je, je serais là.

— OK, sourit-elle, donc soirée entre nous donc. Quand tu rentres, tu nous rejoins ?

— Oui, dis-je. Je vous envoie un message quand je prends route.

Elle hoche toutes les deux la tête, je regarde Fantasia, elle semble perdue dans ses pensées, je ne sais pas ce qui lui arrive et je ne tiens pas à le lui demander devant Teza. Je ne comprends pas son attitude. Elle est étrange depuis l'arrivée de mes amis, j'espère que ce n'est pas cela le problème. La sonnerie retentit et je vais retrouver mes amis d'enfance pour prendre mon sac, je les informe au passage que leurs motos sont sur le parking. Jade saute comme une enfant, ce qu'elle peut être gamine parfois, Daniel et Evan se tapent dans la main, cela me fait rire. Nous nous rendons tous vers la salle de classe, nous nous installons, et c'est parti pour les cours.

***

La sonnerie annonçant la fin des cours pour cette après-midi retentit, je file rejoindre les filles et nous partons pour notre bâtiment. Je vais déposer mon sac dans ma chambre et m'assois sur mon lit quelques instants. Je prends la première lettre que Jade m'a écrite depuis que je suis parti, à l'intérieur, je trouve une photo d'elle avec ses frères et ses parents devant la maison, je souris et dépose le cliché sur ma table de nuit.

Mon petit riz

Je ne sais pas trop quoi écrire, si ce n'est que nous manques. Nous ne comprenons pas pourquoi tu ne nous as pas dit que tu déménageais. Nous venions te voir et nous avons vu le panneau à vendre devant la maison. Cela nous a surpris, nous avons d'abord pensé que vous étiez encore là, nous sommes venus chaque jour durant deux semaines, mais chaque fois, personne ne venait nous ouvrir. Tu as également changé de numéros de téléphone. Je ne sais pas si t'as voulu oublier le passé, ou nous oublier nous également parce que nous te faisions penser à Ezira. J'espère que ce n'est pas cela. Tu me manques. Sans toi ici, ce n'est pas pareil, c'est vide, j'ai l'impression d'avoir perdu une partie de moi en même temps. Evan et Daniel sont tout aussi tristes que moi je pense.

J'ai retrouvé des affaires qui appartenaient à ta sœur en triant les miennes, j'avais oublié que je les avais d'ailleurs. Je ne sais pas quoi en faire, elles sont dans deux cartons que je n'ai jamais osé ouvrir. Je sais que je ne les ouvrirais pas si tu ne me donnes pas ton accord, j'aurais l'impression de faire quelque chose de mal en regardant ce qui se trouve à l'intérieur. Je sais que dans l'un des cartons se trouvent ses journaux intimes. Elle m'avait demandé de les garder chez moi de peur que toi ou tes parents ne les ouvriez. Je ne les ai pas lus non plus. Rien que de penser à elle, je pleure, elle me manque c'est horrible.

Ne nous oublie pas. J'espère que là où tu es, tu arrives à trouver un équilibre, lorsque nous t'avons vu pour la dernière fois était vraiment mal et nous ne savions pas quoi faire. Nous savons que cela est dur, j'aurais aimé que tu me parles, j'aurais tenté de t'aider, je ne sais pas ce que j'aurais pu faire, mais j'aurais au moins essayé, je le sais.

C'est stupide, je t'écris alors que je ne sais même pas où envoyer cette lettre, votre propriétaire ne sait pas où vous êtes partis, puis même s'il l'avait su, il ne nous aurait rien dit. En tout cas, j'espère de tout cœur te revoir un jour.

À bientôt mi ombre.
Je t'aime.
Jade

C'est vrai, j'avais oublié que personne ne savait où nous partions, mais je ne voulais pas d'une effusion de larmes, d'au revoir déchirant. Je voulais seulement pouvoir passer à autre chose, même si je sais que cela n'a servi à rien, le souvenir de ma sœur est toujours là, dans mon cœur, ou que je sois elle sera toujours avec moi dans un coin de mon esprit. Je repose la lettre, prends mon sac et mon casque et vais frapper à la porte de Fantasia. J'attends quelques secondes et elle vient m'ouvrir. J'aurais pu entrer sans frapper, mais j'ai préféré frapper, elle n'est pas comme d'ordinaire.

J'entre, pose mon sac et mon casque à l'entrée de la chambre et vais m'asseoir. Je remarque que la télévision est allumée, c'est donc une soirée DVD. Cela fait longtemps que nous n'en avons pas regardé. En même temps, entre la soirée ou Hector est venu, le fait qu'elle soit partie pour le groupe et maintenant mes amis qui sont ici, la seule fois où nous avons visionné quelque chose en étant tous les deux, sont les vidéos ou Jude torture des personnes.

— Prêt pour le film, nous demande Teza.

Nous hochons tous les deux la tête et nous nous installons tous les trois sur le lit avec une couverture. Je prends Fantasia dans mes bras, elle pose sa tête contre moi, sans m'en rendre réellement compte je lui caresse le bras pour l'apaiser. Le film commence. Je ne sais même pas ce que nous regardons, je ne suis pas le film, je suis perdue dans mes pensées. Lorsque le générique défile et que la musique de fin résonne dans la chambre, cela me tire de mes pensées. Teza se retourne vers nous, elle allait dire quelque chose mais se ravise, je la vois joindre ses mains et incliner la tête sur le côté pour les posés sur ses mains. Fantasia s'est endormie à l'évidence. Je n'avais pas remarqué, je ne bouge pas pour ne pas la réveiller.

Teza se lève et fait une photo avec son appareil puis elle me la montre. Je souris en la voyant. Elle à la tête tournée sur le côté les yeux clos, l'une de ses mains tiens mon bras, j'ai la tête baisser pour la regarder bien que je ne puisse pas voir son visage, l'une de mes mains sur son bras. Teza branche l'appareil sur la petite imprimante de Fantasia et imprime le cliché en deux fois, elle en place une sur le bureau de Fantasia et place la deuxième sur mon sac avec mon casque.

— Vous êtes minions comme ça, dit Teza en souriant.

Je ne réponds rien et me contente de sourire, je trouve qu'elle a raison. Je me demande ce qu'elle va dire lorsqu'elle se réveillera et qu'elle verra la photo. J'espère que cela lui fera plaisir, tout comme cela me fait plaisir. Teza nous regarde encore, attendrie par ce qu'elle voit.

— Je ne l'ai jamais vu avec un garçon, dit-elle, c'est la première fois. Ça fait bizarre.

— Elle n'est jamais sortie avec quelqu'un, demandais-je surpris de la révélation de Teza.

— Non, répondit-elle, pas que je sache en tout cas. C'est pour cela que j'ai fait une photo, sinon, je me serais demandé si je n'avais pas rêvé.

Je regarde l'heure, il n'est pas tard, il n'est que huit heures. Nous n'avons pas mangé, et je sais que je vais devoir la réveiller pour qu'elle mange et que je devrais partir pour le restaurant. J'avoue que j'aurais aimé ne pas travailler là. Elle dort si paisiblement, c'est rare qu'elle ne fasse pas de cauchemars.

— Je pensais qu'elle faisait des cauchemars, dit-elle sans doute en se remémorant la conversation que nous avons eue, elle dort bien là.

— Oui, dis-je, quand elle est seule, elle en fait. Elle était elle-même surprise de ne pas en avoir fait lorsqu'elle s'est endormie la première fois.

— Comment ça, la première fois, me questionne-t-elle, ce n'est pas la première fois que vous dormez ensemble ?

— Non, lui avouais-je, presque chaque fois, c'est d'ailleurs pour cela que nos chambres communiquent et que directeur nous à loger ici.

— Je comprends mieux alors, dit-elle. Je ne savais pas pourquoi elle était aussi fatiguée avant. Maintenant, je comprends mieux.

— Tu sais, lui avouais-je, la première fois qu'elle a fait un cauchemar, je suis venu. Je lui ai demandé si tu savais. Et elle m'a répondu que non. Je lui ai demandé si elle te faisait confiance.

— Et qu'avait-elle répondu ? me demande-t-elle.

— Elle m'a répondu que oui, dis-je, elle avait confiance en toi, je lui ai alors répondu qu'elle ne devait pas suffisent te faire confiance pour t'expliquer la raison de ses cauchemars. Je lui ai demandé la raison et elle n'a pas répondu.

— Pourquoi elle t'en a parlé alors ? demande-t-elle. Comment tu l'as persuadé de te le dire ?

— Elle ne comptait pas le faire, lorsque je me suis réveillé ce matin-là, elle sortait de la salle de bain, elle devait avoir oublié ses vêtements. J'ai allumé la lumière et j'ai vu la marque. Elle a sursauté et c'est caché. Mais j'avais vu la marque.

— Je comprends mieux, clame-t-elle, en fait, elle te l'a dit seulement parce que tu avais vu la marque.

— Oui, dis-je plus bas, j'ai reconnu la marque, ma sœur portait la même et je savais ce qu'elle représentait. Je lui ai parlé de ma sœur. Je n'en parle pas souvent, et je pense que cela l'a aidé à m'avouer ce qu'il lui ait arriver. Je comprenais mieux que n'importe qui. Pourtant, ma sœur n'a pas supporté. Alors quand elle te l'a avoué ensuite et la façon dont tu as réagi l'a blessé, et moi j'étais en colère. Quand elle est partie retrouver ses amis et qu'elle n'est pas rentrée, j'ai eu peur qu'elle ne fasse la même erreur que ma sœur. Mais je sais maintenant qu'elle n'en fera rien. Elle est forte, elle surmontera cela.

— Je l'espère, dit-elle en la regardant dormir. Je l'espère vraiment, elle mérite d'être heureuse.

Sur ces paroles, nous ne dîmes plus rien. Parler avec Teza était simple, même si je lui en voulais encore de sa réaction, je comprends qu'elle se soit sentie trahie en quelque sorte. Je venais d'arriver et j'en savais plus que sa meilleure amie. Même si le fait qu'Ezira est vécue la même chose était le seul fait qu'elle m'ait avoué son secret, la douleur de son passé. Je savais également que je ne pouvais rien faire d'autre que de la soutenir, et je ferais tout pour qu'elle puisse surmonter cela. Je ne peux pas faire grand-chose, mais je pense qu'en étant simplement là pour elle, l'aide déjà un peu.

— Vous êtes vraiment proche, tes amis et toi, me dit-elle.

— Oui, on se connait tout petit, on est allé dans les mêmes écoles durant longtemps, dis-je, jusqu'à ce que je vienne ici.

— Il y a quelque chose que je ne comprends pas pourtant, lance-t-elle.

— Quoi donc, l'interrogeais-je.

— Tu es plus proche de Jade que de ces frères, explique-t-elle.

— Oui, c'est vrai, dis-je en repensant à notre passé. Je vais te montrer quelque chose.

Je décalais Fantasia de mes bras et retirais mon pull pour le laisser dans la chambre de Fantasia, nous l'avons allongé dans son lit lui mettant le pull sur elle et l'avons couverte. Puis nous sommes passés par la porte qui relie nos deux chambres en la laissant ouverte. Je suis allé vers ma table de nuit ou j'avais placé le cadre de quatre photos que Jade m'a donné lorsque nous avons rangé ses affaires. Sur ces photos, nous sourions, nous faisons une grimace, l'on se regarde, et sur la dernière ou l'on s'embrasse. Je la lui tends et elle la prend puis la regarde.

— Tout devient clair, dit-elle avec un petit sourire. Vous êtes sortie ensembles.

— Oui, dis-je, pendant trois ans. On ne s'est pas vraiment séparé. Nous avons déménagé mais je ne l'avais dit à personne.

Elle s'assoit sur le lit et pose le cadre sur le lit, puis en se retournant, elle vit le paquet de lettres. Elle regarde la première enveloppe et constate qu'il y a mon nom.

— C'est Jade qui m'a écrit, l'informais-je. Elle ne savait pas où les envoyer puisque je ne leur ai pas dit que nous partions, elle n'avait donc pas mon adresse.

— Vous allez vous remettre ensemble, m'interroge-t-elle encore.

— Non, dis-je simplement.

J'allais de nouveau dans la chambre de Fantasia pour éviter qu'elle ne pose encore des questions au sujet de Jade et moi. Nous nous sommes installés autour du petit bureau de Fantasia et nous avons mangé en faisant le moins de bruit possible pour ne pas la réveiller. Je regardais l'heure, j'allais devoir partir, le temps était rapidement sans que je ne m'en rende compte. J'allais chercher une veste dans mon placard, pris mon sac, mes clefs ainsi que mon casque et je souhaitais bonne nuit à Teza puis je suis sortie. Une fois dehors, je partis en direction du parking, montais sur ma moto et parti.

XV
Quel temps de chien !

Une fois arrivé, j'allais me garer et entrais dans le restaurant, j'allais me changer et partir directement en salle. Je dis Bonjour à Allianna, Jhon et Erik, puis allait prendre la commande des premiers clients. La soirée se passa tranquillement, il n'y avait pas foule se soir, pas comme la veille ou la première fois ou je suis entrée dans ce restaurant. J'étais plutôt satisfait, la journée a été longue. Erik décida finalement de fermer plus tôt, durant plus d'une heure, il n'y eut personne, chacun s'occupait comme il le pouvait, pour ma part, je me suis demandé comment retrouver Jude, enfin, comment l'amener jusqu'ici sans que personne ne remarque qu'il est disparu. Je ne trouvais pas de moyen.

— Taïzon, m'appela Erik, tu peux venir dans mon bureau.

— Oui, dis-je en m'y rendant.

— Tiens, me dit-il en me tendant le contrat de travail.

Je le lus rapidement, il était indiqué les horaires qui était les mêmes que ce qu'il m'avait indiqué, détaillant en quoi consiste mon poste, le montant de mon salaire, et les jours ou je ne travaille pas, c'est à dire le samedi et le dimanche puisque le restaurant est fermé ces jours-là. Je paraphais chaque page et signais la dernière page, le contrat était rédigé en deux exemplaires, un qu'il conservait et l'autre que je conservais également.

— Très bien, dit-il en souriant, te voilà officiellement embauché. Allons fêter ça.

— Très bien, dis-je en le suivant dans la salle du personnel.

Il sortit une bouteille de vin du réfrigérateur puis commença à servir les verres. Je l'arrêtais avant qu'il ne serve tout le monde indiquant que je ne buvais pas, puis que je conduisais ensuite. Il alla donc chercher de l'eau et des jus de fruits. Je pris un jus de raison, seulement pour qu'il ne se sente pas tous mal à l'aise, la couleur est presque semblable à celle du vin après tout. Nous trinquons et après une bonne grosse demi-heure à discuter tous ensemble, chacun partie se changer et pris la route pour rentrer chez soi, ou pour ma part, retourner au bahut.

J'envoyais un message à Teza, je ne voulais pas réveiller Fantasia si elle dormait encore.

[À Teza : Je pars. Je suis là dans 15 minutes.]

[De Teza : OK. À tout.]

[À Teza : Fantasia dort toujours ?]

[De Teza : Oui, je pense que c'est parce que tu lui as laissé ton pull]

Je ne répondis pas cette fois-ci et pris la route. Une quinzaine de minutes plus tard, j'arrivais sur le campus, j'allais garer ma moto après avoir coupé le moteur avant d'être trop proche des bâtiments. Je plaçais l'antivol et pris mon casque ainsi que mon sac. J'entrais ensuite dans mon bâtiment et allais rejoindre Teza et Fantasia qui dormais encore. Je plaçais ma main sur la tablette digitale et la porte s'ouvrit. Je posais mes affaires et allais dans la chambre voisine à la mienne.

Fantasia était toujours endormi, respirant calmement et tenant fermement mon pull. J'avais bien fait de le laisser. Je la regardais quelques instants, Teza c'était elle aussi endormi, elle était sur le lit à côté de Fantasia, je fermais la porte communicante et la verrouillait puis allait prendre ma douche, j'allais ensuite me coucher mais je n'eus pas temps de fermer les yeux que l'on frappait à la porte. J'allais ouvrir non sans souffler.

— Jade, dis-étonnée, qu'est qu'il y a ?

— Rien, dit-elle d'une voix hésitante, je t'ai entendu arriver. Je t'attendais.

— Jade, lui dis-je épuiser. Il est presque quatre heures. Faut que je dorme.

— Je peux rester avec toi, me supplie-t-elle presque.

— Ouais, lui dis-je, entre mais ne fais pas de bruit, les filles dorment.

Je la laisse entrer et me demande pourquoi je ne suis pas resté avec eux aujourd'hui. Je n'ai pas à me justifier, je pense qu'elle me connaît assez pour savoir que je ne répondrais pas, je me laisse tomber sur mon lit, comme une étoile, je ne prends même pas la peine de me déshabiller ni de passer quelque chose. J'ai seulement envie de dormir.

— Tu as commencé à lire, annonce-t-elle en prenant la première enveloppe dans les mains.

— Oui, dis-je, j'avais oublié que personne ne savait où nous partions.

Je me redressais sur un coude et la regarder observer la photo que Teza avait prise de nous. Je ne sais pas ce qu'elle en pensait, mais je ne comptais pas la détromper selon ce qu'elle s'imaginait. En tout cas, j'ai aimé passer cette soirée avec les filles, Fantasia c'est rapidement endormi, Teza et moi avons discuté, même si elle me demande trop chose au sujet de mes amis d'enfance selon moi. Je vois Jade observe ma chambre, elle regarde la porte qui se trouve sur ma gauche, je l'ai verrouillé puisque Teza est également dans la chambre.

— Qu'est-ce qu'il y Jade ? La questionnais-je sans prendre de gant ?

— Il se passe quoi entre vous deux ? me demande-t-elle.

— Rien, lui dis en m'assoyant, nous sommes amis, puis nous avons quelques points communs dis-je en me passant la main dans mes cheveux.

— Plus que nous deux, me questionne-t-elle.

— Je n'en sais rien Ani, lui dis-je honnêtement, je le connais pas depuis suffisamment longtemps pour te répondre. Je ne le sais même pas moi-même.

— Tu sais, dit-elle, je pensais que nous serions comme avant tous les deux. Que nous serions un couple/.

— Écoute Jade, lui dis-je en lui prenant les mains, on rester longtemps ensemble, c'est vrai, mais maintenant tout a changé.

— Qu'est-ce qui a changé Draz ? me demande-t-elle en levant ses mains pour les poser en coupe sur mon visage. Dis-moi ce qui a changé. Je t'aime, tu le sais.

Je savais qu'elle m'aimait, mais je ne pouvais pas, je n'avais plus se sentiment là pour elle depuis quelque temps déjà avant mon départ. Je ne voulais pas lui faire de mal, la blesser, mais je ne pouvais lui mentir et la laisser espérer que tout serait comme avant. Je lui fis de la place sur le lit et m'allongeais vers le mur, elle se tourna vers moi et posa sa main sur ma joue.

— Ezira serait triste, dit-elle.

— Non, elle ne serait pas triste, dis-je, elle voulait que nous continuions à vivre, pas que nous vivions dans le passé et dans la douleur.

— Comment peux-tu en être aussi sûre, me questionne-t-elle, nous pensions tous la connaître et finalement, elle n'est plus là, elle nous a abandonnée.

— Jade, elle souffrait, lui dis-je, elle n'était que l'ombre d'elle-même. Je le sais parce que se sont ses paroles.

— Comment ça ? demande-t-elle en se redressant.

Je me redressais et pris la lettre de ma sœur, le l'ouvris et la lu à Jade.

Taï,

Je sais que tu comprendras pas, je sais que tu vas me chercher partout lorsque tu rentreras à la maison et que tu ne me trouveras pas dans ma chambre. Mais je ne peux plus. Chaque fois que je m'endors, je revis ces journées. Je vous ai menti, je ne suis jamais partie avec mes amies durant une semaine. Non, j'ai été enlevé. Je sais que cela est insensé puisque je suis revenu une semaine après. Mais cette semaine a été a plus horrible de ma vie.

Je suis désolée, mon Taï, mais je ne pouvais plus. Chaque fois que je me voyais dans le miroir, et je voyais cette marque sur mon corps, je tremblais et j'avais peur. Je me suis demandé bien trop de fois, pourquoi ? Pourquoi moi ? Qu'avais-je fait pour que l'on me fasse souffrir ainsi ? Mais je n'ai jamais eu la réponse et je sais que je l'aurais jamais et cela me fait bien trop mal encore.

S'il te plaît, ne me cherche pas, sache seulement que je vous aime et que cela n'est en rien à cause de vous. Je ne veux pas vous faire souffrir, mais je souffre chaque jour et je ne le supporte plus. Soyez fort. Ne me pleurez pas et vivez, oui, vivez comme si j'étais encore là, ou comme si je n'avais jamais existé, ce qui vous fera le moins souffrir. Je sais que mes mots sont durs, mais je vous en prie, ne me pleurez pas, je ne pleure plus aujourd'hui. Je serais enfin libéré de cette douleur insoutenable.

Je vous aime fort, ne l'oubliez jamais.

Ezira

— Tu vois, lui dis-je, elle voulait que nous vivions, même si cela est dur, je ne veux pas la décevoir, même si elle n'est plus là.

— Je suis désolée Taï, dit-elle en essuyant les larmes qui coulaient sur ses joues. J'aimerais que nous ouvrions les cartons, je veux savoir ce qui se trouve à l'intérieur. Tu veux bien.

— Tu ne veux pas attendre demain, dis-je, Evan et Daniel mérite d'être avec nous pour voir ce qu'elle nous a laissé.

— Je sais, doit-elle en baissant la tête, mais j'aimerais savoir, cela fait longtemps qu'ils sont chez moi, et je n'ai pas oser les ouvrir, j'avais peur de ce que j'allais y voir et peur que tu n'acceptes pas que j'ouvre ces deux cartons.

— Je ne t'en aurais pas voulu, lui dis-je, elle comptait aussi pour toi, elle t'aimait comme une sœur. Allez, je vais réveiller les garçons et on les ouvre.
— Oui, dit-elle avec un petit sourire triste. Je t'attends.

Je sortis de la chambre et traversais le couloir et entrait dans la chambre d'Evan, une fois réveillé, j'allais dans celle de Daniel et le secouais aussi pour qu'il se lève. Nous sommes ensuite tous les trois allés dans ma chambre. Jade avait les deux cartons devant elle et les regardait, elle n'osait pas les ouvrir encore maintenant alors qu'elle savait que je le lui accordais le droit d'ouvrir et de voir. Elle releva à tête vers nous et reporta son regard sur les boîtes. J'avançais, déposais les deux cartons au centre de la pièce et nous nous sommes mis autour. J'ouvris le couvercle de la première que je trouvais.
— Il y a des lettres, une pour chacun de nous dit Jade, regardez.

Chacun se penche en avant re regarde, en effet, il y a quatre lettres, Jade prend les enveloppes et nous les tend. Je n'ose pas l'ouvrir pour le moment, je ne sais pas ce qu'elle m'aura écrit, elle m'avait déjà écrit une lettre avant de partir, elle savait qu'elle ne reviendrait pas. Je regardais dans le carton et je vis un collier avec une clef, dessus une petite étiquette ou était inscris mon nom et « journaux intimes. »

Je ne pensais pas qu'elle accepterait que je lise ce qu'elle a écrit chaque jour de sa vie. Nous sortons tout ce qui se trouve dans les cartons, nous avons devant nous un album photo, la clef de sa moto qui se trouve toujours dans le local qu'elle louait, je continue de payer la location pour que ses affaires soient à l'abri.

Il y a un cadre photo où nous sommes tous ensemble, c'est à Noël, nous sommes devant le sapin et nous avons tous une chaussette dans la main, celle à notre nom et nous sourions.

— Vous vous souvenez de cette soirée, dit jade en prenant la photo, elles ont pris feu parce qu'il a eu un gros coup de vent et nous avons tous eus peur.

— Oui, ce jour-là ta mère est tombée dans les pommes, dit Evan en me regardant.

— Elle n'est pas tombée dans les pommes, dis-je en prenant la défense de ma mère, elle a trébuché sur l'un des morceaux d'une de nos chaussettes carbonisées.

Nous rions tous les quatre, puis reprenons notre sérieux lorsque Jade prend les journaux intimes du carton et va les placer sur Mo bureau avec toutes les clefs qu'elle trouve. Sur chaque objet, il y a une étiquette, elle avait prévu de nous laisser tout cela, elle avait décidé de nous quitter et avait pris une décision irrévocable.

Je trouvais une autre enveloppe où était marqué tous nos prénoms dessus. Elle voulait sans doute que nous la lisions tous ensemble. Je l'ouvris, et commençais à lire pour tout le monde.

Taï, mon cher frère
Jade, ma belle-sœur adorée
Evan, mon confident et bien plus ;-)
Daniel, mon petit sournois

Je vous écris à tous, parce que je suis certaine qu'aucun d'entre vous n'aura le courage d'ouvrir tout cela avant bien longtemps. Je vous écris dans le futur, c'est amusant en y pensant.

Je ne suis plus là depuis je ne sais combien de temps, je suis certain que vous me pleurez encore alors que je ne veux pas que vous pleuriez, je veux que vous soyez heureux, je vous que chacun de vous souris en pensant à moi, pas de larmes, pas de tristesse et de tête si désolée. Je vous en prie, faites cela pour moi, je le ferais pour vous si ce n'était pas moi qui suis partie, qui suis morte. Je sais, c'est dur, mais maintenant je vais bien, je vous le jure.

Taï, tu es mon frère et sache que je n'aurai jamais espérer meilleur frère que toi. Tu m'as fait découvrir tant de choses, grâce à toi j'ai réussi à aller un peu mieux, tu as toujours su me faire rire même alors j'avais envie de pleurer. Tu m'as appris à faire du vélo, tu m'as toujours défendu et tu as toujours été à quand j'avais besoin de toi. Tu as passé de très nombreuses nuits avec moi, à rester dans mon it alors que tu ne savais même pas pourquoi je pleurais, pourquoi je tremblais et pourquoi j'avais si peur de rester seul. Je ne te dirais jamais assez merci. Tu m'as rendue heureuse, et pour cela je t'en remercie. Je t'aime plus que tout mon frère chéri.

Jade, tu es ma meilleure amie, et ma belle-sœur puisque tu es avec mon frère depuis quelque temps maintenant. Je suis désolée, tes frères ont vendu la mèche, Taï l'a su. Mais ne leur en veut pas, remercie-les à la place, moi je les remercie parce que grâce à cela, nous sommes une famille à nous cinq. Nous avons bien ri toutes les deux, à parler de garçon, de fringue, de moto, et de bien d'autres choses encore. Toutes les nuits que nous avons passé chez l'une l'autre seront aussi mes meilleurs moments avec toi. Je me souviens, la première fois que je t'ai vue regarder mon frère, tu souriais niaisement. Et je suis certaine que tu souris en ce moment même en y repensant. Avoue Ani ! Vous vous ressemblez beaucoup tous les deux, comme tu me ressemblais également. Tu sais, si j'avais pu avoir une sœur, j'aurais aimé que ce soit toi. Je t'aime fort ma sœur de cœur.

Evan, mon cher Evan, que te dire à part que tu manques aussi, comme je suis certaine que je te manque énormément. Nous avons bien ri tous les deux, pleurer aussi Je pense que je peux enfin le dire à tout le monde, même si avant j'avais peur, maintenant je n'ai plus peur. Je t'aime Evan. Nous avons gardé notre relation secrète jusqu'au bout. Taï, ne fais pas cette tête, je t'en prie ! Daniel toi aussi, referme la bouche. Je sais que vous êtes choqués les garçons, mais c'est comme ça. Merci, Evan, pour tous ces bons moments, pour ces rires, pour ces moments dans tes bras où je pouvais enfin me sentir un tout petit peu mieux. Tu m'as appris à refaire confiance aux hommes et c'est énorme, crois-moi. Je te laisse un de mes journaux, le seul qui est rouge, la clef se trouve dans la lettre que je t'ai écrite. Ne l'ouvre pas avant d'être certain de pouvoir tout lire. Et garde cela pour toi ; -p.

Je t'aime aussi fort qu'il est possible d'aimer.

Daniel, mon petit sournois, j'ai bien cru que tu allais découvrir la vérité. Mais, ouf, tu n'as rien su, enfin jusqu'à maintenant. Tu m'as souvent conseillé alors que tu ne savais pas que je te parlais de ton frère, tu es le plus romantique de la bande, le plus discret mais aussi le plus franc d'entre les garçons. Je me souviens de la première fois où nous avons parlé, tu me parlais d'une fille et tu voulais des conseils, je t'ai dit que je ne savais pas, que je ne voulais rien te conseille. Ce n'est pas que je ne voulais pas t'écouter, tu es partie ce jour-là assez vesce, mais je ne pouvais simplement pas te répondre parce que j'étais célibataire à ce moment-là et j'avais très peur des hommes. Merci à toi d'avoir été là pour m'écouter raconter toutes mes conneries et d'en avoir ri avec moi. Je t'adore, petit sournois.

Je vous aime tous très fort.
Soyez heureux, je vous en prie.
Ezira.

Nous avons tous la larme à l'œil, ce n'est qu'à ce moment-là que je prends conscience de tout cela, du fait que je n'ai rien fait pour écouter ce qu'elle a demandé, je suis resté sur ma colère et ma peine, le cœur vide parce que je n'avais plus ma sœur chérie avec moi. Elle ne serait pas heureuse de me voir ainsi, je le sais, mais comment aller mieux alors que j'ai perdu l'une des personnes qui comptaient le plus au monde pour moi ? Nous nous sommes tous installés sur mon lit pour regarder les photos qu'elle a laissé dans une boîte de bois avec des cœurs sur chaque face avec notre prénom à l'intérieur. C'est ainsi que nous nous sommes endormis, je pense.

***

J'entends du bruit, et quelqu'un me soucier. J'ouvre les yeux et je suis étonné de voir Fantasia. Je regarde à côté de moi et vois Daniel à ma gauche et Evan à ma droite, tous les deux leurs têtes sur mes épaules et chacun tenant une photo de ma sœur. Jade est endormie sur mon oreiller avec quelques photos dans la main ainsi que la lettre que lui a laissée ma sœur. Je me redresse aussi doucement que possible, pour ne pas les déranger et remarque que nous avons tous laissée au sol, nous n'avons pas tout regardé.

Je prends les photos et les replace dans la boîte ainsi que toute celle tenue par mes amis, je ne voudrais pas qu'elles s'abîment.

Je laisse mes amis dormir et vais prendre une douche rapide, Fantasia, elle, est retournée dans sa chambre avec Teza. Une fois que j'ai terminé, je vais chercher des vêtements dans mon placard, et m'habille en vitesse, je réveille mes amis et leurs dit d'aller se préparer, que nous allons être en retard s'il ne se dépêche pas, ce qui n'est pas vrai, mais bon, j'adore voir leurs têtes paniquées de bon matin.

Je regarde par la fenêtre et constate qu'il pleut, super, cela va être une journée sous la flotte soit à traîner dans les couloirs après les cours. J'espère seulement que le temps sera plus clément lorsque je devrai partir pour le boulot. Le week-end commence bien, c'est juste génial. Je prends mon sac avec mon ordinateur et m'apprête à sortir, je m'arrête à mon bureau, prends mon casque et vois la photo, je décide d'aller la mettre sur le mur au-dessus de mon lit avant de quitter la pièce.

Je souris et vais attendre les filles, Evan et Daniel sorte de la chambre, Jade les rejoints quelques secondes plus tard, ils viennent vers moi et se plaignent de la mauvaise blague.

— Jade ne te plaint pas, lui dis-je en souriant, je suis certain que si tu pars tout de suite au réfectoire, tu trouveras Médor pour te distraire.

Elle sourit et pars en vitesse sans ajouter quoi que soit. Eban et Daniel semblent d'espérer, en même temps, je ne suis pas certain qu'il aime voir leurs séjours chéris apprécier autant faire souffrir autrui. Moi cela m'a toujours amusé. Les filles sortent de la chambre, Fantasia souris en voyant que je les ai attendues,

Teza également. Nous partons pour aller prendre le petit déjeuner. Je passe mon bras par-dessus les épaules de Fantasia et lui colle un baiser sur la joue, ce qui la surprise. Teza, quand elle, part dans un fou rire incontrôlé.

— Tu verrais ta tête Fanta, dit-elle toujours en riant, ah c'est trop drôle.

Je souris et nous continuons notre route avec les rires de Teza qui semble ne pas parvenir à se calmer. En même temps, je ne comprends pas que cela la fasse autant rire, je tiens juste à ce que Fanta n'oublie pas que je suis là, même si mes amis sont présents et qu'ils me connaissent davantage qu'elle.

Nous arrivons dans le réfectoire, je regarde et vois Jade près d'Hector, le suivant du regard, il tente chaque fois d'échapper à son regard mais sans y parvenir. Je savais qu'elle s'amuserait bien avec lui. Je ris faiblement et reporte mon attention vers mon plateau que je remplis de café, d'un croissant, et d'un verre d'eau, sans oublier la serviette et la cuillère. Nous partons ensuite vers notre table et prenons place.

Soudain, nous entendons le bruit d'un plateau qui tombe au sol, nous regardons tous les trois vers l'origine de se fracas et découvrant Hector sans son plateau avec Jade devant lui qui lui souris sadiquement.

— C'est bon, crie-t-il, tu vas me lâcher. C'est quoi ton problème ? Vous allez tous me gonfler parce que j'ai fait peur à Fantasia ?

Aïe, c'est mauvais pour lui. Jade ne sait rien de ce qu'il s'est passé, il ne va pas tarder à s'en mordre les doigts. S'il avait tenu sa langue, elle se serait seulement amusée, désormais, elle aura une réelle raison du traquet et de vouloir à tout prix le faire souffrir. Evan et Daniel qui ne savent rien non plus, se lève d'un bon, comme un seul homme et se dirige pour l'encadrer. Hector va vraiment passer un mauvais quart d'heure, si ce n'est plus.

— Ho le con, ris-je, maintenant il va en baver.

— Pourquoi, me questionne Teza ?

— Parce qu'ils ne savent rien, répondis-je, maintenant, ils vont vraiment le prendre en grippe. Nous n'avons jamais supporté que les plus faibles soient brimés.

— Hein ? s'étonne Teza. Vous avez toujours aidé les personnes en difficulté ?

— Oui, dis-je, Ezira la première. Jade est la plus mauvaise d'entre nous tous. Il va regretter de lui parler aussi mal, quand il ne l'ignore pas carrément ou l'insulte. Ça va être drôle.

Je reporte mon attention sur mes amis, et décide de me lever, j'attire Jade vers moi et lui chuchote à l'oreille. Je lui demande de faire la même chose qu'elle avait faite pour Nathan, un élève de notre classe il y a deux ans. Elle se tourne vers moi, souris, hoche la tête et fais un signe à ses frères en levant deux doigts en l'air et barrant ceux-ci avec son pouce. Je ferme le poing et le place au-dessus de ma main ouverte. Evan et Daniel se regardent et hochent la tête comprenant ce que nous voulons dire. C'est ma sœur qui avait instauré ce code, nous pouvions ainsi parler entre nous en cours sans que le professeur ne remarque quoi que ce soit.

Jade me fait signe de retourner m'asseoir avec les filles, elle tient à agir elle-même, sans mon concours cette fois-ci. Elle m'a expliqué cette nuit qu'elle se sentait obliger d'aider Fantasia puisqu'elle se sentait coupable de ne pas avoir su aider Ezira, même si elle ne sait pas ce qu'il lui arrive, elle m'a juré que cette fois-ci, tout irait bien. Je me retourne vers ses frères qui hochent tous les deux la tête pour me faire comprendre qu'ils sont d'accord avec l'idée de leurs sœurs. Je les laisse donc et retourne m'asseoir et bois mon café, comme si de rien n'était.

Je me demande comment vont toutes les personnes que nous avons aidées. J'ai toujours le numéro de Nathan quelque part, je devrais l'appelé pour prendre des nouvelles ainsi que tous les autres. Je termine de manger mon croissant lorsque Fantasia me tape sur le bras pour que je me retourne. Jade est à quelques centimètres du visage d'Hector et lui chuchote quelque chose. J'e fais un léger sourire que je tente de cacher, je sais ce qu'elle lui dit, ce que moi j'avais dit aux personnes qui le frappais depuis plus d'un an. Après cela, plus personne n'osait le toucher, il avait enfin le sourire quand il venait en cours, par la suite il s'est fait des amis. Personne n'osait parler avec lui par le passé parce qu'ils craignaient d'être eux aussi passés à tabac pour le seul fait d'être amis avec Nathan. Je comprenais, je leur ai ensuite expliqué que l'union faisait la force et nous les avons entraînés au combat afin qu'il puisse se défendre.

— Qu'est-ce que tu as fait à Fantasia, lui demande Jade, soit tu parles, soit je te ferais bien pire qu'une simple morsure.

— Je… Je… Je ne lui ai rien fait, dit-il.

— Je ne te crois pas, dit-elle, j'ai remarqué la réaction qu'elle a lorsqu'elle te voit ou seulement lorsque tu trouves dans la même pièce.

— Je… Vous êtes des malades, crie-t-il.

— Parle, dit-elle encore plus gentiment, je ne te demande pas grand-chose tout de même. Seulement une réponse.

— Va te faire foutre, lui dit-il en lui crachant au visage.

Je ne pense pas qu'il réalise ce qu'il vient de faire. Je me lève rapidement et tente de calmer mon amie. La dernière personne qui lui à cracher dessus avait tenté de l'agresser en la droguant, ce jour-là, elle était sortie seule, elle a réussi à nous envoyer un message sans être vu, l'homme qui a tenté de l'agresser lui avait cassée le bras et demi l'épaule pour être certain qu'elle ne puisse rien tenté. Evan et moi sommes arrivés à temps, il avait déchiré les vêtements de Jade, il avait ses mains dans son dos pour l'embrasser. Jade tournait sans cesse son visage pour lui échapper et l'homme lui cracha une fois encore au visage.

— Ani, l'appelais-je, calme-toi, ça va, c'est seulement Médor.

— Je vais le tuer, dit-elle presque en chuchotant.

— Lequel ? demandais-je. Médor ou Cédrick ?

— Je peux avoir les deux ? me demande-t-elle d'une petite voix, et je vois deux larmes couler sur ces joues.

— Cédrick, je ne dis pas non, mais Médor n'est rien, ajoutais-je, rien du tout, inexistant.

Elle me sourit timidement puis essuie ses larmes et retourne aux près de ses frères qui la prend dans ses bras. Elle se souvient de cette journée-là et cela la fait souffrir comme chaque fois qu'elle y pense malgré elle. Je fais un croche-pied à Médor qui s'écrase au sol, je ne prends même pas la peine de regarder s'il s'est blessé ou non et pars rejoindre mes amis.

Fantasia regarde Jade qui fixe ses mains, Evan la prend dans ses bras et lui parle doucement pour tenter de lui faire penser à autre chose. La table est silencieuse, Fantasia se lève, ce qui me surprend et va la prendre dans ses bras et lui caresse les cheveux et le dos. Je suis surpris, je regarde Teza et elle hausse les épaules, me faisant comprendre qu'elle ne comprend pas pourquoi elle s'est levée et la prise dans ses bras. À l'évidence, cette réaction la surprend tout autant que moi.

Fantasia retourne en face de son plateau après quelques minutes, prends son portable et écris rapidement quelque chose, puis elle montre l'écran à Jade qui lis en silence. Elle relève la tête vers Fantasia et hoche simplement la tête. Elle écrit également sur son portable et le tend à Fantasia, qui fais de même. Je ne sais pas ce que Fantasia lui a écrit, mais cela l'a rassurée. Puis nous terminons notre déjeuner en silence. La sonnerie retentit annonçant le début des cours.

Je suis allé m'installer à côté de Jade et sorties mon ordinateur, je connaissais déjà le cours, j'avais décidé de prendre de l'avance à cause de mon travail. Les horaires sont certes de nuit, mais je cumulais la fatigue, puis je n'ai pas réellement dormi cette nuit, lorsque Fantasia m'a réveillé, j'avais l'impression que je venais de fermer les yeux. C'était peut-être le cas après tout, je n'avais regardé l'heure avant de décider de dormir. Je regardais par la fenêtre ayant l'espoir qu'il est cessé de pleuvoir, mais non.

XVI
Donne la patte…

Les cours sont terminés nous sommes tous aller dans nos chambres nous changer, la pluie nous avait bien trempés, nos chaussures faisaient un bruit horrible dans les couloirs et nous avons laissé une traîner d'eau derrière notre passage. La femme de ménage allait avoir beaucoup de travail ce soir.

Une fois que je fus changé, j'allais dans le couloir où je vis Evan et Daniel prêts pour sortir. Nous étions vendredi, et ce soir nous avions prévu d'aller manger dehors et d'ensuite aller en boîte. Jade avait demandé à Fantasia si elle nous accompagnait, elle avait accepté. Nous allions donc tous aller nous amuser. Allianna m'avait envoyé un message dans l'après-midi, me disant que le restaurant été pris pour une soirée d'enterrement de vie de jeune fille, je ne travaillerais donc pas se soir, mais elle m'avait demandé si je pouvais aller la chercher au restaurant puisque que sa voiture était en panne, je savais qu'elle avait prévu de retrouver Ben ce soir. Je lui avais donc répondu que j'irais la chercher, Erik m'avait appelé pour me dire qu'il ne la laisserait pas partir si elle n'était pas accompagnée. Ce que je n'avais pas compris. Mais je n'avais pas posé de question.

Nous avons pris la route, Fantasia et Teza n'avaient pas été rassurer lorsque nous sommes allés au parking. Les motos de mes amis étaient là, mais la voiture ne se trouvait plus là, Evan m'a donc appris que la voiture n'était pas la leur mais celle de sa mère qui le lui avait prêté le temps que les motos soient ici.

Teza couru en les voyant, à l'évidence elle aimait les motos, elle monta avec Evan. Fantasia hésitait un peu, mais elle monta quand même avec moi. Jade laissait sa moto sur place et montait avec Daniel. Nous sommes allés manger à la Gamelle. Nous sommes montés à l'étage, comme la deuxième fois où je suis venu, mais il n'y avait pas les membres du groupe Chien de Garde.

Le repas se passa tranquillement, lorsque nous eûmes tous terminé de manger nous sommes allés en boîte, l'enseigne me fit rire, comme la première fois, nous avançons jusqu'à la porte. Ben avait les bras croisés sur la poitrine et ne tenait pas à les laisser entrer, je passais donc devant.

— Salut Ben, dis-je. Tu travailles ce soir ?

— Oui, mais je termine dans vingt minutes, me dit-il. Allainna n'est pas encore arrivée.

— Elle n'a pas terminé, dis-je, Erik m'a demandé si je pouvais l'accompagne ici. Je vais aller la chercher, t'inquiète.

— Je reconnais bien mon frère là, rit-il, il la protège aussi comme si elle était notre sœur.

— Tu es le frère d'Erik, demandais-je sur le cul.

— Oui, rit-il, Allianna ne te l'a pas dit ?

— Non, répondis-je bien étonner, on ne parle que boulot pour le moment.

— Je comprends, dit-il en ouvrant la porte, allez, vous pouvez. Faites attention aux filles.

— Tu inquiètes, lui dis-je en lui faisant une tape amicale sur l'épaule. Elle ne craint rien avec nous.

— Bonne soirée, dit-il encore. Hé taï, gaffe sur la route, Allianna à n'aime pas les motos.

Je hochais la tête et emmenais mes amis à la table où nous étions avec Allianna et Erik. Jade ne perdit pas de temps, elle se trouvait déjà sur la piste de danse, Evan également en n'ayant d'yeux que pour Teza qui se trémoussait non loin d'elle. J'attendis que Ben termine et entre nous rejoindre pour que Fantasia ne se retrouve pas seul le temps que j'aille chercher Allainna.

Une trentaine de minutes plus tard, il arriva et alla s'installer à notre table et commença à discuter avec les autres. Je lui fis signe que j'ay allait, il m'avait dit que le videur à l'entrée nous laisserait passer lorsqu'il reconnaîtrait Allianna. J'étais rassuré, je ne tenais pas à être seul dehors ce soir alors que mes amis s'amuseraient, sans moi en plus.

Je fis le tour du bâtiment et allais prendre ma moto, puis je partis vers le restaurant, une fois devant, je remarquais un groupe de garçon qui tournait autour d'une personne. Cela n'annonçait rien de bon, mais je m'approchais pour voir qui se faisait importuner et l'aider. Je vis Allianna qui semblait bien mal à l'aise et fis heureuse de me voir.

— Qu'est-ce qu'il se passe ? demandais-je alors que je connaissais la réponse.

— Casse-toi, me dit l'un d'entre eux, tu ne vois pas qu'on s'amuse.

— Parce que vous trouvez drôle de faire peur à cette personne ?

— Ouais, dit un deuxième, ça te pose un problème.
— Étant donné que vous faite peur à mon amie, dis-je, ouais ça me pose un problème, et pas qu'un peu.

Je m'avance vers Allianna et la prends par la main, je nous fraie un passage entre les quatre personnes qui tente au début de nous barrer la route. Je lance quelques coups de casque et nous arrivons à ma moto, puis nous filons sans demander notre reste.

Durant le trajet, je jette régulièrement des regards dans les rétroviseurs pour m'assurer que nous ne sommes pas suivis. Je connais bien ce genre de personnes, ils ne lâchent pas l'affaire si facilement. Forte heureusement pour nous, ils ont abandonné. Sans doute que l'idée de se prendre d'autre coup les a dissuadés.

Lorsque nous arrivons devant la boîte de nuit, Allainna s'empresse de rejoindre la porte. Je place l'antivol et vais la rejoindre.
— Désolée pour la vitesse, dis-je, Ben m'a dit que tu n'aimais pas la moto.
— C'est pas grave, dit-elle, je préfère la vitesse que de faire encore encerclée par les malades de tout à l'heure.
— Si tu as besoin de moi, lui dis-je, tu m'appelles, d'accord. Je peux venir te chercher et t'accompagner tous les soirs si cela te rassure.
— Merci, dit-elle.
— Aller, dis-je, on va rejoindre les autres.

Nous avons laissé les casques au vestiaire ainsi que nos vestes et nous sommes allés retrouver la bande. Une fois à table, je cherche Fantasia du regard, je la voie danser avec Jade, Teza, elle danse collé-serré avec Evan. Cela me fait rire. Je vais vers le bar et demande deux bouteilles d'eau, je retourne m'asseoir et en tends une à Allianna, qu'elle prend et s'empresse d'ouvrir pour boire. Ben nous rejoint et prend Allianna dans ses bras.

— Ça, c'est bien passé le service ce soir, dit-il, les filles étaient contentes ?

— Oui, dit-elle, en revanche, je n'attendrais plus dehors.

— Pourquoi ? demande-t-il en fronçant les sourcils.

— Une bande de cons m'ont fait chier, dit-elle en tremblant, j'ai eu de la chance que Taï arrive sinon, je ne serais pas ici, je pense.

— Merci mec, me dit Ben, je t'en dois une.

— C'est rien, lui dis-je. J'adore aider, c'est dans ma nature.

— Ils ne vous ont pas suivis, demande-t-il tout de même inquiet.

— Non, j'ai dû rouler vite et faire quelques détours, lui expliquais-je, désolée si tu as eu peur Alli.

— Comme je te l'ai dit, me répond-elle toujours dans les bras de Ben, valait mieux la vitesse que ces cons.

Ben et moi rions, nous sommes tous d'accord. Je laissais les deux tourtereaux et allais danser moi aussi. Après quelques minutes, je sentis une main se poser sur mon épaule, je me retournais et vis Fantasia qui me tendait la main pour me faire comprendre qu'elle voulait danser avec moi. Je pris sa main et nous dansions, même si pour ma part cela ressemblait plus à n'importe quoi, ce qui fit rire Fantasia.

La musique changea plus une plus calme, sur celle-ci, un rythme lent était de mise. Elle plaça ses mains derrière mon cou et posa sa tête sur mon épaule. Nous sommes restés ainsi à nous balancer en rythme durant plusieurs minutes. Lorsque la musique touchait à sa fin, elle me fit signe vers la table, ou nous sommes donc allés nous asseoir. Je suis retourné au bar chercher deux bouteilles de jus de fruits et d'eau, puis allait la rejoindre.

Une fois assis, je lui tendis deux des bouteilles qu'elle prit volontiers et but. Elle regarda vers la piste de danse et me montra Evan et Teza. Ils dansent toujours ensembles, je ne pense pas qu'ils aient changés de cavalier depuis que je suis allé chercher Allianna.

— Tu crois qu'il lui plais demandais-je à Fantasia.

Elle hoche la tête et souris, elle pose ensuite sa tête sur mon épaule sans les lâcher du regard et souris. Allianna se tourne vers nous et souris, Ben qui remarque qu'Allianna ne l'écoute plus se tourne vers nous et souris à son tour. Je regarde mes autres amis, Daniel danse avec une jeune fille brune, assez menue et grande, je cherche Jade du regard et la trouve en plein discutions avec Max et Dhelilah. Je fais signe à Fantasia pour lui montrer que nos amis sont ici également, elle sourit mais se raidit d'un coup en relevant la tête et s'accroche à mon bras. Je regarde les autres danseurs et vois Hector avec les deux personnes de la veille.

Je ne sais pas si je dois me lever et laisser Fantasia pour savoir ce qu'il fout là, ou si je dois rester avec elle pour qu'elle ait moins peur. Le fait qu'elle me serre le bras plus fort lorsqu'il se retourne et avance vers le bar me donne ma réponse. Il s'installe sur l'une des chaises hautes et regarde la salle puis souris lorsqu'il voit Fantasia. Au même moment, Jade, Teza, Dhelila, Allianna revienne suivi de près par Daniel, Evan, Max et Ben.

Tous s'installent et discutent, personne n'a remarqué qu'Hector est présent hormis Fantasia et moi.

— C'est super ici, dit Jade, n'est-ce pas les gars ?

— Oui, dit Daniel. Tu en penses quoi Evan ?

— J'avoue, répond-il à son tour, faudra revenir. C'est top.

Ben rit avec les garçons, ils parlent de motos, de courses, de sport et apprennent à se connaître. Allianna, Jade et Teza parlent d'un peu de tout et de rien. Moi, je reste aussi silencieux que Fantasia, je surveille qu'Hector ne vienne passer nous. Ben nous dit qu'il va aller au bar, mais je vois qu'il regarde Hector.

— C'est pas le gars qui cherchait les emmener de là-bas, dit-il en nous désignant le bar. Il a un problème à nous fixer comme ça ?

Tous se retournent vers le bar et le l'aperçoive, Jade souris, Evan et Daniel font craquer leurs doigts signe qu'ils sont prêts à en découdre, Teza se presse vers Fantasia et lui tiens la main. Allianna ne comprend pas vraiment ce qu'il se passe. Elle nous regarde tous et nous demande quel est le problème, puis elle le regarde plus attentivement.

— Hé, je le connais, dit-elle. C'est le fils d'un ami de mon père.

— Ah bon, dit Ben.

— Oui, dit-elle en grimaçant. C'est un con, chaque fois qu'il vient il me parle d'une fille qu'il aime.

— Et la fille, demande Evan, tu la connais ?

— Non, dit-elle, il ne dit jamais son prénom. Il a voulu que je lui donne des conseils.

— Et qu'est-ce que tu lui as répondu ? demande Teza. Tu l'as aidé ?

— Ça va pas, rit Allianna. Ce qu'il m'en a dit m'a fait comprendre qu'elle ne tient pas du tout à le voir et encore à vouloir être avec lui.

Je passe mon bras sur les épaules de Fantasia que je sens frissonner depuis le début de la conversation. Elle fixe la piste de danse, voulant échapper au regard d'Hector. Lui se contente de nous regarder, puis il remarque que mon bras est sur les épaules de Fantasia et serre son verre plus fortement, son autre main qui est posée sur sa jambe me laisse voir qu'il a serré le poing. Il n'est vraiment pas content. Fantasia se redresse et se place entre mes jambes, collées à moi, Teza se décale pour sans doute faire une barrière et la protéger un comme elle peut.

Je regarde Jade et la vois lever son verre et tapoter du doigt sur sa main. Elle lui fait comprendre qu'il doit se souvenir de la morsure. Il détourne son regard de Jade et le porte à nouveau sur moi et remarque Fantasia ne se trouve plus à côté de moi, mais sur moi, je passe mes mains autour d'elle pour l'apaiser et elle pose ses mains sur mes avant-bras. Elle passe ensuite une main dans son dos, et s'est à ce moment que je sens le couteau qu'elle porte dans le dos, voilà pourquoi elle à garder sa veste par-dessus son top. Cela permet de cacher l'âme qu'elle porte, je comprends alors qu'elle ne s'en sépare pas, sans doute qu'elle ne le quitte plus depuis qu'elle fait partie du groupe CDG.

Allianna se lève, et se dirige vers le bar accompagné de Jade et Ben, Teza et Evan reste avec nous et discute, se lance des regards. Cela me fait sourire, je tente de distraire Fantasia en lui montrant nos amis.

— Tu as vu les regards qu'ils se lancent tous les deux, lui chuchotais-je à l'oreille. Ils sont mignons non ?

Elle hoche la tête, se tourne pour me regarder dans les yeux. Je ne vois plus la peur dans son regard, ce qui me rassure, elle me sourit et regarde à nouveau son amie. Elle détache ses mains de mes bras et les lève pour faire signer un cœur avec ses doigts. Je souris, elle à raison, il n'y a pas besoin de parler, se signe leur correspond.

Je détourne la tête pour observer le bar, Hector tente de discuter avec Allianna mais elle l'ignore. Il lui attrape le bras et elle réagit superbement en lui mettant un coup de coude dans le nez qui saigne instantanément. Je sens un souffle sur mon oreille et me tourne, Fantasia me fait tourner la tête, sa main est chaude sur ma joue, je la regarde au lieu de regarder ce qu'elle veut me montrer. Elle souffle à nouveau me fais signe de regarder Teza et Evan. Je les regarde après une minute et je les vois se parler en chuchotant. Je ne comprends pas bien ce qu'il y a de surprenant.

Je regarde une fois encore Fantasia. Elle ferme les yeux, les rouvre et colle ses deux indexes ensemble.

— Ils se sont embrassés, lui dis-je à l'oreille.

Je n'ajoute rien, elle colle sa tête contre ma joue et je frissonne. J'ai eu une furieuse envie d'attraper son oreille et de la mordiller. Je sais que je ne dois pas, je sens mon cœur qui bat plus vite et j'espère qu'elle ne le sent pas. Elle hoche la tête replace ses mains, elle soulève l'une des miennes, et je ne comprends pas, je pense, au début qu'elle veut se lever mais qu'elle ne peut pas puisque mes bras l'entour. Je lève donc mes bras, mais elle les replace autour d'elle en me tenant les mains, nos doigts liés. Je souris comme un con et heureusement qu'elle ne me voit pas.

Teza nous observe et sourit, Fantasia bouge la tête en rythme avec la musique. Evan se lève et tend sa main à Teza pour aller danser, celle-ci accepte mais avant de partir, elle décide de faire une photo. Je suis préparé puisque je l'ai vue sortir son appareil. Elle sourit, Fantasia a soit vu l'appareil, soit elle avait les yeux fermés et n'a donc rien remarqué. Teza me fait signe qu'elle me l'envoie, je lui fais un clin d'œil pour ne pas gêner Fanta, elle lève le pouce et pars danser avec Evan.

Je resserre mes bras autour de fantasia, elle tourne la tête vers moi et je prends une bouteille d'eau sur la table et le vide, il fait chaud, je me demande s'il n'a pas mis le chauffage puis réalise que cette idée est complètement absurde. Je replace mon bras et elle le tient à nouveau. Elle frissonne quand je fais de petits mouvements avec mon pouce sur son bas.

— Tu as froid, lui demandais-je.

Elle tourne la tête. Est-ce moi qui la fais frissonner ? Peut-être que cela la dérange. Je suis bien comme cela, mais je ne veux pas la mettre mal à l'aise.

— C'est à cause de moi, lui demandais-je. C'est moi qui te fais frissonner ?

Elle hoche la tête. Je desserre mon entrent me disant que cela la dérange et elle fronce les sourcils. Je ne comprends pas, je lève les sourcils et resserres mes bras, elle sourit puis elle tourne la tête pour regarder les danseurs. Une vingtaine de minutes plus tard, Jade, Allianna et Ben reviennent et à ce moment que je réalise que Daniel n'est plus avec nous. Je ne sais même pas à quel moment il est parti. Une fois mes amis assis, je tourne la tête vers le bar et remarque qu'Hector n'est plus là. Je le cherche du regard mais ne le trouve pas.

— Non vraiment plus con que lui, dit Allianna, ce n'est pas possible.

Je la regarde et vois qu'elle se frotte le bras, elle a une marque rouge, la trace des doigts d'Hector. Il lui a fait mal en l'attrapant, c'est sans doute pour cela qu'elle lui a balancé son coude dans le nez. Je ne sais pas ce qu'il s'est passé ensuite, mais elle va sûrement le dire.

— Ça va ton bras, demande Ben.

— Oui, dit-elle encore énerver.

— Où est-il passé, je demande ?

— Dehors, dit Ben, qu'il fasse chier les danseurs passe encore, mais qu'il s'en prenne à ma copine, j'admets pas.

— Regardez, dit Allainna, elle s'est endormie. Je ne sais pas comment elle fait avec tout ce bruit.

C'est vrai qu'avec tout ce bruit c'est étonnant qu'elle se soit endormie. Elle bouge lorsque je retire mon bras pour prendre mon portable qui est posé sur la table et resserre sa main sur la mienne. Cela me fait sourire. J'allume mon portable et ouvre le message que m'a envoyé Teza. La photo est belle, Fantasia a bien les yeux fermés, elle n'a donc pas vu l'appareil. Elle a écrit quelque chose en dessous de la photo.

[De Teza : J'adore. On dirait un couple ;-)].

Je souris comme un con en lisant ce qu'a écrit Teza, j'avoue, cela me fait plaisir. Je regarde mes amis et lorsque mon regard se pose sur Jade, je perds mon sourire, elle fronce les sourcils. Je ne sais pas ce qui lui prend mais je ne vais pas la laisser me gâcher la soirée. Fantasia dort et je ne vais pas engager la conversation avec Jade alors que je sais qu'elle risque de crier, je la connais bien, trop bien même.

Teza et Evan reviennent et se laissent tomber sur la banquette. Ils sont essoufflés tous les deux, en même temps, ils sont restés le plus longtemps danser que nous autres réunis. Teza regarde Fantasia et souris.

— Elle s'est endormie, dit-elle, elle en a bien besoin.

— Pourquoi, la questionne aussitôt Jade ?

— La nuit dernière, répond Teza, elle n'a presque pas dormi, comme presque toujours.

— Pourquoi elle ne dort presque pas ? demande-t-elle encore. Elle ne se sent pas bien dans sa chambre ?

— La chambre n'a rien à voir, lui dit Teza, elle fait des cauchemars. Cette nuit, elle était persuadée d'être dans son ancienne chambre.

— Elle était ou avant, demande Evan.

— Elle était dans le même bâtiment que moi, dit Teza en baissant la tête. Le directeur l'a changé de bâtiment à cause de ce qu'il s'est passé.

— Teza, l'appelais-je, ce n'est pas à toi d'expliquer ce qu'il s'est passé, m'énervais-je. Si elle tient à ce que Jade, Evan et Daniel sachent, elle le leur dira elle-même.

— Tu as raison, dit-elle. Mais je m'en veux.

— Tu n'as pas à t'en vouloir, lui dis plus calmement. Elle ne t'en veut pas, ce n'était pas ta faute. Tu le sais.

— Peut-être qu'elle ne m'en veut pas, dit-elle, mais je me sens quand même mal. Si tu n'avais pas été là…

Elle ne termine pas sa phrase et frissonne, je sais qu'elle pense à la marque que son amie porte sur le corps. Je ne sais pas moi non plus ce qu'il lui serait arrivé, mais je suis arrivé à tant, heureusement. En revanche, je ne savais pas qu'elle avait mal dormi cette nuit, elle ne me l'a pas dit. Elle m'a dit qu'elle allait bien ce matin pourtant. Pourquoi est-ce qu'elle m'a caché qu'elle avait cru être à l'internat cette nuit ? En y repensant, quand elle est venue ce matin, elle a vu Jade et les garçons dans ma chambre, c'est peut-être pour cela qu'elle ne m'a rien dit. Je devrais lui demander. Et puisque je sais que le directeur sait pour la marque, je vais lui demander s'il est possible qu'ils aillent à l'internat. Je pense que c'est mieux pour Fantasia.

[À Teza : Tu sais pourquoi elle ne m'a pas dit qu'elle avait mal dormi ?]

Teza sort son portable de la poche, j'ai réussi à taper mon message sans que les autres ne me voient. Elle se lève et va vers le bar. Elle tape sur son portable, elle me répond, au moins les autres ne poseront pas de questions. Quelque seconde plus tard, un message s'affiche sur mon écran.

[De Teza : Quand elle s'est levée, elle était en panique, je lui aie dit que tu étais rentrée mais quand elle a ouvert la porte, elle a vu les autres dans ta chambre. Vous dormiez alors elle est retournée dans son lit et ne s'est pas rendormie.]

[À Teza : Pourquoi tu ne me l'as pas dit ?]

[De Teza : Parce qu'elle m'a demandé de ne pas le faire. On en reparle plus tard, quand nous serons entre nous.]

Teza revient avec des bouteilles d'eau et se rassoit. Elle sourit et tend une bouteille à tout le monde. Je regarde l'heure, plus de quatre heures. Mon portable vibre une nouvelle fois dans ma poche et quelques secondes après le portable de Fantasia sonne, ce qui la réveille. Je regarde donc mon écran et vois Fantasia sortir son portable et faire de même.

[De CDG : rdv à 20 h.]

Fantasia se tourne vers moi et voie que je tiens aussi mon portable dans les mains. Est-ce que je vais enfin avoir l'adresse ou ils vivent tous ? Je l'espère, je ne tiens pas à mettre une fois encore le bandeau. En même temps, d'après ce que j'ai compris, tant que je n'aurais pas la pseudo attaque du membre du groupe, je ne l'aurais pas. Je ne sais pas depuis combien de temps Fantasia les connaît, mais je ne pense pas qu'une nuit et le fait que je vengerais ma sœur soit suffisants pour eux. Mon portable vibre à nouveau.

[De CDG : Vêtement pour 2 nuits. + sport]

Le portable de Fantasia aussi sonne à nouveau, elle me montre son écran, elle a reçu les mêmes messages. Je hoche la tête et Fantasia se lève. Elle me demande si je peux l'accompagner aux toilettes, je me lève donc et vais avec elle. Nous laissons donc nos amis et nous dirigeons non vers les toilettes, mais vers la sortie, nous prenons nos affaires et sortons. Elle prend son portable et envoie un message à Matt lui exigeant que demain nous ne puissions pas partir sans risquer d'être suivis, mais que nous pouvons partir maintenant ! Elle reçoit un message et nous partons. Je pousse la moto sur quelques mètres bien que personne à l'intérieur de la boîte ne puisse l'entendre à cause de la musique.

Matt lui a dit qu'elle pouvait me donner l'adresse. J'en suis satisfait, je ne supportais pas l'idée de savoir que Fantasia peut y retourner sans que je ne sache où la trouver. J'ai eu tellement peur quand elle n'était pas rentrée cette nuit. Après une bonne heure de route puisqu'il a fallu retourner dans nos chambres prendre des affaires, nous nous trouvons devant l'immeuble. J'ai quand même dû laisser mon portable dans ma chambre. Fantasia a également laisser son portable avec le mien et pris le deuxième qu'elle cache dans un sac étanche et dans la chasse d'eau. Ingénieux je dois dire.

Elle me prend la main une fois que j'ai garé la moto dans le garage qui prend tout le sous-sol, je ne sais pas combien de véhicules se trouvent là, mais il y en a un bon nombre. Nous sommes bien plus nombreux que je le pensais dans ce bâtiment.

Nous entrons et montons à l'étage, traversant la salle de sport ou les membres nous salut, nous faisons de même pour choquer personne. Je lève la tête et remarque que tous sont accoudés à la rambarde. Il va y avoir un combat à l'évidence. Matt descend et vient vers nous. Il nous salue et je fais de même.

— Bien, Fantasia nous a prévenus que pour ton initiation cela serait compliquer puisque des personnes qui te sont proche sont désormais présente dans votre établissement. Je ne voulais pas prendre le risque que des personnes soient blessées. Tu vas doc devoir combattre cinq personnes.

Je vois cinq membres du groupe avancer et hocher la tête. Je reconnais certains d'entre eux, se sont ce qui se trouvait dans le bâtiment, ceux que Fantasia à toucher sans les blesser et qu'elles à désarmer.

— Si tu réussis à tous les mettre au tapis, tu auras ceux-ci.

Il lève une montre semblable à celle que tous portent, y compris Fantasia. Elle se tourne vers moi et sourit. Elle se recule et se dirige vers les escaliers, je la regarde monter et reporte mon attention sur les personnes que je vais combattre, cherchant à analyser leurs styles de combats. J'ai l'habitude de me battre, je me suis retrouvé dans plus de baston que la pulpât du monde dans mon bahut. Une première personne monte sur le ring. Je fais de même. Il met des protections et m'intrique que je dois aussi en porter, je tourne la tête pour lui signifier que je n'en porterais pas.

Il commence à sauter et à bouger sur de droite à gauche, je le suis du regard mais ne bouge pas, il envoie un coup de pied latéral, que je bloque en lui lançant la jambe vers le haut, il retombe sur le dos. Je lui tends la main pour l'aider à se relever mais il refuse et fait tourner le cadrant de sa montre. Toutes les montres portées par les personnes dans le bâtiment émettent un petit bruit. Il se relève et sort du ring.

Si tous les combats sont aussi rapides et aussi prévisibles, je serais accepté bien plus tôt que je ne le croyais. La deuxième monte à son tour. Il place sa garde et avance vers moi doucement, sans doute qu'il cherche à analyser comment je vais réagir. Le combat précédent n'a pas été assez long pour qu'il sache comment je me bats. Il envoie plusieurs coups de poing que j'évite simplement en me déplaçant. Il tente un coup de pied retourné, je lui attrape le pied et le repousse, il est toujours debout donc le combat continu. Il tente cette fois un coup de poing que j'attrape et lui retourne le bras dans le dos et le pousse vers l'avant.

Je regarde autour, je ne sais pas s'ils sont tous aussi mauvais combattants, mais je ne suis pas rassuré de savoir que Fantasia se trouve avec ses personnes, si elle vient à être attaquée, ce ne sont pas ces personnes qui pourront lui prêter main forte. Il revient vers moi et fait mine de lancer un coup de poing mais j'ai vu qu'il prépare un coup de pied et que son équilibre est en berne. Je me baisse et fais un tour complet sur moi-même sans lui laisser le temps d'agir, je donne un coup dans sa jambe d'appui et le fait tomber au sol. Il tourne son cadrant et toute retentisse dans la salle.

Cette fois-ci, le combat devient intéressant. Ils sont trois à monter sur le ring, je sais que je vais recevoir quelques coups, je ne pourrais pas tous les éviter en même temps. Je souris et me met en garde, ils sont deux à se lancé vers moi pour donner un coup de poing tandis que le troisième va lancé un coup de pied, j'évite les coups de poing ce qui donne qu'ils se frappent entre eux, tandis que j'attrape la jambe du troisième et le repousse en arrière, je me retourne rapidement et attrape les deux bras des deux autres personnes et les retournes, tous deux ont un bras dans le dos et se débattent, tandis que le troisième la joue vicieusement et me met un coup de pied dans les côtes.

Je lâche les deux personnes, les poussent l'un sur l'autre et assene un retourner au troisième qui tombe au sol, il tourne son cadran et sort du ring. Je me retourne vers les deux autres qui sont de nouveau éloignés l'un de l'autre, celui de droite, va donner un coup, mais je remarque qu'il n'a pas le poing serre, il va frapper avec le bas de la main. Je l'attrape et fais une pression dans sa main ce qui le fait se baisser due à la douleur, le deuxième attaque en même temps, pensant que je ne l'ai pas vu, je lui donne un coup de pied latéral, et je reçois un deuxième coup dans les côtes. Au moment où il termine son retourner, je lui affuble un coup dans les côtes également ce qui lui fait perdre son équilibre et tombé au sol. Il se relève et je reporte mon attention sur le dernier encore debout, la salle est silencieuse, seul le bruit de l'activation de la deuxième montre rompt le silence.

Il salue sur place pour que je ne puisse pas attaquer, mais je n'attaquerais pas, lorsque j'ai appris le combat, la première règle était de ne jamais donner le premier coup, mais le deuxième oui. J'attends donc qu'il se décide à attaquer, mais il ne sembla pas décidé, je me tourne pour chercher Fantasia du regard, cependant, je sens les déplacements de cette personne, il se rapproche de moi, je lui rattrape le bras en même temps que je me retourne. Cela m'a évité un coup à la tête, je lui retourne le bras dans le dos et soulève légèrement puis le lâche. Je recule d'un pas pour lui laisser la place, il s'avance à nouveau et frappe dans le vide tout en se rapprochant de moi, j'évite chaque coup avec mes avant-bras, j'attrape l'un de ses poignets et place ma jambe derrière son genou, l'obligeant à suivre le mouvement et le projette au sol, il tombe sur le dos et je lance mon poing sans pour à temps le toucher. Il tourne son cadrant, le combat est terminé.

Il se relève et me tend la main, je ne la saisie pas et lui fait un salut, comme au karaté, il replace son bras le long du corps et fait de même. Matt s'approche, me fait signe de descendre et me félicite puis me tend la montre. Je le remercie, il me demande ensuite si j'ai déjà fait du sport de combat. Je hoche la tête.

— Taï ji qu'an, karaté et judo, lui dis-je.

— Ça va les côtes, me demande-t-il.

— J'ai eu bien pire, répondis.

Je relève la tête et cherche Fantasia, mais je ne la trouve pas, où est-elle ? Elle est sûrement dans son appartement ou dans l'une des salles de visionnage. Je monte après avoir demandé aux personnes avec qui j'ai dû faire ce petit combat s'ils allaient bien, tous ont hoché la tête, je suis ensuite aller voir si Fantasia se trouvait bien « chez elle » mais elle ne se trouvait pas là. Je suis donc monté et la trouvais dans la salle regardant l'écran d'ordinateur. J'éteignis la lumière et le rallumait, elle se retourna et s'approcha, elle me fit lever les mains et souris lorsqu'elle vit la montre.

Elle reporta son regard derrière moi, je me retournais et vis Matt.

— Vous pouvez y aller, dit-il je pensais que cela prendrait plus de temps qu'une demi-heure pour qu'il réussisse.

— Tu veux retourner au bahut maintenant, demandais-je à Fantasia après m'être retourné pour lui faire face.

Elle ne répondit pas tout de suite, puis après quelques secondes de réflexion hochèrent la tête. Elle prit son portable et écrivit puis me montra l'écran.

[Teza doit s'inquiéter de ne pas me trouver. Et tes amis doivent se demander où tu es.]

Je ne dis rien et nous disons au revoir à tout le monde, du moins, je suis seul à parler, pour sa part elle leur fait un signe de la main et nous quittons le bâtiment. Nous passés par le sous-sol et montâmes sur la moto après avoir mis les casques. Elle passe ses bras autour de ma taille et je ne pus m'empêcher de sourire puis nous sommes partis.

De retour devant les grilles du portail, je coupe le contact et pousse ma moto jusqu'au parking, les autres sont déjà rentrés puisque je vois les trois motos de mes amis à côté de la mienne. Nous montons dans le bâtiment administratif pour rejoindre nos chambres. Il n'y a à pas de bruit dans le couloir, sans doute que tout le monde dort. Nous sommes entrées dans nos chambres et une fois changées, Fantasia entra dans ma chambre et vint se glisser dans mon lit et posa sa tête sur mon moi, je plaçais mes mains autour de sa taille et fermais les yeux en l'attirant tout contre moi.

Troisième partie
Jude

XVII
Aboie plus qu'il ne mord…

Cela fait une semaine que j'ai appris que nous déménageons. Je n'en peux plus de partir chaque fois d'un bahut à un autre, d'une maison à une autre. Je ne me fais plus d'amis depuis bien longtemps. Seuls Annabelle et Luc sont une constante dans ma vie, mes amis d'enfance, ils sont perdus leurs parents et vivent avec nous. Mes parents également évidement ainsi que mes frères, Jullian et Jayde. Je dois changer de bahut, encore. Jullian ne nous suit pas cette fois-ci, il dit qu'il a bien trop de mauvais souvenirs à Delam, je ne vois pas quels sont ses mauvais souvenirs, mais bon.

Je boucle mon dernier carton, il partira dans le camion de déménagement la semaine prochaine, nous ne sommes que vendredi, je dois aller en cours dans l'établissement où je suis déjà inscrit depuis un an, ou je suis présent sur le campus depuis seulement trois mois et ensuite je devrais commencer à partir de lundi dans mon nouveau bahut. Je vais être en internat, je n'ai jamais quitté la maison, je ne sais pas comment cela va se passer, mais j'espère que nous serons bien accueillis. Je n'ai eu que de bons échos sur cette école.

Je me souviens d'une fille qui habitait à côté de chez nous, je jouais souvent avec elle, mais un jour, elle n'est pas venue et ensuite je ne l'ai jamais revue. Je ne sais pas pourquoi mais elle n'a jamais voulu me revoir, je savais que même moment Jullian avait recommencé ses conneries, il sortait sans arrêt et parfois ne rentrait même pas.

Je me laisse tomber sur mon lit en regardant le plafond, voilà mon dernier carton fermé. Est-ce que les autres personnes sont aimables là-bas, je ne me souviens pas de grand monde, je devais rentrer et sur la route une voiture m'a renversé ? Je n'avais que 11 ans à l'époque. Aujourd'hui, j'en ai 16 et c'est comme si j'en vais encore 11 puisque je me suis réveillé il y a seulement quelques mois. C'est compliqué de vivre ainsi, les personnes savent qui je suis, mais pour ma part je ne connais personne. Ma sœur n'est plus là, elle s'est suicidée, en revanche je ne sais pas pourquoi, mon dit qu'elle ne supportait plus ce que Jullian faisait, bien que je ne sache pas ce qu'il faisait, Jay ne parle pas du tout de Jheda, et mon père dit qu'elle ne supportait plus de me voir dormir sans cesse, sans me réveiller.

Je suis resté presque 7 ans dans le coma, en me réveillant, j'ai demandé à rentrer chez moi, mais lorsque les médecins m'ont demandé la date, le lieu où je vis, ou je vais je cours et quel est ma date de naissance, puis mon âge, je me suis demandé pourquoi il n'allait pas chercher mes parents, j'avais été renverser par une voiture après tous. Pourtant, il ne se trouvait pas là, ils avaient déménagé et n'avais pas demander que je sois transféré car cela pouvait être néfaste pour mon état de santé.

Toujours allongée sur mon lit, je me suis demandé comment j'allais évoluer alors que je ne connaîtrais personne, je savais que dans se bahut, seul le directeur saurait que j'ai été dans le coma, je ne voulais pas que les professeurs soient mis au courant, je ne voulais pas de traitement de faveur, je détestais me sentir trop protéger. Certes, j'avais eu quelques dommages lors de cet accident. L'une de mes jambes ne s'était jamais remise, je boitais légèrement car j'avais une prothèse, j'avais également un appareil à la mâchoire. Les médecins ne savaient pas si je serais à nouveau capable d'ouvrir la bouche, mais je le pouvais désormais et cela était le principal.

J'avais rencontré beaucoup de personnes avec qui j'avais gardé contact. J'ai dû rester plus d'un mois et demi sous surveillance, ce que je n'appréciais pas. J'ai dû faire avec et c'est ainsi que j'ai rencontré des personnes comme moi, des accidentés de la vie.

J'avais été inscrit à Belém en cours d'année, je savais que je ne saurais pas le seul nouveau, ma mère m'avait appris que quatre personnes étaient arrivées après la rentrée. Cela m'avait rassuré parce qu'ils étaient parfaitement intégrés. J'allais loger dans un internat, je redoutais cela, je ne savais comment cela était, je n'ai connu que les années ou je vivais encore chez mes parents et par la suite ma chambre d'hôpital. Je vais me retrouver dans un bâtiment ou tous les élèves ont leurs habitudes, connais tous les recoins de la ville et du bahut. Je serais en quelque sorte la bête curieuse, davantage si l'on apprenait que je n'ai qu'une jambe.

J'étais en colère, je n'acceptais pas le fait d'avoir été amputé, mais j'avais eu la chance de survivre à cet accident, alors je tentais de me dire que cela était nécessaire pour avoir survécu au choc ainsi que d'être sorti du coma alors que j'avais été percuté de face et que les personnes c'étaient ensuite acharnés sur moi, j'avais été frappé à coup de batte de base-ball ainsi qu'avec des barre à mine. Je ne sais pas si les personnes ont été retrouvées et arrêtées, ou si elles ont pris la fuite et me laissant pour mort au sol de cette rue sombre et déserte.

J'avais quelques angoisses depuis, je ne pouvais pas rester sans peur lorsque j'entendais des pénaux crisser sur le sol, je ne passais plus dans les petites ruelles et mes nuits était ponctués de cauchemars ou je revivais cette journée de mon enfance ou je voyais cette voiture me foncé dessus et que je ne pouvais l'éviter.

— Jude, crie ma mère du bas de l'escalier, tu as terminé te vider ta chambre ?

— Oui, lui répondis-je, le dernier carton est fermé, je descends.

Je sortis donc de ma chambre et allais retrouver ma mère, je descendis les marches et allais la rejoindre, elle tenait mes béquilles, je parvenais a marché sans, mais je ne pouvais pas faire de trop longue distance, ma prothèse me faisait souffrir par moment, mais cela ne m'empêchait pas de forcer tout de même pour repousser mes limites.

Nous partions pour une seule raison, je pourrais avoir une greffe lorsque nous serions à Delam. Je ne connaissais pas bien, je me souvenais seulement que nous vivions proches de cette ville avant mon accident. Je n'avais pas voulu faire de recherche, je savais seulement que je pourrais vivre bien mieux si la greffe prenait, j'espérais ne pas faire de rejet.

J'aidais ma mère à mettre les dernières affaires dans le camion qui prendrait la route ce soir et arriverais après nous pour notre nouvelle habitation. Nous allions prendre la route la semaine prochaine, bien que j'aie dit à ma mère que je pouvais bien vivre avec cette prothèse, je ne voulais pas de cette greffe, surtout parce que j'ai peur en réalité. Pourtant je ne dois pas me laisser envahir par ce sentiment fourbe, je dois tout faire pour aller de l'avant et surmonté cela, surmonté au-delà de mes blessures physiques, celles qui sont mentales est bien plus douloureuse que celle du corps et plus complexes à évincés.

Je monte en voiture une fois que le coffre est fermé, ma mère s'installe au volant, et nous allons à l'hôtel pour cette semaine, vendredi soir serait le moment du départ. Annabelle, Luc et Jayde étaient déjà installés, leurs ceintures bouclées. Je m'installais, mis ma ceinture et nous partions. Je regardais par la fenêtre et tentais de calmer mes angoisses qui m'envahissaient chaque fois que je voyais des ruelles faiblement ou non éclairées. Ma mère tentait de m'apaiser, mais elle ne comprenait pas – comme les autres d'ailleurs – que rien ne pouvait m'aider. J'avais toujours ces angoisses et j'avais appris à vivre au mieux avec. Je devais qu'elles ne me quitteraient jamais, je savais que je devrais toujours de quoi penser à autre chose, m'occupé l'esprit en permanence. Je sortis mon livre de mon sac de cours et continuais ma lecture. Les livres m'apaisaient car je pouvais faire jouer mon imagination et m'installer dans ces mondes et dans ces vies qui ne sont pas les miennes.

Mon père ne se trouvait pas avec nous depuis quelque temps, ma mère avait décidé de faire sa vie sans lui, d'après elle ils avaient une bien trop grande différence d'esprit, il n'y avait plus d'entente, mais j'ai découvert la vérité. Mon père est un monstre, il n'est pas parti comme elle nous le dit, les Gardiens l'ont attrapée et il est retenus captif quelques pars, pour ma part, je pense qu'il est mort. Il a commis bien trop d'atrocité. J'avais découvert que mon père était membre des « Molosse » un groupe de personne qui je réjouisse de la souffrance d'autrui et l'inflige. Il a torturé des personnes au début de sa dixième année et n'a jamais cessé. Ce qui m'a le plus choqué dans tout cela, c'est que cela semblait être une histoire de famille, j'ai eu peur car lorsque j'ai eu mon accident il voulait me montrer quelque chose d'important au sous-sol, notre héritage disait-il. Je n'ai jamais su se qui se trouvait au sous-sol, je n'ai jamais demandé et j'avais toujours eus un sentiment de malaise lorsque je passais devant la porte qui y menait.

Mon frère est plus sombre que par le passé, j'ai l'impression qu'il cache quelque chose et je ne peux m'empêcher de penser qu'il a suivi les traces de mon père. J'espère me tromper car je ne pourrais pas accepter qu'il soit aussi retors que mon père. Je ne comprends pas que l'on puisse aimer voir des personnes souffrir, savoir que celle-ci puisse par la suite être anéantie et pour certaines vouloir en finir. C'est ce qu'il s'est passé pour certaines des victimes de mon père, quelques-unes des personnes qu'il a blessées se sont donné la mort pour ne plus vivre avec le souvenir et la douleur. J'ai de la peine pour ces personnes, l'argent que je reçois pour compensation à mon accident depuis que je suis dans le coma, je ne le garde pas, je l'envoie aux personnes que j'ai trouvées en faisant quelques recherches. Je sais que cela ne les aidera pas à oublier, mais je me sens mal d'être le fils de mon père.

Nonobstant, je cherche encore les autres personnes, je suis certain qu'il y en a beaucoup d'autres. J'ai compris également que mon père rabais autrefois des petits carnets avec le nom de ses victimes avec tous les détails de ce qu'il leur a font subir. Je pense que mon frère fait la même chose, j'ai trouvé quelques carnets, certes vierges, dans sa chambre, puis quelques semaines plus tard, les carnets ne se trouvaient plus là. Je ne sais pas où ils les cachent, je n'ai pas pu aller vérifier au sous-sol puisqu'avec ma prothèse je ne pouvais pas descendre les marches qui étaient bien trop hautes. Je serais assurément arrivé en bas en ne touchant aucune des marches et je n'aurais jamais pu remonter seul. Je ne pense pas que mon frère m'aurait aidé.

Mon retour s'est fait difficilement, mon frère, Jullian, me considère comme mort, je suis en quelque sorte le monstre de la famille pour lui seulement à cause de ma différence. Le physique compte plus que tout pour lui, il est superficiel et imbu de lui-même. Ce que je n'aime pas, pourtant, autrefois nous étions très proches, nous sommes jumeaux après tout, mais ma différence aujourd'hui fait que je n'existe plus pour lui.

Jayde lui, est ravi de mon retour, ma mère m'a expliqué qu'il appelait tous les jours à l'hôpital et qu'il me parlait au téléphone chaque jour, l'infirmière posait le téléphone à côté de ma tête pour que je puisse entendre. Annabel et Luc également venaient le plus souvent possible pour savoir si mon état évoluait. Ils sont mon frère et ma sœur de cœur, même si nous n'avons pas le même sang, ils sont plus de ma famille que mon père et mon frère pour moi.

Jayde, Annabelle et Luc m'ont beaucoup aidé à mon retour, ils m'ont raconté tout ce que j'avais manqué et avaient même tenu tous les trois un journal pour que je puisse tout savoir. Il y avait aussi beaucoup de vidéos ou je pavais voir les anniversaires, les moments forts de leurs vies ainsi que d'autre plus banal. Je pense que je n'aurais pas pu reprendre une vie presque normale sans eux, je sais que ce n'est pas Jullian qui aurait fait cela pour moi.

Nous arrivons à l'hôtel et sortons de la voiture avec nos sacs et entrons. Nos chambres sont au rez-de-chaussée pour me faciliter l'accès. Ma mère à vraiment pensé à tout, elle a demandé que ma chambre soit équipée de poignet dans la salle de bain ainsi que d'un fauteuil pour que je ne glisse pas, j'ai accès à la piscine qui se trouve sur le toit le soir, heures ou elle est fermée, je ne serais donc pas obligé d'être vu par les autres résidents lorsque je dois faire ma rééducation.

— Les garçons, vous serez dans la même chambre, nous dit ma mère, mes frères sourient et nous allons poser nos sacs. Ne faites pas de bruit, interdiction d'agir comme si vous étiez en colonie.

Je ris, elle ne se rend pas compte que cela sera comme si nous l'étions, nous aimons nous raconter des histoires et chahuter le soir. Annabelle et ma mère seront dans la chambre à côté de la nôtre, elles sont vraiment très proches toutes les deux. Pourtant ma mère a toujours le visage triste, elle pense sans cesse à Jheda qui est partie bien trop tôt. Je ne l'ai jamais dit à ma famille, mais Jheda m'écrivait tous les jours lorsque j'étais à l'hôpital. Je n'ai jamais ouvert les lettres, j'ai peur de les lire, j'ai peur de m'effondrer, je sais également que son amie Ezira s'est suicidée, je pense que c'est pour cela que ma sœur avait disparu quelque temps, lorsqu'elle est revenue, d'après ma mère, elle avait changé et apprendre que j'avais eu un accident l'a blessé davantage. Elle n'a jamais su que je m'étais réveillé et je le regrette, je me dis qu'elle serait peut-être encore en vie si je n'avais pas eu cet accident. J'étais très proche de ma sœur, elle me manque énormément, mais je sais qu'elle ne voudrait pas que je me laisse abattre, alors je tente de vivre pour elle aussi.

Une fois que nous avons vidé nos sacs pour ranger nos affaires dans les placards et sans la salle de bain, nous sommes allés rejoindre ma mère et ma sœur à l'accueil, il se faisait tard et nous devions encore manger. Nous avons suivi l'hôtesse qui nous conduisit à une table que nous aurions chaque midi et chaque soir, ma mère avait vraiment tout prévu, elle savait que je me sentais mal à cause de ma jambe et faisait tout son possible pour que je ne me sente pas mis à part ou considéré comme handicapé. Je l'étais dans un sens, mais je savais que c'était sa manière à elle de m'aider et de m'aimer même malgré mes souffrances et mon caractère assez dur parfois, surtout envers moi-même.

J'ai appris également que dans notre nouvel établissement nous prenions nos cours sur ordinateur, ma mère nous a offert à chacun de nos un magnifique ordinateur, chacun avec une couleur différente, rose pour Annabelle, bleu pour Luc, vert pour Jayde et blanc pour moi. Cela allait nous changer, nous avions toujours connu le papier et les stylos, notre établissement était assez ancien et ne se voyais jamais rénové autrement que par un coup de peinture sur les murs. Aucun de nous n'a connu la vie en internat, nous ne mangions même pas au réfectoire comme la plupart des élèves, ma mère venait nous chercher chaque midi et nous déposait chaque fois pour les cours de l'après-midi. Le matin et le soir, nous faisions le trajet en bus, des bons moments où nous avons sympathisé avec le chauffeur qui nous connaissait tous depuis que nous étions nés.

— Installez-vous les enfants, nous dit notre mère, elle nous sourit, alors que pensez-vous de cet hôtel.

— Pas mal, dit Annabelle, j'aime assez.

— Super, dirent mes frères ensemble.

— Et toi Jude, qu'est-ce que tu en dis, me demande-t-elle.

— C'est bien, lui dis-je en lui souriant.

En réalité, peu importe, du moment que je suis avec ma famille, je suis heureux, j'ai perdu trop de temps loin d'eux à dormir comme une souche. J'ai appris également que nous n'étions pas les seuls à changer d'établissement, Hasko arrivera en même temps que nous là-bas. Il est un élève assez étrange, il n'est pas méchant dans le fond, mais il n'a pas sa langue dans sa poche, il est sans filtre. Parfois, les personnes apprécient sa franchise, d'autres trouvent cela déplacé car il est vrai que toutes les vérités ne sont pas bonnes à dire. Pour lui, tout doit être dit, il n'aime pas tourner autour du pot, et donc il ne passe pas par quatre chemins, il lance ce qu'il veut dire sans prendre de gant. Mais il est sympa, lorsque l'on apprend à le connaître l'on peut se rendre compte qu'il est formidable comme garçon. J'ai tout de suite apprécié ce garçon et je suis heureux de savoir qu'il va être dans le même bahut que nous.

[De Hasko : Salut, pas trop triste de savoir qu'il nous reste qu'une semaine de cours ici ?]

[À Hasko : Non, bien au contraire, j'ai hâte de changer de bahut.]

[De Hasko : J'espère que nous serons dans le même bâtiment et que nos chambres seront proches, on va s'éclater.]

[À Hasko : Oui, à nous les fêtes et les vadrouilles en ville.]

[De Hasko : Aller, on se voit demain, bonne soirée à tous, surtout à Annabelle ; -p]

[À Hasko : À demain. Tu as fini de draguer ma sœur ?]

[De Hasko : J'y peux rien si elle est canon, je l'adore. À demain et bonne soirée à tous, on se rejoint demain aux enfers.]

[À Hasko : Mouai… Évitons Hadès tout de même.]

[De Hasko : Pff… Ce que tu peux être con parfois, mais t'inquiètes, je t'apprécie tout de même.]

[À Hasko : Merci frangin, allez, je suis à table et ma mère me fait les gros yeux.]

Je rangeais mon portable dans ma poche et je commençais enfin à manger. Le repas se passa calmement, j'étais fatigué et je n'avais qu'une envie, savoir si le matelas que j'avais pour cette semaine serait confortable. Je l'espère car je sais que ma mère demanderait qu'il soit changé si ce n'est pas le cas. Nous sommes ensuite allés dans nos chambres, chacun pris sa douche et j'entendis même ma sœur chanté, faux bien sûr, mais cela ne nous dérangeait plus, nous en avions tous pris l'habitude. Nous nous sommes ensuite couchés et après avoir discuté durant quelques heures, nous avons sombré dans les bras de Morphée les uns après les autres.

***

Je me suis réveillé en entendant frappé à la porte de la chambre, je me suis levée, mis ma prothèse et allais ouvrir. Je remarquais en me levant que j'étais seul dans la chambre, mes frères avaient sûrement décidé de me laisser dormir, pour une fois. J'ouvris et découvris Hasko, je le laissais entrer et m'habillais rapidement d'un jogging noir, d'un t-shirt blanc et des baskets blanche elle aussi. Je pris une veste et nous sommes descendus au restaurant de l'hôtel ou mon petit déjeuner et ma famille m'attendaient. Hasko prit lui aussi son petit déjeuner avec nous, et comme chaque fois, il ne lâchait pas Annabelle du regard. La pauvre, je sais qu'elle n'aime pas être fixée ainsi, en même temps, qui apprécierait cela ? Pas elle en tout cas. Je ris et donne un coup de coude à mon ami pour qu'il cesse, il se retourne vers moi, je lui demande de laisser ma sœur tranquille.

— Quoi ? me questionne-t-il, je ne fais que regarder ta sœur qui est toujours aussi belle.

Elle se mit à rire, je la regardais et vis qu'elle était en pyjama, ne s'est pas encore maquillé et qu'en plus ses cheveux son nouer en un chignon brouillon. Belle ? En même temps, je ne drague pas ma sœur, mais lui oui, et ouvertement qui plus est. Ce qui fit également rire ma mère. Bientôt, il va me dire qu'elle est de plus en plus belle chaque jour qu'il la voit ? Non, donner moi une corde, il faut le bâillonner parfois, trop de franchise, tue la franchise.

— Tu es plus belle de jour en jour, lui dit Hasko avec un large sourire et les yeux pétillants.

Qu'est-ce que je disais, vraiment il est raide dingue de ma sœur, si cela continue sa langue va toucher le sol. Je m'attends presque à marcher dessus parfois.

— Merci, dit Annabelle en rougissant.

Comment ? Elle rougit ? J'ai loupé un épisode ou quoi ? Non, elle doit juste être gênée de ce compliment d'aussi bonne heure, quoi que, onze heures, pas si bonne heure que cela. Je ris, suivi rapidement de Jayde et Luc. Hasko ne rit pas, il est très sérieux, je me demande s'ils ne vont vraiment pas finir par être ensemble un jour tous les deux. Ce serait amusant, au début où nous l'avons connu, elle ne l'appréciait pas du tout à cause de sa trop grande honnêteté, mais avec le temps elle a fini par devenir amie avec lui. Dans ma tête, la suite logique est qu'elle tombe amoureuse de lui ?

— Ça va, tu n'as pas eu trop mal, lui demandais-je.

— Comment ça, demande-t-il ne comprenant pas où je veux en venir ?

— Quand tu es tombé amoureux de ma sœur, lui répondis-je.

Ma mère rit de plus belle. Je sais qu'elle se demande ou je vais chercher toutes mes répliques aussi niaise et parfois stupide mais aux combien amusantes les unes que les autres. Vraiment, quelquefois je me demande où je vais chercher tout cela.

Le petit déjeuné avaler non sans rire des paroles d'Hasko, nous sommes ensuite sorties pour aller faire les boutiques, l'anniversaire de ma mère approchant nous devions lui trouver un cadeau. Même Hasko comptait lui acheter quelque chose. Je ne sais pas ce qu'il va lui prendre, mais je suis certain que nous allons bien rire. Il m'a voué également qu'il avait pris un cadeau pour mon séjour, il me l'a montré et je dois avouer qu'il a bon goût. Le cadeau est un magnifique bracelet couleur argent et or avec son prénom gravé en rose, sa couleur préférée. Je suis certain que cela va lui plaire. Nous avions trouvé quoi acheter à ma mère, un collier avec des émeraudes, les boucles d'oreilles qui sont assorties et un bracelet tressé d'or et d'émeraude. Elle va adorer elle aussi. Avec nous avons écrit quelques petits mots, et un poème que nous avons écrit tous ensemble.

XVIII
Identifiant Jheda…

Une fois les cadeaux emballés et cacher dans nos chambres pour qu'elle ne les trouve pas avant le repas, nous sommes ensuite retournées à l'extérieur pour boire un verre entre nous, nous avons aussi manger dehors ce midi puisque nous n'avions pas la possibilité de rester avec notre mère, elle devait terminer de vider son bureau durant le week-end afin d'emmener tout son nécessaire de travail dans notre nouvelle résidence.

Ma mère est coiffeuse, pratique lorsque nous voulons nous couper les cheveux. Elle fait également les manucures, pédicure, pose de faux ongles et de cils. Elle est souvent demandée pour les mariages et anniversaires d'adolescent. Elle a toujours voulu faire ce métier alors quand Annabelle lui a annoncé qu'elle voulait travailler avec elle une fois sa formation terminer, même si elle fait tout de même la formation de Gardien, ma mère n'a pu retenir ses larmes, de joie heureusement. Nous faisons tous la formation de Gardien, Luc compte faire une deuxième formation ensuite, il tient à avoir une porte de sortie s'il échoue. Mais je suis certain que nous allons tous y parvenir, nous sommes bons élèves et faisons tout pour que notre mère soit fière de nous, et cela passe aussi par les études.

J'allume mon ordinateur et ouvre ma boîte mail, j'en ai énormément, mais un attire mon regard puisqu'il vient de l'adresse de ma sœur. Ce qui est impossible puisqu'elle est morte, quelqu'un utilise son adresse, mais qui ?

[De @Jheda : Je sais ce que tu as fait. Je sais combien de personnes tu as brisées.]

Je ne comprends pas, pourquoi je reçois ce message, pourquoi quelqu'un se sert de l'adresse de ma sœur ? Je ne comprends pas ce que cette personne veut, que dois-je faire ? En parler à ma mère, répondre pour savoir qui m'envoie cela, oui, je pense que répondre serait plus envisageable, en revanche, est-ce que ma sœur pourrait être en vie ? Et si sa disparition et le fait que tous soient aussi évasifs et n'ont pas la même réponse à me servir, cela veut-il dire qu'elle est en vie ?

Je regarde tout de même la date et l'heure de l'envoi, il date d'hier, est-ce que ma sœur voudrait me contacter, mais alors pourquoi écrire cela, si elle ne tient pas à ce que les autres membres de la famille ne découvrent qu'elle en vie, pourquoi utilisé son mail puis pourquoi envoyé quelque chose que je ne comprends pas.

J'éteins finalement mon ordinateur, je me laisse tomber sur mon lit et réfléchis au peu de souvenirs qu'il me reste de ma sœur. Je n'ai pas souvenir qu'elle m'a dit quoi que soit pouvant me faire comprendre qu'elle comptait partir, cela n'est pas étonnant, je n'ai pas eu de vie depuis des années, je suis resté bien trop longtemps dans le coma, je ne me souviens même si je l'ai vu le jour de mon accident.

Je suis resté quelques heures à réfléchir à des raisons les plus insensées les unes que les autres qui auraient motivé ma sœur à se faire passer pour morte, mais aucune ne me semble plausible. Je suis sortie de mes pensées aussi absurde les unes que les autres, je me redresse et vais ouvrir la porte. C'est Annabelle, je dois descendre pour aller manger. Je regarde l'heure, presque onze heures. JE réponds tout de même avant de descendre, je ne pourrais pas ensuite puisque Jayde et Luc seront présents dans la chambre.

De Jude Am'Staff
À Jheda Am'Staff

Qui êtes-vous ?

Je remarque que la personne est connectée, je cherche à trouver de ou, mais je ne suis pas assez douée en informatique, je note la latitude et la longitude. Je ne sais pas lire les coordonnées non plus, mais je pourrais toujours me servir d'internet pour trouver plus tard.

De Jheda Am'Staff
À Jude Am'Staff

Ta sœur !

Ce n'est pas possible, ce ne peut pas être-elle. Je referme mon ordinateur et rejoins Annabelle qui m'attend dans le couloir. Je ne sais pas quoi faire, est-ce que je dois en parler ? Est-ce que je dois demander de l'aide pour la retrouver, elle est peut-être quelque part dans les environs. Je ne sais pas. Je mange sans dire un mot, je reste toujours assailli par l'idée qu'elle se trouve quelque pars et qu'elle est sans doute partie parce que j'étais toujours dans le coma, elle en a eu assez d'espérer sans doute que je me réveille, elle a fui la famille par ma faute.

Je suis allé dormir en ayant des images de ma sœur en tête, elle partait à cause de moi, elle m'en voulait d'avoir été dans le coma alors que je ne contrôlais rien. Lundi les cours allaient être compliquées si je faisais des cauchemars en plus de toutes les questions qui tournaient dans ma tête. Je n'osais pas demander à ma mère si elle avait elle aussi reçu un mail de Jheda, de même que je n'ai rien demandé à Jayde et Jullian. Jullian ne veut même pas me parler de toute manière, je pense qu'il me tient pour responsable de la disparition de notre sœur et de sa mort probable. Je ne sais même pas si son corps a été trouvé, je ne sais pas s'il y a eu des obsèques, je ne sais rien en fait.

Je me levais dans la nuit et allait prendre l'air sur le toit, j'étais fatigué, mais j'avais besoin de sortir, j'étouffais partout où je me trouvais, j'avais une boule dans la poitrine qui me disait au fond de moi que ma sœur était en vie, et que je me trompais en même temps. En revanche, si ce n'était pas elle, qui se servirait de son mail pour me torturer, et pourquoi ? Je tentais de trouver une solution mais rien, alors je suis retournée dans ma chambre et regardais d'où le mail provenait. Je suis remonté jusqu'au serveur du mon bahut, celui que je quitterais la semaine prochaine. Cela est impossible que ce soit elle, les heures ou les messages ont été envoyé ne correspondent pas avec les heures d'ouverture.

Je vais devoir attendre lundi pour répondre, je ne tiens pas à répondre d'ici une nouvelle fois, je tiens à savoir si la personne est en cours dans le même établissement que moi. Mais qui aurait inter à faire cela ? Pourquoi me torturer alors que je viens seulement de revenir ? Vraiment, je ne comprends pas ce qu'il se passe.

Je retourne dans ma chambre et remarque j'ai un message de l'infirmière qui vient régulièrement me voir pour vérifier que tout se passe bien pour ma réintégration ainsi que pour mon état de santé.

[De Krissy : Coucou, je serais là demain pour la visite hebdo.]

[À Krissy : OK. Tu sais où on est ?]

[De Krissy : Non, mais Hasko me le dira. Je serais là en début d'après-midi. À demain.]

[À Krissy : À demain]

Je rangeais mon potable sous mon oreiller et me laissais aller au sommeil.

***

Lorsque j'ouvris les yeux ce matin, j'avais encore très mal dormi. Encore un cauchemar. Je ne sais pas si je vais tenir, ni combien de temps, mais je sais que je ne dois rien dire pour le moment, peut-être que je trouverais si Jheda est bien en vie, je sais que personne ne m'en voudra si je la retrouve, en revanche, je ne sais pas si je dois contacter un Gardien pour qu'il m'aide à éclaircir qui s'en prend ainsi à moi en e faisant passer ma sœur.

J'ai envie de pleurer, ma sœur me manque et recevoir des messages de son adresse me fait mal. Elle me manque, elle a toujours été présente pour moi, plus encore lorsque je me disputais avec Jude et ma voisine. Je ne me souviens pas de son nom, en revanche, je me souviens que je l'aimais, je n'étais qu'un enfant mais j'étais amoureux et je ne savais pas comment lui dire, je n'ai jamais réussi à lui dire. Mon accident m'en à empêcher, le coma m'a privée de vie, m'a privée de ma famille. J'ai beau dire que tout va bien, que cela n'est pas important parce que je suis ici à présent, mais je ne fais que mentir, j'i l'impression de ne plus avoir ma place avec les autres en quelques sortes.

Mon retour au bahut ne s'est pas fait comme je l'espérais. Tous sont distant, il ne veut pas rester avec l'éclopé de service, le comateux comme ils m'appellent. Je ne supporte plus tout cela, je garde le sourire devant tout le monde, mais lorsque je suis seul, je me dis qu'il aurait été préférable que je ne me réveille jamais. Je rallume mon ordinateur et écris, je tiens un journal intime depuis que je suis petit, j'ai envie de l'envoyé à ma sœur pour qu'elle sache à quel point elle me manque, à quel point elle m'a toujours réconforté, à quel point je moi n veut d'être tombé dans le coma et que cela l'a décidé à nous fuir. J'aimerais qu'elle comprenne que je ne sais pas de quoi elle parle, que j'aimerais qu'elle m'explique pourquoi elle me blesse ainsi aujourd'hui.

Cher journal,

Cela est étrange d'écrire à nouveau, nous sommes le 1er octobre 2017. Demain, je vais retourner au bahut, je ne me ses toujours pas à ma place là-bas. Je dois pourtant faire ma formation. Ce qui est le plus dure à vivre ne sont pas les cours, mais le fait que les autres élèves se moque de moi à cause de ma jambe et parce que je fais sonner le portique de sécurité lorsque j'entre dans les magasins. Hier, je suis allé avec Jayde, Luc, Annabelle et Hasko acheter le cadeau d'anniversaire de ma mère. Nous avons fait plusieurs boutiques et à chaque fois, ils ont sonné. J'en ai assez.

Par moment, je regrette vraiment de ne pas être mort dans cet accident. Je ne sais toujours pas pourquoi cette voiture m'a foncé dessus, je ne sais pas pourquoi les passagers de ce véhicule de malheur m'ont tabassé et laissé pour mort dans cette rue. Je n'arrive pas à me souvenir de leurs visages. Je ne comprends pas non plus pourquoi Jullian est si distant avec moi, il n'est plus comme avant. Maman est toujours triste, Jheda est morte, mais j'ai l'impression que cela est faut. De plus, j'ai reçu un mail d'elle, je ne comprends pas de quoi elle parle. J'ai manqué trop d'année pour cela.

J'ai relu mon journal cette nuit puisque je ne parvenais à dormir. J'ai relu la dernière journée que j'ai vécue avant mon coma. Je n'étais qu'un enfant, à onze ans, je croyais tout savoir, je réalise maintenant que je ne savais rien, je ne sais toujours rien. En même temps, pour moi, j'ai encore onze ans même si mon corps a changé, que j'ai grandi et que j'ai seize ans désormais. Je ne me sens pas comme quelqu'un de seize ans. Je ne peux toujours pas dormir sans de la lumière dans la chambre, j'aime toujours les jeux d'enfant, mais je n'y joue pas, je ne dois pas attirer l'attention encore plus sur moi.

Jheda me manque, et je ne comprends pas ce qu'il lui est arrivé, personne ne me donne la même version alors je n'en pense rien, j'espère au fond de moi qu'elle est en vie, même si ma mère dit qu'elle est morte. Je n'en crois pas un mot. Je connais la vérité également sur mon père, cela m'a fait froid dans le dos d'apprendre tout ce qu'il avait fait, je continu de leurs envoyés de l'argent à ces familles. Je sais que cela ne changera rien pour eux, mais je tiens à m'excuser en quelque sorte à la place de mon père. J'ai trouvé des carnets appartenant à mon père quelques jours après être sortie de l'hôpital, je sais ce qu'il a fait, j'en ai été malade tellement c'était horrible. J'ai peur que Jullian fasse la même chose que mon père car il achète les mêmes carnets et je les revois pas ensuite. Cela a commencé avant mon accident et je pense qu'il continue.

J'ai peur que mon frère soit lui aussi un monstre, qu'il suive les traces de notre père. Je n'ose pas lui demander si je me trompe puis même si j'arrivais à le faire, je sais qu'il ne répondrait pas, il a tellement changé, je ne le reconnais pas et j'ai même honte d'être son frère. Je ne comprends pas qu'il est autant changé durant le temps où j'étais dans le coma, je sais qu'il ne voit plus les amis que nous avions tous les deux, je sais qu'il ne fait plus de basquet comme autrefois, je n'en fais plus non plus, mais par pour les mêmes raisons, j'aimerais pouvoir jouer encore, cela m'a toujours plus et j'étais assez douer. Aujourd'hui, je ne pourrais que regarder les personnes de mon école jouer.

Je ferme mon journal, mon ordinateur et le pose sur la petite table qui fait face à mon lit. Je reste pensif, qu'est-ce que je pourrais faire pour que ma sœur vienne me voir, qu'est-ce que je pourrais faire pour trouver qui se sert de son mail si ce n'est effectivement pas Jheda. Je n'en ai foutrement rien et cela m'énerve tellement que j'ai juste envie de tout casser, de partir à sa recherche et de ne pas revenir avant de l'avoir retrouvé. Ce n'est pas possible, je le sais, je ne peux même pas reverser une rue sombre sans être pétrifié, je ne peux même l'approcher en réalité.

Ma mère frappe à la porte, je sais que c'est elle parce qu'elle frappe toujours cinq coups comme une sorte de musique, elle est la seule que je connaisse à frapper ainsi. Elle me dit que Krissy est arrivé ainsi qu'Hasko. C'est parti pour une heure de douleur pour ma jambe, enfin pour celle que je n'ai plus. Je vais ensuite devoir parler durant une heure, comme si elle était une psy, j'ai tenu à lui parler à elle car c'est la seule infirmière qui a accepté de s'occuper de moi alors que j'étais dans le coma. Je ne comprends pas pourquoi les autres infirmiers ont refusé. Mais je suis content de la connaître, elle est vraiment sympa. Elle est plus une amie en fait, elle me soutient depuis le début ou j'ai rouvert les yeux dans ma chambre d'hôpital, elle a été présente à chaque fois que mes angoisses étaient trop fortes pour j'accepte de voir quelqu'un, elle était la seule personne que je laissais entrer sans avoir peur.

***

Je me réveille plus fatigué encore qu'hier, de plus le fait de faire la rééducation est épuisant, je dois marcher sur un tapis de marche et forcer l'appui sur ma jambe ou j'ai la prothèse. Elle a remarqué il y a quelque temps que je ne m'appuyais pas réellement dessus et que je restais plus sur mon autre jambe ce que je dois évidemment pas faire. Parlé avec elle m'aide d'ordinaire, mais hier je ne lui ai pas réellement parlé, j'avais besoin de gardé cela pour moi et je sais qu'elle ne comprend pas pourquoi cette fois-ci je n'ai pas autant parlé que d'ordinaire. Je lui ai dit que je dormais mal également, je ne lui en ai cependant pas donné la véritable raison, je lui ai simplement dit que de devoir changer d'établissement scolaire la semaine prochaine me faisait peur. Ce qui en même temps n'est pas faux, mais pas au point de m'empêcher de dormir.

Je me lève, vais prendre ma douche, je mets ma prothèse et m'habille. Je porte une tenue de sport, comme chaque jour alors que je ne peux pas en faire. Vraiment, je déteste ma vie. Je descends ensuite pour prendre mon petit déjeuné, je retrouve mon frère et ma sœur, nous mangeons rapidement pour ensuite aller dans la voiture, ma mère monte et me rappelle d'être prudent, comme chaque matin.

Une fois que nous sommes devant les grilles, je souffle un bon coup et entre dans le cou suivi d'Annabelle, Luc et Jayde. Je retrouve Hasko qui m'attend près de la salle de cours, comme chaque matin, il sait pour la jambe depuis mon tout premier jour, même avant, c'est grâce à Krissy que j'ai connue Hasko, il est venu lui rendre visite une fois à l'hôpital. Ma séance de rééducation avait été changée, au lieu de 14 heures comme semaine, elle avait été décalée de trois heures. Une demi-heure après le début de ma science, la porte s'est ouverte et Hasko est entré, au début il n'avait même pas remarqué que j'étais dans la pièce. Ce qui m'a étonné car l'on remarque directement quelqu'un qui marche avec une prothèse.

C'est ainsi que nous avons commencé à nous connaître. J'avais apprécié qu'il n'agisse pas comme d'autres qui ne regardait que ma jambe, lui me regardait dans les yeux. Au fil du temps, il était là à chacune de mes sciences et parfois je marchais plus que je le devais vu que je discutais avec lui, je ne me rendais pas compte du temps qui passait.

Aujourd'hui, nous avions cours sur les technologies Humaines, je ne connaissais pas, mais j'étais certain que cela me plairait. Et je ne me suis pas trompé, lorsque la journée s'était achevée, j'avais vraiment aimé ces cours-là, je ne sais pas sorti une seule fois dans la cour, je ne voulais pas encore que l'on m'appelle l'éclopé ou le bipeur, cela a commencé aujourd'hui alors que le cours avait commencé ce matin. Comme chaque fois, je faisais semblant que cela ne m'atteignait pas, mais cela n'était qu'une façade.

Avant que ma mère ne vienne me chercher, je suis allé dans la salle informatique, c'était la seule salle où l'on put avoir une connexion internet. J'avais écoré un message de ma sœur.

De Jheda Am'Saff
À Jude Am'Staff

Je sais où tu es et ce que tu fais…

J'avais remarqué que ce n'était pas sa façon d'écrire, mes doutes se confirmaient donc bel et bien, quelqu'un se servait de son mail, mais dans quel but ? Je regardais dans la salle autour de moi car je savais que le mail avait été envoyé depuis le bahut. J'étais seul dans la salle, vraiment je ne comprenais pas. Je ne répondis rien et fermais mon ordinateur et quittais la salle pour aller sur le parking où ma mère ne devrait pas tarder.

Je n'arrivais pas à comprendre pourquoi quelqu'un se servait de l'adresse de la sœur et encore moins pourquoi cette personne se faisait passer pour ma sœur. Je ne comprenais vraiment rien, est-ce que ma sœur avait des problèmes, est-ce pour cela qu'elle partit pour ensuite soit mourir soit être réellement morte ? Et si les personnes qui s'en étaient prises à moi s'en étaient aussi pris à elles ? Je devais trouver toutes ces réponses, je devais trouver qui m'avait renversé et blessé, je devais les retrouver et j'avais même dans l'idée de leur briser à tous la vie comme ils ont brisé la mienne. Je devais aussi mettre la main sur les carnets de mon père ainsi que ceux de mon frère et pour cela, je devais trouver ou il se trouve maintenant.

Cela ne sera pas simple, je sais qu'il a changé de numéro de téléphone puisque ma mère n'arrivait pas à le joindre et c'est ainsi que nous avons sur que la ligne qu'il avait était coupé. Je ne sais pas comment je vais faire. Je ne suis pas un a de l'informatique, je devrais donc le devenir, je vais devoir trouver comment savoir tout ce qu'il a fait en espérant qu'il n'a vraiment pas suivi les traces de notre père, pour cela, je vais devoir retourner dans la maison ou nous vivions. Je sais que ma mère ne l'a pas vendu puisque nous sommes censés revenir lorsque j'aurais eu ma greffe, bien que cela peut être demain ou dans dix ans.

[De Maman : Je suis devant les grilles, tu n'as pas terminé les cours ?]

De Jude à Maman
[À Maman : Oui, j'ai terminé, j'arrive.]

J'allais donc rejoindre ma mère devant la grille, je ne comprenais pas pourquoi elle ne s'est pas garée sur le parking comme elle le faisait toujours. J'avais mal à la jambe, j'avançais donc lentement, j'arrivais jusqu'à la voiture et vis qu'Annabelle se trouvait déjà dans la voiture ainsi qu'Hasko. Je ne savais même pas qu'il faisait la route avec nous se soir. En tout cas, j'avais un montage de devoir, j'espère que je terminerais rapidement, je voulais tenter de trouver qui se cachait derrière le mail de ma sœur et pour cela il faudrait que j'aie terminé.

XIX
Au panier…

Nous avons pris la route pour retourner à l'hôtel, j'allais directement dans la chambre et fis mes devoirs, ma mère est ensuite venue me prévenir que nous allions manger, je suis donc sorti les rejoindre. Le repas se passa bien, si ce n'est que je sentais que l'on observait, je ne comprenais pas qui pourrait faire cela, de plus, j'avais beau scanner la salle, je ne voyais rien de suspect. Je ne reconnaissais personne, je devenais quelque peu parano, sans doute depuis que j'ai compris que ce n'est pas ma sœur qui m'envoie ses messages.

Une fois le repas terminer, je suis retourné dans la chambre, pris ma douche et me changeais, j'allais me coucher ensuite. J'étais épuisée et j'espérais parvenir à dormir un peu. Hasko dormait à l'hôtel aussi cette nuit, sa mère travaillait ce soir et elle ne voulait pas qui reste seul, elle était très protectrice avec lui, surtout depuis qu'il restait avec moi, non pas qu'elle ne m'appréciait pas mais elle savait que les personnes qui m'avaient renversé n'avaient pas été retrouver et elle craignait qu'ils ne reviennent pour terminer ce qu'ils avaient commencés – c'est ce qu'elle avait dit à ma mère mots pour mots. Je comprenais qu'elle ait peur, tout comme ma mère, et moi-même bien que je ne leur disais pas.

Je me glissais dans les draps et fermais les yeux, mes frères dormaient déjà, sans doute parce qu'ils avaient bien courus aujourd'hui, je les entendais ronfler et le rait draps lorsqu'ils bougeaient me dérangeais.

***

Je suis tout de même parvenu à m'endormir, lorsque j'ouvris les yeux ce n'est pas parce que j'avais fait un cauchemar ou parce que j'avais suffisamment dormi, non, j'avais entendu du bruit dans le couloir et la porte c'était ouvert, je restais immobile dans le lit, je voyais quatre silhouettes qui avançais vers le lit de Jayde, l'une des personnes se pencha au-dessus de lui et tourna la tête, il allait ensuite au-dessus de Luc, fit non encore une fois, s'approcha de Hasko, encore une fois il tourna la tête. Ils cherchaient quelqu'un de bien précis, et lorsqu'ils virent vers moi, il hocha la tête. Une main se plaqua sur ma bouche avec un tissu, je reconnaissais cette odeur, de l'anesthésiant, je luttais pour ne pas fermer les yeux et me débattis comme je pus, mais je ne parvenais à rien.

***

Lorsque je rouvris les yeux, ils faisaient encore noire, à moins que je me trouve dans une pièce où il n'y ait pas de lumière naturelle, je ne sais pas, mais j'avais peur, je voulus crier et bouger, mais je ne le pouvais pas, j'avais un bâillon et j'étais attacher, pieds et mains liées. Je remarquais que j'avais ma prothèse, je ne l'ai pas enlevé lorsque je me suis couché.

J'entendis du bruit au-dessus de moi, je levais la tête pour tenter d'en déterminer l'origine, mais j'avais l'esprit encore embrumé par le produit, je vacillais encore et j'avais la nausée. Je regardais donc autour de moi, aussi loin que la faible clarté passant sous la porte me le permis, je voyais ce qui me semblait être une enseigne, je voyais écris « Au panier, » je ne sais pas ce que cela était, sans doute un restaurant, ou un hôtel, il est possible aussi que ce soit un magasin. Cela pouvait être tout et n'importe quoi. J'étais dans la merde, j'étais certain que les personnes qui m'avaient enlevé cette nuit étaient les mêmes personnes qui m'avaient percuté des années plus tôt, je pouvais tout aussi bien me tromper.

La porte s'ouvrit et une personne entra, c'était un homme, il s'approcha et jette une bouteille d'eau au sol. Je la pris comme je pus et bus, j'avais soif, je ne m'en rendis compte que maintenant, j'avais froid aussi. Je tentais de le détaillé, grand, assez costaud, les cheveux courts, je ne voyais pas la couleur de ses cheveux, mais je remarquais qu'il avait un tatouage sur la main, des dents mordant un os. Je connaissais ce tatouage, mon père arborait le même. Donc il n'était pas seul à le porter, je me souviens que l'orque jetais enfant, ce qui ne remonte pas à très loin, j'avais voulu avoir le même que mon père, cela était avant de découvrir toutes les atrocités qu'il avait commises, aujourd'hui, ce dessin ne m'inspire rien de bon.

L'homme reparti sans avoir prononcé le moindre mot. Si je parvenais à sortir de là, je ne pourrais pas les identifier, comme mes agresseurs d'il y a 7 ans. Peut-être était-ce les mêmes personnes, mais pourquoi me vouloir du mal ainsi, je n'étais qu'un enfant à l'époque, et aujourd'hui, je ne suis pas si différent, si ce n'est la jambe en moins, je n'ai jamais fait de mal à personne durant ma vie, et par la suite j'ai été dans le coma durant des années. Alors que me veulent-ils ?

La porte s'ouvrit à nouveau, la personne s'avança vers moi et s'accroupit, elle portait un masque, ce qui fit que je ne pouvais pas voir son visage, celle-ci avait un sac avec elle, une fois le sac au sol, elle l'ouvrit et en sortit des petits carnets, des centaines de petits carnets. Je les reconnus, c'étaient les mêmes que mon père et Jullian achetaient. Je ne sais pas pourquoi cette personne me les montre mais cela ne présage rien de bon et CEA me fis trembler, est-ce que sont les noms de toutes les personnes que mon frère à fait souffrir ? Est qu'ils sont autant que cela ? Moi qui pensais que je les avais presque tous trouver, il semble que mon père avait plusieurs cachettes. La personne me montra à chaque fois les noms qui se trouvaient sur les carnets ou leurs adresses avaient été ajoutées sur la couverture. Est-ce que ces personnes pensaient que j'étais responsable de tout cela ? Est-ce pour cela que j'ai perdu ma jambe dans cet accident ? Est-ce que ces personnes se vengent d'horreur de mon père ?

Et si je faisais fausse route ? Et si ces personnes voulaient venger les victimes de mon père ? Je ne sais pas quoi faire, je tente de parler, mais le baillons-moi en empêche, j'aimerais leur dire que je n'ai rien fait, que je ne connais pas ces personnes mais je ne peux rien faire. Les larmes coulent sans que je ne puisse les retenir sur mes joues, je suis faible, aussi faible qu'un enfant de 12 ans, c'est l'âge que j'ai dans ma tête. Je lus tous les noms qui se trouvait sur les carnets et un portait mon nom, je ne comprenais pas, qu'est-ce que cela voulait dire, je serais une autre personne blesser ? Comme toute celle qui a leurs noms inscrits sur ces petits cahiers ? Je ne comprenais pas pourquoi ? Pourquoi moi ? Qu'avais-je fait pour mériter cela ?

Je ne sais pas combien de temps je suis resté dans la vape, et je ne sais pas depuis combien de temps je suis ici, je sais encore moins le temps qu'ils comptent me retenir. La personne se leva et partit en laissant les carnets. J'entendis du bruit à l'étage et j'espérais que quelqu'un me viendrait en aide. Pourtant, je ne me faisais aucune illusion.

Est-ce que j'allais mourir ? Je ne le savais pas. Est-ce que j'avais peur ? Bien évidemment. Est-ce que ma mort servirait à quelque chose ? Je ne sais pas ? Si oui, à qui cela donnerait une leçon ? Sans doute à mon frère, quoi que, encore faudrait-il qu'il se soucie de moi.

La personne avait laissé les carnets devant moi, je pouvais lire quelques noms. Un en particulier attira mon regard, mais pas à cause du nom mais de l'adresse. C'était la maison voisine de la nôtre, celle ou la fille dont je ne me souvenais plus nom habitait. Je lus le nom et me souvenais d'elle. Elle aussi a donc été marquer ? Par qui ? J'étais en colère et tirais plus fortement sur mes liens pour tenter de me libérer mais en m'agitant ainsi je ne fis que me faire mal et ma prothèse se détacha. Je me retrouvais donc sur une jambe et tombais au sol. Je suis parvenu à dégager mon bâillon et me mis à hurler. Je savais que cela attirerait l'attention, ne me restait qu'à prier pour que je ne sois pas enfermé dans un lieu isoler et quelqu'un puisse m'entendre en dehors des personnes qui m'avait enlevé.

— À l'aide, criais-je de toutes mes forces.

Je ne savais pas combien de temps je pourrais hurler ainsi avant que ma voix ne se brise mais je devais tenter le tout pour le tout, même si je devais finir par ne plus pouvoir sortir un seul son durant des jours. Je devais réussis à sortir de là, je devais réussir à voir leur visage et fuir. Fuir pour ensuite les faire attraper par les Gardiens.

La porte se rouvrit en claquant contre le mur, l'on m'avait entendue. Tant mieux, je pourrais peut-être enfin avoir des réponses quant à tout cela. Deux personnes descendirent en courant, sûrement pour faire taire au plus vite. Mais je n'allais pas leur faciliter la tâche, loin de là.

— Qu'est-ce que vous leur avez fait à toutes ces personnes ? hurlais-je.

Les personnes qui étaient au nombre de trois se mirent à rire, je ne comprenais pas, il avait bouffé de l'herbe à chat ou quoi ? Respirer trop de gaz hilarant, parce qu'il n'y avait rien de drôle dans ce que je leur demandais.

— Nous rien, dit l'un d'entre eux, en revanche-toi…

Quoi ? Ils croient que je suis responsable de toutes ces horreurs ? Il pense que je suis aussi minable que mon père ? Je ne suis pas comme cela, Jullian peut-être, mais pas moi.

— Je n'ai rien fait de tout cela, dis-je toujours en criant, j'étais dans le coma !

Je les vis se tourner les uns vers les autres. Se seraient-ils trompés de personnes ? Bien sûr, mais alors, qui a fait tout cela ? L'un de néré eux pointa son doigt vers ma jambe et je vis les deux autres reculés d'un pas. Quoi ils n'ont jamais vu quelqu'un qui a perdu sa jambe ? Franchement, ils m'ont l'air d'une bande d'amateur, bien organisé, mais amateur tout de même.

— Quoi ? Vous n'aviez jamais vu quelqu'un avec une prothèse ? Dis-je énervé de voir que deux d'entre eux n'osaient même plus me faire face. Mon nom pourrait figurer sur l'un de ces carnets à cause de ce que j'ai subi !

Tous trois se regardèrent, l'un d'entre eux, celui qui ne semblait pas autant effrayer par ma jambe manquante approcha de moi et leva l'une de mes manches. Je ne sais pas ce qu'il cherchait mais il souffla, sûrement énervé de ne pas trouver ce qu'il s'attendait à voir.

— Quel est ton nom ? me demanda l'homme.

— Jude, dis-je, pourquoi ?

— C'est bien lui pourtant, répondit l'un des deux pétochards.

— À l'évidence non, dit le premier, il n'a pas le tatouage.

— Quel tatouage, demandais-je, je n'ai jamais eu de tatouage, j'ai passé sept ans à l'hôpital, quand aurais-je eu le temps d'en faire un. Et comment puisque j'étais dans le coma !

— On va te libérer, me dit l'homme, mais tu ne parles à personne, est-ce clair.

— Oui, dis-je.

Il s'approcha de moi, me détacha, m'aida à remettre ma prothèse et me dit de monter, ce que je fis sans me faire prier. Je ne comprenais plus rien. Qui était ces personnes ? Qui cherchaient-ils en réalité ? La réponse vit d'elle-même à mon esprit : mon frère – Jullian. Est-ce lui qui a fait du mal à toutes ces personnes ? Est-ce lui qui a fait du mal à mon amie ? Est-ce à cause de cela que je ne l'ai plus jamais revue ?

— Toutes ces personnes ont été blessées, demandais-je.

L'un d'entre eux hocha la tête, il retourna chercher les carnets et m'en désignais un, le nom figura dessus était Holly.

— C'est ma sœur, dit-il. Nous avons trouvé tous ces carnets en suivant une personne qui tenait le même dans sa main. Ma sœur m'avait décrit le carnet ou la personne qui l'a mutilé avait tout noté. Nous l'avons suivi jusqu'à la maison où il habitait sans doute. Lorsqu'il est ressorti il n'avait plus la canette, nous avons donc attendu qu'elle soit vide et avons tout copié dans ces carnets-là.

— Attendez, demandais-je, à quoi ressemblait cette personne que vous avez suivie.

— Elle avait la même tronche que toi, dit-il amèrement.

— C'est mon frère que vous cherchez alors, dis-je réalisant qu'il est bien comme mon père. Je suis désolé pour votre sœur. L'un des noms qui figurent sur l'un des carnets était mon ami. Je ne l'ai jamais revue.

— Comment s'appelait-elle ? me demanda-t-il.

J'eus un haut-le-cœur en l'entendant parler au passé. Est-ce qu'elle était morte ? C'est pour cela alors que je ne l'ai jamais revu. Je me naissais tombé au sol et je sentis des larmes coulées sur mes joues. Mon frère a tué mon amie ?

— Fantasia… Elle… Elle est morte ? demandais-je la voix tremblante.

— On ne sait pas, mais c'est moi qui ai recopié ce carnet. Elle a vraiment souffert, je sais que certains se sont suicidés. C'est peut-être le cas de ton amie.

Pourquoi ? Pourquoi a-t-il fait cela ? Pourquoi faire souffrir d'autres personnes ? Je serais les poings, me relevait et frappais dans le premier mur qui se trouvait proche de moi, je frappais jusqu'à m'en ouvrir les mains. J'étais en colère, j'avais envie de le tuer.

— Je veux bien vous aider à mettre la main sur mon frère, dis-je, à une condition.

— Laquelle ? me demanda l'homme.

— Que vous me trouviez le nom et l'adresse des personnes qui m'ont renversé et laissé pour mort dans cette ruelle il y a 7 ans, dis-je à mon tour animé par un désir de vengeance.

— Très bien, répondit-il avec un grand sourire.

J'avais pris ma décidions, je serais aussi partisan de le faire souffrir, comme eux le désirent pour venger Holly et bien d'autres, pour moi se sera Fantasia. Je ferais également souffrir les personnes qui sont la cause de ma jambe perdue. J'ai toujours été pacifiste, désormais se temps est révolue. Aux oubliettes le Jude trop gentil, désormais se sera œil pour œil, dent pour dent. Ne me restait qu'à attirer mon frère.

J'ai compris pourquoi ses personnes m'ont enlevé, et je suis certain que d'autre me chercherons, je vais devoir la jouer fine est être très prudent, je vais également savoir qui se cache derrière l'adresse mail de ma sœur. Je suis restée deux environs avec eux et ensuite ils m'ont ramené chez moi, nous avons échangé nos numéros de téléphone. Maintenant, il ne me reste qu'à trouver un moyen d'attirer mon frère ici. J'avais également eu le carnet de Fantasia, il avait accepté de me le laisser après en avoir bien évidemment fait une autre copie. Je pense que c'est avec cela que je vais l'attirer.

Une fois que je suis de retour à l'hôtel, j'entre, il ne fait pas encore jour, j'espère que personne n'a remarqué mon absence auquel cas, je ne sais pas ce que je vais inventer pour justifier ma sortie nocturne. Je n'arrivais pas à dormir parce que je fais des cauchemars ? Oui, puis en même temps ce n'est pas un mensonge, j'ai dû mal à dormir en ce moment, de plus il y a eu du bruit quand ils sont venus m'enlever. Je n'aurais pas disparu longtemps puisque je nuis n'est pas terminé, moi qui pensais que j'avais dormi une journée à cause de ce foutu produit, même pas, deux heures seulement.

Durant le temps où nous avons parlé avec Kaïyon, c'est la personne qui a perdu sa sœur, il m'a expliqué qu'il faisait partie d'un groupe appelé SPA, ils parcourent les villes pour aider les personnes qui ont perdu des personnes ou qui ont été blesser, comme Holly et Fantasia l'ont été. Ils m'ont dit qu'ils avaient déjà trouvé des centaines de personnes mais qu'ils sont certains qu'il y en a bien plus. Je les ai donc informés que j'envoyais de l'argent à certaine personne car mon père les a blessés. Je compte faire de même pour Holly, je sais que les soins sont onéreux, elle n'a peut-être pas une jambe en moins comme moi, mais je tiens à l'aider comme je le peux. J'ai également le numéro d'Holly dans mon répertoire. Elle avait dit à son frère avant qu'il ne recherche Jullian qu'elle voulait lui faire payer elle-même ce qu'il lui a fait. Ce que je comprends.

Je suis allé dans la chambre où je resterais pour le reste de semaine le plus silencieusement possible. Mes frères dormaient encore et à point fermer, génial, si j'avais été retrouver par les personnes qui mon fracasser sur le bitume, ils ne s'en seraient même rendu compte, c'est rassurant comme idée. Je ne suis en sécurité nulle part. J'espère seulement que j'aurais les personnes que je cherche dans mes filets que plutôt tombé dans les leurs.

Je me suis allongé sur le lit et attendis que les heures passent, j'allais être bien fatigué demain. Puisque je ne trouvais pas le sommeil, j'ai allumé mon ordinateur et envoyais un message à la personne qui se faisait passer pour Jheda. J'sphère que la personne aura la franchise de me dire ce qu'elle me veut et pourquoi elle fait cela.

[À @Jheda : Bonjour ou bonsoir je ne sais qui. Je sais que ce n'est pas Jheda qui envoie ses messages. J'aimerais bien comprendre vos motivations. Je ne sais pas si vous me connaissez, sans doute que oui, puisque vous avez mon mail, en tout cas, je sais une chose si vous savez qui je suis, vous faite partie de mon passé étant donné qu'il y a quelques mois encore je n'avais d'autre vie que d'être dans le coma dans un hôpital et ceux d'une durée de sept ans à la suite d'un accident. Si vous êtes les personnes qui m'ont laissé pour mort dans la rue, sachez que je vous retrouverais et que je compte bien vous infliger toutes les blessures et séquelles que j'ai obtenues grâce à vos traitements. En revanche, je ne vous ferais pas le plaisir de vous faire plonger dans le coma, je compte bien en référer aux Gardiens dès que j'aurais vos noms… Ce qui ne serait tarder… Bien à vous, Jude l'estropié.]

J'envoyais le message, j'espère que je recevrais une réponse assez rapidement. Je regardais dans mes contacts et remarquais que j'avais le mail de Fantasia, je ne sais pas si elle sert encore ou si elle en a changé, en tout cas, je tiens à reprendre contact avec elle. Je compte bien lui faire savoir que j'obtiendrais réparation pour elle.

[À @Fanta : Salut Fantasia, c'est Jude, je ne sais pas si te souviens de moi, nous étions voisins il y a quelques années. J'ai appris cette nuit ce qui t'est arrivé. Je comprends ce que tu vis, j'ai eu quelque chose de similaire il y a 7 ans, mais j'espère que tu as eu de la chance te mieux t'en sortir que moi. Je ne sais pas ce que tu deviens, ni même si tu es encore en vie, ce que j'espère. Cela me fait un drôle d'effet de me dire que moi je me souviens parfaitement de toi puisque j'ai l'impression de t'avoir perdu de vue il y a quelques mois seulement, alors que tu as vécu ses 7 années dans leurs intégralités. J'espère avoir de tes nouvelles. Le très très long dormeur.]

Je ne sais pas si elle va me répondre, surtout si c'est bien mon frère qui lui a fait du mal, en tout cas, je ferais tout pour qu'il ne recommence jamais, il finira ses jours dans une cage. Je ne comprends vraiment pas pourquoi mon frère a fait cela, mais je compte bien obtenir des réponses.

[À Jullian : Salut. J'ai quelque chose qui t'appartient. Et je suis certain que tu tiendras à le récupérer.]

Il ne me reste plus qu'à attendre qu'il voie ce message en espérant qu'il est fait en sorte de recevoir ses messages sur son nouveau numéro que j'obtiendrais par la suite lorsqu'il répondra, s'il répond, s'entend.

XX
Les molosses…

Ne me reste plus qu'à attendre que mon frère me réponde. À vraie dire, je n'y crois même pas, cela fait des mois qu'il nous évite tous. Je ne comprends pas ce qui a fait qu'il nous dénigre et nous rejette de la sorte. En même temps, je ne me souviens de lui que comme il était il y a des années, lorsque nous étions enfants. Aujourd'hui, je ne sais rien de lui hormis ce que ma mère et mon frère m'en disent. Il faut dire que les contacts que j'ai eus avec lui depuis que je suis sorti du coma ne font pas foule. De plus, il n'ouvrait pas la bouche si ce n'est pour dire bonjour et au revoir. Si c'est pour agir ainsi, autant de pas venir du tout. Il est tellement froid et distant avec tout le monde. Je sais qu'il ne voit plus ces anciens amis, depuis qu'il a changé il est si… solitaire.

Je ne comprends pas ce qu'il s'est passé, mais je sais que quelque chose est forcément entré en compte pour qu'il devienne ainsi, j'espère seulement que ce n'est pas dû à notre père. Si c'est bien cela, ma sœur et surtout ma mère auraient dû remarquer qu'il changeait – et pas de la meilleure manière qui soit. J'espère bien retrouver sa trace, le suivre et en apprendre bien plus que n'importe qui sur lui, j'espère au moins qu'il a des remords pour tout ce qu'il a fait à ses personnes. En cas inverse, je ne sais pas ce qu'il adviendra de lui. S'il tombe sur plus fort que lui un jour, il va regretter bien plus qu'il ne peut le penser tous ces actes passifs.

De Jullian à Jude
[De Jullian : Et qu'est-ce que c'est ?]

Incroyable, il m'a répondu, en même temps ce n'est que pour me demander ce que j'ai. Il ne se doute donc pas que ses carnets ne sont pas si bien cachés que cela. Je n'ose même pas imaginer ce qu'il se passerait si d'autres les avaient entre les mains.

[À Jullian : Voyons-nous et tu le sauras. Je suis certain que tu n'aimerais pas que cela se sache, surtout si je venais à les montrer à quelques personnes.]

Oui, je sais, ce n'est pas très malin de ma part, mais je sais qu'il ne voudra pas que qui que soit les voient, il doit craindre de se faire prendre – comme notre père c'est fait prendre. En tout cas, je sais que je n'aurais pas de remords à le balancer aux Gardiens. Encore faut-il que je sache comment les joindre ou encore mieux, comment les trouver.

Mon frère m'a répondu mais Fantasia non, quoi que, je comprends si elle pense que c'est moi, c'est logique qu'elle ne me réponde pas. Franchement, mais qu'est-ce qui est passé par la tête de mon frère à lui infligé tout cela ? Pourquoi elle ? Pourquoi faire autant de mal à des personnes qu'il ne connaissait même pas ? Pourquoi faire cela tout simplement ? Vraiment, je ne comprends pas, il n'y a rien de correct à agir ainsi. Mon frère est vraiment un monstre, il est tout à fait à l'image de mon père.

Je vérifie mes mails encore une fois, toujours pas de réponse de Fantasia, je ne pense pas qu'elle me répondra un jour, ou alors elle m'a oublié. Je ne sais pas, mais je dois aussi résoudre le fait que quelqu'un se sert du mail de ma sœur. Concernant Jheda, je ne suis pas certain qu'elle soit morte, même si je l'ai pas connu durant ses sept dernières années, je suis tout de même certain que jamais elle ne se serait suicidée. À moins qu'il ne lui soit arrivé quelque chose. Est-ce que Jullian aurait fait du mal à Jheda également ? Non ! Je ne peux pas croire cela ! Pas à Jheda, pas notre sœur.

Vraiment, comment cela se fait-il que personne ne soit remarqué le mal qu'il faisait du mal autour de lui, pourquoi aucune de ces personnes n'a parler, pourquoi Fantasia n'a rien dit à personne ?

Je me laisse tomber sur mon lit et souffle, de colère, de frustration, de tristesse. Je ne sais vraiment pas quoi faire. Je sais qu'il n'est pas question que je tente de la voir, de toute manière, je ne sais même pas où la trouver. Je sais qu'elle ne vit plus avec ses parents depuis quelque temps maintenant. Je ne sais qu'elle ne voudra pas me voir, je sais aussi que je ne sais pas ce que je pourrais lui dire, je me souviens d'elle enfant, mais nous ne le sommes plus désormais.

Je me redresse et vais faire un tour dans le couloir, je ne vais pas sortir cette fois-ci, je ne sais pas ce que ma mère en penserait si je sortais encore, même si elle ne s'est pas questionnée la première fois. J'ai trop de questions en tête, j'en sais pas comment trouver mon frère, je ne sais pas qui sont exactement ces personnes, la SPA, je ne sais même pas ce que cela veut dire. Je sais seulement qu'ils veulent retrouve mon frère, mais vont-ils seulement le dénoncé aux Gardiens ou se venger eux-mêmes de ce qu'a fait Jullian à leurs proches ? Mon portable vibra sur la table de nuit, je le saisis et avant de regarder mon écran, par chance, mes frères n'avaient rien entendu et ne s'étaient pas réveillés. Je ne sais pas ce que j'aurais répondu s'ils avaient ouvert les yeux et m'avaient questionné.

[De Jullian : Ah bon, à qui comptes-tu montrer ce qui ne t'appartient pas ?]

Je souriais, je suis certain qu'il ne s'imagine pas que ce sont les carnets, mais avant de lui prouver qu'il peut aller rejoindre notre père avec ce que je possède désormais, je vais devoir m'entourer de personnes qui pourraient m'aider et qui tiennent autant que moi à le faire souffrir pour tout ce qu'il a fait. Je sais que je ne suis pas mieux placé que lui si j'agis ainsi, mais je trouve que cela est bien mieux que de ne rien faire en sachant tout ce qu'il a fait. Il paiera pour ses crimes, et si les Gardiens ne l'encagent pas, je trouverais un moyen de le faire.

Je pris en photo la série de carnets, je photographiais de plus près celui portant le nom de Fantasia et me dis que je pourrais lui envoyer tout de suite, mais je ne dois pas faire cela. Je vais être patins, je vais faire preuve de bien plus d'ingéniosité que lui. Après tout, il s'est servi de mon nom pour agir. Et cela, je ne lui pardonnerais pas, comme je ne pourrais jamais lui pardonner ce qu'il a fait. Personne ne pourrait pardonner de telles choses.

Je reposais mon portable et allais me coucher, j'avais caché les carnets de Jude dans des livres ou j'avais coupé les pages, prenant soin que ce ne soit pas des livres qui me plaise, il m'avait ensuite suffi de mettre une fausse couverture papier et de plastifier les livres. Ainsi, personne n'irait les prendre ni aurait l'idée de chercher les carnets de Jude là-dedans. En même temps, je suis certaine que mes frères, ma sœur ainsi que ma mère ne savent pas ce qu'il fait. Je ne réussis pas à m'endormit et attendis seulement que le réveille sonne. Je fus le premier debout, douché et prêt à aller prendre le petit déjeuner avant d'aller attraper ce bus pour aller en cours. Plus que quatre jours de cours ici, quatre petits jours à entendre mes chers camarades m'appeler l'estropier, le bipeur ou la comateuse. J'ai hâte de quitter cet établissement qui me fait penser à l'hôpital, bien que l'hôpital où je me trouvais avant était bien plus chaleureux que ce lieu-ci.

Une fois devant le portail, je rejoins Hasko, comme la veille et comme chaque matin depuis que j'ai quitté l'hôpital. Ma jambe me fait souffrir, la prothèse appuie sur le moignon et j'ai l'impression que quelqu'un s'acharne à m'enfoncer des aiguilles dans celui-ci. Nous sommes ensuite allés en cours qui m'ont semblé une éternité. Je n'aime pas ce cours, la métamorphose, j'avais peur de me retrouver avec une patte en moins. Lorsque ce fut mon tour de me transformer en canidé, je fus soulagé de constater que j'avais quatre pattes. Même si je ne comprenais pas pourquoi, je pensais que je n'en aurais que trois, mais je suis heureux, je ne serais pas un tripode lorsque je serais sur terre pour aider des Humains.

Les cours terminés, je sortis rapidement, bien que forçant trop sur ma jambe, je tenais à sortir rapidement, je ne voulais pas rester trop longtemps en présence des autres, j'en avais assez de les entendre m'insulter, baillé et faire semblant de dormir lorsque je passais à côté d'eux, d'autre sifflais en imitant les bips des portiques de sécurité.

Une fois dans la voiture, je demandais à ma mère si je pouvais rester à l'hôtel pour le reste de la semaine, lorsqu'elle me demanda pourquoi, je lui répondis que ma jambe me faisait très mal, que je tenais à me reposer et surtout, car je voulais retrouver qui se faisait passer pour ma sœur. Elle accepta que je manque une journée de cours, pas plus. C'était au moins cela, je n'allais pas cracher dessus. Je suis ensuite allé dans ma chambre, et ma mère comprit, puisqu'elle vint me voir quelques minutes plus tard et accepta que je reste à l'hôtel pour cette semaine. Je la remerciais, mais ne m'étais pas lever de mon lit, j'avais retiré ma prothèse, je me demande si ce n'est pas en voyant que je l'avais retiré qu'elle avait changé d'avis.

Je la gardais en général, mais cette fois-ci, je l'avais retiré, j'avais l'impression de saigner lorsque je l'ai retiré. Je l'ai laissé proche de mon lit, et me suis allongé un peu. Mes frères et ma sœur n'étaient pas encore rentrés. Hasko viendrait pour manger avec nous accompagné de sa sœur. Ils avaient deux chambres au troisième étage, j'espère seulement que je pourrais me reposer ce soir et surtout dormir sans faire de cauchemars cette nuit. Je fis mes devoirs et n'ouvrais pas mes mails, je n'avais pas envie de savoir si j'avais encore un mail de Jheda, j'en avais mal au ventre rien que d'y pensé.

Lorsque j'eus terminé mes devoirs, je suis allé manger avec ma famille, Hasko et Krissy, je ne parlais pas de tout le repas, me contentant de manger et d'ensuite les laisser pour aller dormir. J'étais épuisé et ma nuit fut une fois de plus ponctuée de cauchemars. Cette fois-ci, cela avait réveillé mes frères, ma mère était venue dans la chambre. J'étais en sueur, le cœur battant trop fort, et le visage de Jheda flottant encore quelques secondes devant mes yeux après m'être réveillé.

Je regarde l'heure sur mon téléphone, trois heures du matin, je me décide à regarder mes regarder mes mails j'espère ne pas en avoir reçu un autre de l'adresse de Jheda. Je parcours mes mails, j'ai une réponse de Fantasia, ce qui me surprend en même temps que cela me ravit, mais j'ai tout de même peur de ce qu'elle pourrait avoir écris, je suis certain qu'elle pense – comme tous les autres – que je suis le responsable de ce qu'ils leur aient arrivé, je ne peux pas leur en vouloir. Je pense qu'ayant fait face à des jumeaux, sans avoir vu les deux personnes et qu'une est aussi malfaisante, j'aurais fait la même erreur. En tout cas, je compte bien obtenir réparation pour toutes ces personnes.

[De @Fanta : Oui, Jude, je me souviens très bien de toi, je ne savais pas que tu avais eu un accident. Pourrais-tu m'en donner la date ? Et j'aimerais savoir ce qu'il s'est passé exactement si cela ne te gêne pas. Comment as-tu appris ce qu'il m'est arrivé ? Je n'en ai parlé qu'à des personnes de confiance et seulement il y a quelque temps ? Je ne comprends pas qui a pu t'en parler. Fanta.]

Je ne réponds pas tout de suite, je regarde mes autres mails et j'en vois un de l'adresse de ma sœur puis un d'une adresse que je ne connais pas. Sûrement mon frère ou encore des pubs. Vraiment, j'espère que ce n'est pas Jullian.

[De @Jheda : Vous avez raison, ce n'est pas Jheda. Je tiens seulement à obtenir réparation de ce que vous m'avez infligé. Ainsi qu'à tant d'autres personnes.]

J'avais donc bien la confirmation que mon frère s'était bien fait passer pour moi pour infliger toutes ces horreurs. En revanche, Jullian, ne m'a pas encore répondu, nous n'avons pas convenu de nous revoir et je tiens à ce qu'il se fasse attraper par les personnes qui le cherche et qu'il paie pour tout cela, je ne sais pas encore comment moi je vais faire pour qu'il ne puisse plus jamais se servir de mon nom, mais je finirais bien par trouver. Il ne pourra jamais plus vomer mon identité. Oui, je sais comment, une puce implantée dans ma colonne vertébrale, ainsi, s'il tente de la retirer, il ne le pourra pas, ou alors, il mourra. Je ne pense pas qu'il tienne à mourir, mais s'il continue ses méfaits, il ne pourra plus agir en mon nom. Ou alors, il me sera plus aisé de prouver qu'il se sert d'un nom qui n'est pas le sien.

[De @JVORPT : Nous savons qui vous êtes et ce que votre frère vous à fait, ainsi qu'à bien d'autres personnes. Aidez-nous à le stopper dans sa folie avant que d'autre ne souffre.]

Je répondis après avoir cherché sur internet à qui pouvait appartenir ce mail. J'allais les aider eux aussi. Il a dû faire souffrir bien plus de personnes que je ne le pensais, pour que je reçoive par mail une demande d'aide à le stopper. Vraiment, combien ont souffert en pensant que j'étais le responsable ?

[De @JVORPT : Nous savons qui vous à blesser il a de cela des années, nous savons pourquoi ils vous ont laissé pour mort dans cette ruelle sombre. Rendez-vous à la bibliothèque de Belém lors de votre premier week-end après votre emménagement.]

Et voilà, encore un. J'ai un rendez-vous, je n'irais pas seul, cela est certain, si cette personne pense que je suis Jullian et qu'il tente seulement de m'attraper pour se venger, je vais devoir être prudent. Je pense que je vais venir avec quelques personnes de la SPA. Ils m'ont parlé aussi d'un groupe qui chercher également des personnes comme Jullian, le CDG. Je ne sais pas qui ils sont, je ne sais pas combien ils sont, mais je pense qu'ils pourront également m'aider. Je vais demander de à Krissy si mon idée d'implant de puce d'identification est possible. Je ferais passer cela pour un devoir. Vu que je ne suis pas dans même classe que son frère, cela devrait être jouable. Ne me restera plus qu'à trouver comment l'implanter au bon endroit et la mettre en marche. Tout cela, sans qu'il ne comprenne ce qu'il lui arrive. Je vais aussi devoir lui faire croire qu'il s'est fait enlever, donc pour cela, je devrais être présent et jouer les témoins. Mais pour l'heure, je devais encore dormir et mettre au point tout cela, je devrais également acheter tout ce dont j'ai besoin pour lui faire cela, et je pense même le marquer au fer rouge. Pour le lieu où cela va se passer, je sais où. Puisque notre maison n'est pas et ne sera pas vendue, le sous-sol et tout à fait approprié pour cela. Je me demande ce que je vais découvrir une fois une là-bas.

Je me suis endormie avec mon idée de vengeance en tête et je dois dire que, pour une fois, cela n'était pas un cauchemar de voir la souffrance. Lorsque j'ai ouvert les yeux, j'étais pleinement reposé et j'avais un sourire assez sardonique, j'avoue. Je n'ai jamais aimé faire du mal, ni même voir quelque u souffrir, mais cette fois-ci, je suis totalement pour.

XXI
Caï-Caï-Caï…

J'avais rendez-vous dans un peu moins de deux semaines, je devrais donc infliger ma petite opération avant de partir avec l'aide des personnes de la SPA. Je leur avais envoyé un message, j'avais également imprimé le mail que j'avais reçu et l'avais fourré dans l'un de mes classeurs de cours. Nous nous sommes mis d'accord pour qu'il vienne me chercher après les cours et qu'il me déposerait devant l'hôtel chaque soir jusqu'à que je parte. J'avais dit à ma mère que je devais faire un exposé et que le grand frère de mon binôme me prenait après les cours et me ramènerais. Elle était d'accord, du moment que je ne devais pas marcher pour partir et rentrer, elle n'objectait pas. Je m'étais cependant attendue à ce qu'elle veuille rencontrer la personne qui me conduirait et me ramènerais, mais non, comme elle n'a pas demandé qui faisait l'exposer avec moi. En tout cas, une chose est sûre, je vais devoir être très malin sur ce coup-là.

Je terminais de me préparer pour les cours et allait au restaurant pour prendre mon petit déjeuner. J'avais faim je ne sais pas si c'est l'idée de me venger, d'aider davantage de personnes qui me rend aussi bien, mais je ne compte pas m'arrêter de sitôt, si aider d'autres personnes qui ont souffert autant que moi, voire davantage, je n'allais pas cracher sur mon bien être. Je n'ai jamais été adepte de la loi du talion, mais depuis que j'ai su pour Fantasia, tout a changé. D'ailleurs, je ne lui avais pas répondu hier soir, j'allais donc le faire maintenant avant de partie en cours.

[À @Fanta : Salut, Fanta, je ne peux pas te dire par qui je l'ai sue. Mais je peux t'expliquer ce que je sais de mon accident, je ne m'en souviens pas très bien, bien que j'aie l'impression que ce n'était qu'il y a quelque temps, ma mémoire me fait défaut pas moment.

Je rentrais de cours, tu n'y étais pas allé, alors j'allais t'apporter les devoirs et je voulais savoir pourquoi tu avais été absente, mais en rentrant, une voiture m'a foncé dessus. Les personnes sont descendues alors que j'étais encore au sol, ils étaient trois, ils m'ont frappé avec des battes de base-ball et des barres de fer, à coup de pied aussi. Je ne les ai pas bien vues, le traumatisme d'après les médecins. Ils disent que cela pourrait me revenir avec le temps, ce que j'espère. Ils doivent payer pour ce qu'ils m'ont fait.

Lorsque je me suis réveillé, je pensais être à la même date à laquelle j'ai été blesser. J'ai perdu une jambe dans l'accident et ma mâchoire a été tellement brisé que les médecins ne savaient pas si je pourrais à nouveau parler et ouvrir la bouche, j'ai un appareil qui fait sonner es portiques de sécurité, du coup, beaucoup se moque en m'appelant le biper, le comateux, dormeur ou encore le canard boiteux. Les seules personnes à savoir sont l'infirmière qui s'est occupée de moi durant les années ou j'étais dans le coma, son petit frère qui est devenu mon ami et ma famille.

J'ai également appris après avoir quitté l'hôpital que ma sœur Jheda avait disparu. Ma famille dit qu'elle est morte, mais je n'y crois pas, je suis sûre qu'elle est en vie quelques pars. Je la cherche. Mon père n'est plus avec nous, il a fait des choses horribles dont je ne dirais rien. Mais le pis, je pense, est que mon frère s'est servi de mon nom durant des années, avant même mon accident pour faire des choses tout aussi horrible que mon père. J'essaie de réparer ses erreurs comme je peux. Voilà, tu en sais autant que moi maintenant. Je suis désolée de qui t'est arrivée, je vais faire ce que je peux pour t'aider et aider les autres personnes qui ont souffert comme toi.

Jude, le vrai.]

Voilà, je ne sais pas si elle répondra, j'espère qu'ainsi elle comprendra pourquoi je n'ai plus demandé à la voir, en étant dans le coma ç'aurait été assez compliquer, j'espère également qu'elle comprendra également que ce n'est pas moi qui l'ai blessé, mais j'espère qu'elle ne fera pas le lien avec mon frère, je tiens à le faire souffrir et le fuir attraper par les Gardiens.

Une fois rentré de cours, je cherchais sur internet comment les joindre, et je vis qu'il suffisait d'envoyer un mail et de donner le nom de la ou les personnes qui ont souffert ainsi que le nom de la personne qui a fait les choses horribles qui doivent être détaillées.

Je commençais donc la longue liste des actes de mon frère et des personnes qui ont souffert.

[À @Gardiens -De Caïnine :

Auteur : Jullian Am'Staff – Victime : Jude Am'Staff - Délit : Vole d'identité

Auteur : Jullian Am'Staff – Victime : Fantasia Nova-Scotia - Délit : Séquestration, marquer au fer

Auteur : Jullian Am'Staff – Victime : Ezira Nova-Scotia – Délit : Séquestration, marquer au fer

Auteur : Jullian Am'Staff – Victime : Holly Spitz – Délit : Séquestration, marquer au fer

Auteur : Inconnu 1 – Victime : Jude Am'Staff - Délit : Renverser en voiture, coups et blessures, laisser pour mort.

Auteur : Inconnu 2 – Victime : Jude Am'Staff - Délit : Renverser en voiture, coups et blessures, laisser pour mort

Auteur : Inconnu 3 – Victime : Jude Am'Staff - Délit : Renverser en voiture, coups et blessures, laisser pour mort

***

J'avais passé beaucoup de temps à écrire une partie des victimes de mon frère. Et je n'avais pas terminé, loin de là. Je continuerais plus tard. J'avais fait la liste dans mon ordinateur que je surlignais une fois que je les avais inscrites. Il y en avait énormément. J'avais également scanné tous les carnets que j'avais mis dans un document qui s'ouvrait avec un mot de passe. Ainsi, personne ne pourrait l'ouvrir sans le connaître. J'avais également changé le mot de passe de mon mail avant de commencer cette longue liste. Je n'avais pas encore envoyé le mail aux Gardiens, je voulais tout d'abord terminer la liste des carnets que j'avais trouvés.

J'ai ensuite retrouvé ma mère, ma sœur et mes frères puis nous avons mangé. Je n'ai pas vu Hasko ni Kryssi dans la salle, peut-être mangeaient-ils dans leurs chambres. En tout cas, je me suis fixé au moins dix victimes par jour pour que cela ne me prenne pas trop de temps. J'en avais ajouté encore quelques-unes avant de dormir, j'allais dans la salle de bain pour faire cela, je ne voulais pas que mes frères comprennent ce que je faisais. Aujourd'hui, j'en avais inscrit plus d'une vingtaine, en comptant également que j'avais inscrit les personnes qui m'ont renversé en voiture, blessé et laissé pour mort dans cette rue sombre. Je ne sais pas combien de temps cela va me prendre, mais je compte également envoyer aux Gardiens les carnets que j'ai scannées. Avoir la copie des carnets me prit pas mal de temps, mais je les avais tous dans mon ordinateur. J'enverrais tout cela en même temps. J'espère qu'ils pourront me dire qui m'a blessé et que je serais tenu informé lorsqu'ils seront arrêtés.

Je suis ensuite allé me coucher. J'avais besoin de dormir. J'étais finalement allé en cours alors que je n'étais pas en grande forme, j'avais informé ma mère que je n'irais pas le lendemain ce qui devrait me laisser pas mal de temps pour continuer.

J'avais envoyé un message à Holly également pour la tenir informer que je comptais envoyer tout cela aux Gardiens, elle m'avait répondu qu'elle tenait tout d'abord à ce qu'il souffre, j'étais d'accord. Elle tiendrait donc les autres membres du groupe de la SPA informer de cela, comme elle me tenait moi informer quant aux recherches qu'il faisait pour moi.

[De Holly : Je viendrais demain si tu veux, tu pourras joindre la marque que j'ai. Je te remercie de ce que tu fais pour nous.]

[À Holly : Je ne le fais pas seulement pour vous. J'ai une amie qui a eu la même chose, je ne sais pas si elle est en vie, mais je sais que vous avez la même marque. Je suis désolé de ce que mon frère t'a fait. Je m'en veux, tu sais.]

[De Holly : Tu n'as pas en t'en vouloir, tu n'y es pour rien. Tu as toi aussi été blesser. Peut-être pas par ton frère, mais tu as aussi souffert. Alors merci de nous aider.]

Je souris. Je m'en veux d'être tombé dans le coma, j'aurais peut-être pu empêcher Jullian de faire tout cela, peut-être que si j'avais tout découvert j'aurais pu le mettre en garde. En tout cas, maintenant que je peux agir, je vais le faire, et j'espère revoir Fantasia également, même si je ne sais pas où elle se trouve, peut-être que ma mère le saura.

***

Après cette courte nuit, je suis resté dans mon lit à réfléchir à la manière de faire venir mon frère, le fait que j'ai quelque chose qui lui appartienne n'avait pas suffi. Je vais donc devoir lui envoyer la preuve que j'ai bien quelque chose qui n'est pas à moi. Bien qu'il soit écrit en mon nom. Je sais que nous avons un système de vidéosurveillance à la maison. Je vais devoir vérifier si le sous-sol est aussi surveillé. Je l'espère car cela ferait une preuve de plus. Je demanderais donc à ma mère de me donner accès à tout cela, je pense prétexter que cela serait plus simple pour voir ce que j'ai manqué durant mon coma. Je pourrais aussi dire que je tiens à en faire la surprise à Annabelle, Luc et Jayde.

Je me fis une petite liste de chose à acheter, tout en liquide, pas de trace ainsi. Je retrouvais Holly qui était venu me rejoindre devant l'hôtel, nous sommes allés dans divers magasins d'informatiques et autre gadget, ensuite, nous sommes allés dans un magasin de vêtement pour ne pas attirer l'attention afin que la marque qu'elle porte se trouve en photo. J'avais été gêné lorsqu'elle m'a demandé d'entrer dans la cabine, mais j'ai vite compris qu'elle ne pouvait pas faire le cliché elle-même. La marque qu'elle portait se trouvait dans le dos.

Nous avions acheté aussi quelques balises GPS, normalement, elle se place dans les appareils tels qu'ordinateur, téléphone, appareil photo, mais j'en avais une tout autre utilisation en tête. J'en avais acheté plusieurs, en me servant effectivement des appareils que nous avions chez nous. Le vendeur m'avait expliqué comment les programmer, je devais entrer le nom de l'objet. Par exemple appareil photo de Jude, ou ce que je voulais. Je devais donc trouver quelque chose pour que cela ne se sache pas que j'allais détourner cette pièce.

En même temps, je ne suis pas certain que des personnes vérifient bien tout cela. Ils auraient bien trop de travail. En tout cas, je vais devoir sérieusement cogiter là-dessus. Comment nommer mon frère ? Un appareil qui n'existe pas, cela va de soi, mais je dois être prudent. Lorsque je suis sorti de la cabine, j'avis remarquer que quelques regards était posé sur moi, pas étonnant, qu'est-ce que je foutais dans la cabine d'essayages alors qu'il y a déjà Holly qui s'y trouve ? Eh bien… Cela ne les regarde pas, alors qu'il va se faire voir.

Une fois qu'elle eut fait quelques achats, en même temps, cela aurait été suspect qu'elle ne prenne rien, j'en avais profité pour m'acheter un autre jogging et une nouvelle paire de chaussures. Nous avons ensuite pris le chemin du retour, mais nous ne retournions pas à l'hôtel, j'allais découvrir où se cachait le repaire des membres de la SPA pour leurs visites dans cette ville. Bien que je partirais d'ici moins d'une semaine, je resterais en contact avec eux. Je ne comptais pas les laisser avec leurs missions, je voulais absolument faire comprendre à Jude que des personnes le cherchaient et qu'elles se vengeraient, personne dont je fais partie depuis peu.

Je n'ai jamais prôné la violence, ni même le mensonge, j'ai toujours été honnête, intègre en réalité. Ho, bien sûr, lorsque j'étais enfant j'ai quelques fois menti et fais des bêtises, mais rien de comparable avec ce que Jullian à fait et continue de faire. Je n'ai pas suivi l'exemple de mon père, je n'ai même jamais su ce qu'il faisait avant de sortir du coma. Maintenant que je le sais, j'ai la furieuse envie de le faire payer à lui aussi. Mais, cela, je ne le peux pas, je ne sais pas où il se trouve, si ce n'est qu'il croupit dans une cage sous la garde des Gardiens. J'aimerais savoir où il est, lui dire que je sais ce que mon père a fait et lui faire comprendre que dans un temps dont je ne connais pas la durée, il se retrouvera sans doute avec Jullian. Il lui a donné l'exemple, en revanche, je ne comprends pas qu'il est continué une fois que notre père s'est fait prendre, cela ne lui a même pas servi de leçon.

Nous avons discuté avec Holly, sans que je lui pose la moindre question, elle a tenu à me dire ce qu'elle a subi dans le sous-sol de la maison. Je comprends alors toute la rancœur, la souffrance, la haine et la douleur qu'elle a ressentie et qu'elle ressent encore. Je n'ai pas encore ouvert le carnet de Fantasia, j'ai peur en vérité, peur de ce que je vais lire, peur que cela ne me donne qu'envie de tuer mon propre frère. Nonobstant, je ne dois pas devenir aussi horrible que lui, je dois seulement le dénoncer et lui faire comprendre qu'il ne sera jamais en paix. Pas tant que je vivrais, tant qu'il y aura une personne pour se souvenir, tant que la SPA existe, il n'aura jamais la paix du corps, encore moins celle de l'esprit.

J'espérais que les membres de la SPA trouveraient qui m'a blessé et abandonné tel un cadavre. Je ne sais pas combien de temps ils m'ont laissé ainsi par terre, dans soute seulement de remonter en voiture et de prendre la suite. Je n'ai jamais su qui m'avait trouvé inconscient et qui avait appelé les secours. En tous cas, je l'en remercie, sans elle, je serais mort.

La soirée et vite arrivé et avec elle, le jour à laisser place à la nuit. Les bâtiments de verre se sont illuminés pour donner un décor digne d'une carte postale, j'avais regardé la course du soleil descendre en m'étant appuyée contre le mur de l'hôtel lorsqu'Holly m'avait dit bonsoir et s'en était allé pour retrouver son frère. Je ne comprenais pas comment elle faisait au début pour continuer d'aller et venir seul dans les rues alors qu'elle avait peur en extérieur. J'avais appris qu'elle ne se défaisait jamais de couteaux qu'elle avait dans des étuis attachés à ses avant-bras, elle en avait également aux chevilles, dans le dos et à la ceinture. Elle avait sur elle pas moins de 12 lames, sa silhouette assez fine ne laissait pas voir les armes blanches qu'elle portait, mais j'étais certain qu'elle était redoutable.

J'ai également appris que la SPA avait contacté le groupe CDG pour que je rejoigne leurs rangs par a suite, après tout, nous avons le même but, se venger de personne aussi vile que mon père, des personnes telles que frère. Je ne sais pas si je serais accepté, après tout, je ne suis pas quelqu'un d'entier, il me manque ma jambe et cela moi handicap grandement, d'ailleurs, je suis reconnu comme handicapé, même si je n'aime pas être considéré ainsi, je le suis, je ne puis rien y changé à mon grand désarroi.

J'avais tenté de faire des recherches sur internet, mais je n'avais rien trouvé si ce n'est ce que cela est sur terre. J'avais trouvé cela amusant, sur terre sels est pour la protection des animaux, ici c'est un groupe de personne qui veulent se venger, aucun rapport entre les deux. J'avais également cherché pour le groupe CDG, mais rien, même sur terre, cela ne voulait rien dire, de même que JVORPT. En même temps, pour ce dernier, cela ne m'a pas surpris. Je me doutais que même sur terre cela n'existerait pas et ne donnerais rien, si ce n'est ce message me disant qu'aucun résultat ne correspond à ma recherche.

J'allais enfin pousser la porte de l'hôtel pour rentrer quand j'entendis mon nom. Je ne bougeais pas pour autant, je ne tenais à rester visible par le gardien avec qui je discutais quelquefois lors d'insomnie et qu'il était en poste, comme ce soir. Une personne s'approcha, Jullian était là, debout devant moi, le visage inexpressif, les yeux vides, comme mort. Il respirait calmement, ce qui me surprit. Il n'approcha et se plaça face à moi, tendant la main pour que je lui serre la sienne. Il était loin d'imaginer ce que je pensais de lui. Je n'esquissais pas le moindre geste envers lui. Me contentant de l'observer et de lever les sourcils et d'esquisser un sourire mauvais.

— Tu crois vraiment que je vais te saluer comme tu étais toujours toi-même ?

Je savais qu'il ne le prendrait pas bien, j'espérais seulement qu'il ne s'en prendrait pas directement à moi. Malgré le fait que j'avais passé sept ans dans le coma, j'étais à des années-lumière d'être l'enfant stupide et crédule qu'il pensait trouver devant lui. Il baissa son bras et m'observait. Sans doute se demandait-il ce que j'avais lui appartenant et étant susceptible de plaire à d'autres personnes. Il ne se doute pas non plus de qui je voulais parler, je pense.

— Alors, qu'est-ce que tu as qui est à moi, me demande-t-il d'une voix atone !

— Un petit carnet ou des choses pas très jolies sont inscrits. En mon nom de surcroît.

— Hum… J'aurais dû mieux le cacher ce fichu carnet.

— Tu sais quel nom est inscrit sur celui-ci ?

— Celui-ci, demande-t-il.

— Ne va pas croire que j'en aie trouvé qu'un seul. J'en ai trouvé beaucoup, vraiment beaucoup. Et tu sais le pis, c'est que le nom de Fantasia s'y trouve.

— Fantasia ? demande-t-il. Qui est-ce ?

— C'était mon amie, dis-je en serrant les poings et m'approchant de lui. Tu l'as tué ainsi que bien d'autres.

— Elle est morte ? demande-t-il en devenant soudainement pâle.

— Oui, dis-je, comme bien d'autres. Mais cela tu le savais déjà. N'est-ce pas ? Comme Holly, Ezira, Natasha, Denise, Élise, Anastasia, Bella, Sunshine, Shadow, Félicia, Gina, Oksanne… et bien d'autres encore.

Je le vis pâlir davantage, soit il est vraiment surpris d'apprendre qu'elles sont mortes, mais je pense que c'est le fait que je lui serve les noms qu'il a écrits sur ces maudits petits carnets. Sans lui laisser le temps de répliquer, je lui assenai un coup de poing en plein visage, sentant et entendant son nez se casser. Je ne lui laissais pas une seconde pour agir, je le fis tomber au sol et lui donnait des coups avec ma prothèse dans le ventre. Il se tordait de douleur, j'avais un briquet dans la poche, une fois qu'il fut hors d'allène, me tenant les côtes et ne pouvant réagir, j'allumais la flamme et l'approchais de son visage.

— Tu aimes le feu n'est-ce pas Jullian, lui demandais-je.

— Jude… Non… suppliât-il.

— Est-ce que c'est ce qu'elles t'ont dit en voyant le fer approcher d'elle ?

J'approchais la flamme de son visage et lui pris les mains pour qu'ils ne puissent plus bouger. Ne pouvant pas réagir, je lui mis la flamme contre le visage, faisant brûler son œil. Il hurla de douleur mais je n'arrêtai pas pour autant, son œil rougi et ses cils devenus absents laissant place à une marque rouge vif.

— Vois-tu, Ces personnes n'avaient rien demandé, dis-je, comme toi maintenant. Alors je te conseille de ne pas recommencer parce que ses personnes avaient des familles qui elles sont toujours là. Et elles savent ou tu te caches, ou tu vis, ou tu vas à chaque instant.

Je l'assommais, j'allais pouvoir vérifier si mon d'idée d'implant GPS et d'Identification fonctionnait. Une fois qu'il fut inconscient, je le retournais, lui levait les bras dans le dos un par le bas et l'autre par le haut pour voir là où il ne pourrait tenter de s'ouvrir. Je sortis ensuite les deux seringues où se trouvaient les deux puces aussi petites qu'un grain de riz et fis entrer les aiguilles dans la peau. Je plaçais une troisième aiguille dans sa nuque et injectais les petits éléments électroniques. Le dernier étant une bombe miniature, elle aurait pour objectif de l'handicaper. Pas d'une jambe seulement, les deux, les deux bras ainsi que la parole. Il pourrait voir et entendre, mais ne pourras pas communiquer.

Une fois que cela fut fait, je le traînais contre la mûre et le laissais là. Je rentrais dans le bâtiment et allais dans ma chambre. J'envoyais un message à Holly et un mail à Fantasia, je leur donnais le nom de l'application ainsi que l'identifiant pour localiser Jullian à tout moment. Ces puces étaient censées se trouver dans un jouet, j'avais donc inscrit Monstre Robot. Mon frère était monstre à cause de tout ce qu'il a fait, un Robot parce qu'il n'avait eu aucune pitié et n'avait pas montré le moindre signe de remord, douleurs ou même pitié. Je n'avais vu dans son regard que la peur de se faire prendre et d'avoir été percer à jour.

Je suis ensuite rentrée et suis aller rejoindre ma famille pour prendre le repas, nous avons discuté et par chance, personne ne remarquait que j'avais les mains quelque peu contusionner à la suite des coups que j'avais donnés à mon frère. Une fois le repas terminé, je suis allé me coucher en vérifiant tout de même où se trouvait mon frère à cet instant. Je savais désormais où il allait, je mis une alarme pour le cas où il viendrait à s'approcher de moi puis je me couchais, satisfait.

***

Je me suis réveillé tout aussi en joie que je m'étais endormie, je ne sais pas ce qui est le pis, le fait de me réveiller aussi bien après le rêve que j'ai fait – que toutes les personnes censées auraient qualifié de cauchemar.

Cela faisait longtemps que je n'avais pas aussi bien dormi. Je sais que je ne devrais pas être heureux de ce que j'ai fait à mon frère, mais je le suis. Maintenant qu'il a appris que je sais tout ce qu'il a fait, ne me reste plus qu'à trouver le moyen de le faire payer. Je ne pense pas que de se retrouver prisonnier avec mon père soit le mieux pour qu'il comprenne qu'il a mal agit. À mon avis, il ne se rend même pas compte qu'il fait quelque chose de bien au-delà de l'horreur. En outre, il a conscience en un sens qu'il ne doit pas puisqu'il se cache, qu'il se garde bien de parler de son passé et de ce qu'il fait encore désormais.

Je pense que pour comprendre ce qui l'a fait changer ainsi, je vais devoir visionner tous les moments où Jude est avec mon père, je sais que cela prendra des jours pour tout regarder, mais je le ferais. Même si je dois y passer plus d'une semaine sans sortir, sans voir personne, sans rien faire d'autre que de visionner tout cela, je le ferais. Je dois comprendre.

Je me suis levée et suis allée rejoindre ma mère qui se trouvait déjà dans le petit restaurant. Elle était assise devant la table, le visage plongé sur un papier qu'elle tient sa main, elle ne m'a pas remarqué, alors je fais le tour pour voir ce qu'elle tient dans la main. Aussi discrètement que ma boiterie me le permette. Je regarde ce qu'elle tient, c'est une photo de Jheda, mais c'est étrange, ses cheveux ne sont pas de la couleur que je lui ai toujours vus, ces yeux aussi sont différent, mais je suis certain que c'est elle.

— Maman, l'interpellais-je, qui est-ce sur cette photo ?

Elle sursaute et range la photo dans son portefeuille. Je ne comprends pas pourquoi mon ère nous cache cette photo, et qui est cette personne ? Je vais m'asseoir en face d'elle et l'interroge du regard. Elle a le regard fixe sur la table. Au fond, je sens que Jheda n'est pas morte comme tous me le disent, l'attitude de ma mère et cette photographie me le confirme.

Je n'aime pas ce que je vais faire, mais je dois savoir, je dois comprendre et ma mère va me répondre. Je prends donc son portefeuille et prends la photo dans les mains, je la regarde et lève la tête vers ma mère.

— Maman, c'est… c'est Jheda ?

Ma mère souffle, et je vois qu'elle pleure. Je ne me trompe donc pas, c'est bien elle, je tourne la photo et vois un mail. Je ne comprends pas pourquoi elles nous cachent qu'elle est en vie, moi qui voulais tant la voir et qui suis culpabilisé de sa mort, je me sentais responsable de sa disparition, de sa mort. Alors qu'elle est en vie ? Comment ma mère a pu me laisser croire qu'elle s'était suicidée parce qu'elle ne supportait plus de me voir dans le coma ? Je me lève de table et m'apprête à partir quand ma sœur et mes frères arrivent. Ils rigolent entre eux, je cache la photo dans ma poche et compte la copier pour pouvoir la retrouver plus facilement.

— Salut Jude, tu t'es levé tôt dit donc, me dit Jayde.

— Oui, j'ai mal dormi, dis-je en regardant ma mère. J'ai rêvé de Jheda, et elle n'était pas morte.

— Ha… dit Annabelle.

Je sais que je viens de jeter un glas, mais je sais que ma mère ne me dira rien tant que nous ne serons pas seuls. Il ne me reste qu'à attendre qu'elle se décide à me parler une fois que mes frères et ma sœur sont partis. Je sais que cela est dur à vivre, je l'ai mal vécue que ma sœur ne soit pas là, comment a-t-elle tenu tout ce temps en sachant cela et sans la voir.

Je laissais ma famille quelque instant, le temps de remonter dans ma chambre et de copier le cliché ainsi que noté l'adresse et allait les retrouver après m'être lavé les mains. Raison officielle pour laquelle je me suis levé, je suis allé aux toilettes, et l'officieuse, la copie. Bien sûr, je ne vais pas l'avouer à ma mère. En revanche, je serais curieuse de savoir pourquoi elle ne nous en a jamais parlé.

J'avais placé sa photo dans un petit carnet que je tendis à ma mère, prétextant de le lui rendre. Elle le saisit sans réellement comprendre mais ne posa pas de question.

— Je vais faire un tour, dis-je en prenant un croissant dans la corbeille sur la table, je ne mange pas ici à midi.

— Où vas-tu ? me demande ma mère.

— Faire un tour, à ce soir.

Je les laisser sans leur laisser le temps d'ajouter quoi que ce soit. J'étais certain que ma mère voudrait parler maintenant, mais cette fois-ci, c'est moi qui ne le voulais pas, j'avais besoin de temps pour assimiler cette information. Je me demande si mon père et Jullian savent pour Jheda. Je ne pense pas, je sais que ma mère n'a plus aucun contact avec ce monstre, mais je ne sais pas si elle a encore quelques petites nouvelles de Jullian, je ne l'espère pas.

XXII
En cage...

J'avais pris la photo que j'avais copiée, ainsi que l'adresse que j'avais notée au dos. Je me suis assis sur un banc en pleine ville, je ne sais même pas ou je me trouve, mais peu importe, j'ai besoin de solitude et de réfléchir.

Lui écrire alors qu'elle se fait passer pour morte, je ne sais pas trop, si elle est partie de la maison et qu'elle ne donne plus de nouvelle c'est forcément pour une bonne raison. Je ne pense pas qu'elle tenait à nous faire souffrir. Non, j'en suis certain, mais, de quoi a-t-elle peur ?

— Salut Jude, me dit un jeune homme.

— Bonjour, heu..., dis-je sans reconnaître la personne face à moi.

— Tiago, dit-il, tu ne te souviens pas de moi ?

— Désolé, non, dis-je, ça ne me dit rien.

— Ah oui, dit-il, tu as eu un accident et je suis arrivé très peu de temps avant, nous étions dans la même classe.

— Désolé, ajoutais-je, je ne me souviens vraiment pas.

— Ce n'est pas grave, m'assura-t-il, je comprends. Tu fais quoi ici tout seul ?

— Rien, j'avais besoin de prendre l'air, expliquais-je.

— Des soucis, me questionna-t-il.

J'ai hoché la tête. Je n'avais vraiment pas envie de parler, de plus, je ne sais même pas qui est cette personne. Peut-être ment-il, je ne sais pas, après tout ce que j'ai découvert ces derniers temps, j'en viens à douter de tout le monde.

Je dois retrouver Jheda, je dois la voir et lui montrer que malgré tout ce qui m'est arrivé, je vais bien. Je ne suis même pas certain qu'elle soit dans les parages. Elle est peut-être partie loin de nous.

Je lève la tête et regarde le ciel, il va pleuvoir, mais je m'en moque. Je sais que je vais avoir froid, je ne porte qu'un jogging et je n'ai pas pris de veste. Super… Comme si mon moral allait de pair avec le temps, ou c'est l'inverse ?

Peu importe, je me lève et vais marcher, ma jambe ne me permettra pas d'aller bien loin ni de marcher bien longtemps, mais au moins je vais tenter de me vider la tête.

J'envoyais un message aux personnes qui m'ont pris pour mon frère, je leur dis que j'allais faire venir Jullian ce soir dans notre ancienne maison, et pour cela, j'allais avoir besoin de leur aide. Je savais que nous avions une cage quelque part dans le terrain, je sais que mon père l'avait caché, mais je n'arrivais pas à me souvenir du lieu.

Oui, ce me revient, la vielle fourgonnette, celle dont mon père se servait pour aller livrer les meubles. Enfin, c'est ce qu'ils nous disaient, parce que la cage pour les meubles, elle ne sert à rien. C'est donc ainsi qu'il ramenait les personnes chez nous pour les torturer. Pourtant, je ne comprends pas pourquoi nous n'avons rien remarqué.

Je sais que je vais devoir questionner ma mère à ce sujet. Elle ne va pas apprécier non plus, mais je dois savoir, il me faut ses réponses et je sais qu'elle les détient. Il ne peut en être autrement.

Je continuais ma marche, tout aussi perdu dans mes pensé, je ne faisais pas attention des chemins que j'empruntai, mais je savais qu'ici, je pourrais toujours demander à quelqu'un de m'aider. Les gens ne sont pas comme ceux que j'ai connus, ils ne sont pas comme les élèves de mon établissement pour la simple raison que personne ne sait qui je suis et ce que j'ai traversé.

Ma route prit fin alors que j'arrivais dans un cul-de-sac. Je dus donc rebrousser chemin, ce qui ne m'enchanta guerre, mais je ne pouvais pas rester indéfiniment aéré ce et là. Je devais trouver un moyen, quel qu'il soit d'attirer mon frère pour pouvoir l'enfermer.

Je commençais à échafauder un plan, l'attirer jusqu'à cette vieille camionnette et l'y enfermer. Mais comment ? En lui faisant croire qu'une personne qu'il a martyrisée s'y trouve et a tenté de saccager la maison ? Possible. Mais reste à savoir quel nom utilisé. Un nom qui ne devrait rien me dire, une personne que je n'aurais pas connue. Une personne qui aurait subi les foudres sanguinaire et psychotique de Jullian alors que je me trouvais dans le coma. Je pense que là est ma première possibilité, et la plus solide pour le moment.

Je pris donc mon portable et tentais de retrouver le nom d'une personne qui aurait été dans cette maison ou je ne sais où alors que je me trouvais dans mon lit d'hôpital. Je dois le faire, pour toutes les personnes qui ont été blessées par l'esprit retors de mon frère. Je dois le faire pour venger Fantasia.

Je dois aussi faire en sorte qu'aucun indice ne puisse conduire les Gardiens jusqu'à nous, jusqu'à moi. Je sais que je ne devrais pas, le lit du talion n'est pas la meilleure des choses à faire, elle n'est pas une loi qu'il nous faut adoptée, mais je tiens à ce qu'il comprenne ce qu'il a fait à toutes ses personnes, le mal qu'il m'a fait en touchant à Fantasia.

Je sais qu'elle a été marquée, je ne sais pas si elle porte toujours cette marque, je sais qu'elle croit que je suis le coupable, la personne à blâmer et sans doute même la personne à abattre, mais elle se trompe, et dans les grandes largeurs. Mais en même temps, je comprends, nous nous ressemblions tant par le passé avec Jullian. Que ce soit physiquement ou même encore intellectuellement, je ne comprends pas ce revirement en ce qui le concerne. J'en viens même à me demander si je ne suis pas fautif, d'une quelconque manière que ce soit.

J'arrive devant l'hôtel ou nous longeons, je pousse la porte et vais dans ma chambre, je prends un carnet au hasard en prenant garde aux dates. Je les ai classés, ce qui me facilite la tâche. En prenant ce carnet, je remarque mes mains tremblent, j'ai peur de le l'ouvrir et d'ainsi découvrir les atrocités qu'il lui aura infligées seulement pour le plaisir. J'en viens à me demander si mon frère et mon père sont des personnes normales. Je ne comprends pas qu'ils aient agi de la sorte.

Je sais que je n'aurais pas suivi cette voie-là, mais comment ont-ils supporté d'entendre toutes ces personnes hurler à en perdre la voix ? Comment ont-ils supporté de lire la peur dans leur regard, dans voir la peur dans leur mouvement, dans leur posture.

Certaines ont supplié qu'ils les achèvent, mais aucun des deux n'a accédé à leurs requêtes. Je pense que je jouerais de cela, je ne sais pas si je serais capable de les voir ainsi apeurer, mais je ne dois pas fléchir. Pour Fantasia, pour toutes les autres…

Je souffle, reprends ma respiration que j'avais bloquée sans m'en rendre compte. Donnant de nouveau de l'air à mes poumons qui réclamaient leurs doses en me faisant comprendre que j'allais tourner de l'œil en me laissant voir des paillettes devant les yeux pour former par la suite de petite masse noire obstruant ma vue.

Je le fais également pour Jheda, si elle apprend cela un jour, je sais qu'elle m'en voudra, mais je ne le fais pas Pa pur plaisir. Je sais que cela me laissera des séquelles, même si elles ne seront pas physiques, comme pour jambe, mais je sais que j'en porterais des années durant les stigmates.

Je relève la tête et regarde droit devant, déterminer à mettre en place ce plan tordu qui germe peu à peu dans mon esprit, celui de la vengeance de parfait inconnu pour faire enfermer ou tuer son frère. Je ne sais pas si les autres le laisseront en vie, j'en doute, mais je peux comprendre, je ne cautionne pas, mais je comprends.

Les poings serrés, j'avance à grands pas, aussi grand que ma prothèse me le permet, et baisse le poignet après m'être répété ce nom sans cesse dans ma tête.

Megan Terrier. Megan Terrier. Megan Terrier. Je le fais aussi pour toi. Je le fais pour vous tout.

Je sens une larme couler sur ma joue, je l'essuie du revers de ma manche et continu ma marche. Je rejoins le salon où nous avons pris le petit déjeuner. Je vois les personnes boire leurs cafés, parler entre eux, rire entre eux, se taper dans les mains, des enfants joués ou d'autre pleurant car les parents refusent de leur attribuer un objet qu'il désire. Toutes ses personnes sont dans l'ignorance et ce n'est pas plus mal, je pense. Je ne pense pas que je pourrais encaisser les regards accusateurs qu'ils me porteraient pas la suite.

Je continue mon avancée, foulant le sol moquetté de rouge et d'or, les couleurs de notre planète, je les foule alors que je n'ai pas de bonnes intentions. J'arrive vers la petite boutique, j'achète un sac à dos, une bouteille d'eau, une paire de gant, des cordes, paie le tout en liquide en prenant garde à ne pas toucher les billets sans les gants et les tends à la personne à la caisse.
— Au revoir et bon séjour, me dit la femme qui m'a servi.
— Au revoir, lui répondis-je.

Je sors de l'hôtel une nouvelle fois et entre dans une nouvelle boutique, j'achète ici un jogging noir avec un sweat à capuche et les places dans un sac en papier. Une fois cela fait, je retourne dans ma chambre d'hôtel pour me changer, je passe la paire de baquettes dans le sac que j'ai acheté, je compte y ajouter une plaque métallique et tranchante dans une semelle qui sera placée en dessous des chaussures. Une lame en sortira une fois que je l'aurais installé, me reste à trouver comment la bloquer pour qu'elle ne rentre pas sans que je ne le veuille dans son socle.

Je laisse mes papiers d'identité dans la chambre, je ne prends pas mon portable et conte en acheter un après avoir inscrit les numéros dont j'ai besoin. Je sais que ces personnes ont aussi des numéros qu'ils ne garderont pas par la suite. Cela est préférable si nous ne voulons pas être retrouvés.

L'ironie de la situation est que tout cela, ces idées et ces techniques, je les tiens de mon père, je ne pensais que cela me servirait un jour, encore moins à l'encontre de mon frère.

***

Tout est prêt pour ce soir, tous les protagonistes de ce plan sont présents dans l'hôtel pour le repas. Ainsi, je n'aurais pas à marcher pour rejoindre mon ancienne demeure où nous allons attendre mon frère.

Il n'est plus le prédateur désormais, mais la proie, notre proie. Je devrais me sentir mal, mais à cet instant tout ce que je ressens est la quiétude, je ne comprends pas pourquoi d'ailleurs. Sûrement le calme pour laisser ensuite place à la tempête, celle que je vais enclencher dans quelques heures.

Deux voitures sont postées près de l'entrée, quatre autres sont un peu disparates dans le parking et d'autres encres dans les rues voisines. Je ne sais pas à combien se montent nos effectifs, mais je sais que cela dépasse largement le nombre de personnes que j'ai vu jusqu'alors.

J'en ai entendu certain clamer qu'ils ont obtenue du chef d'un autre groupe quelque combattant, dont un tout nouveau, ce qui me surprend, mais le plus surprenant à cela est qu'il est accompagné d'une fille.

Je ne tenais pas à ce que des filles se retrouvent impliquées là-dedans, mais selon lui les membres des CDG sont très compétents. Je n'en suis pas aussi sûre, mais avec une seule jambe, je ne leur serais pas d'une grande aide.

Je regarde les différents membres qui se trouvent ici, je repère une deuxième fille, j'ai entendu son nom : Anaïs. J'ai entendu quelque nom alors que je passais à côté d'eux, personne ne s'est aperçu de ma présence, je ne pense pas qu'ils puissent se douter que sans moi, rien de tout cela ne serait possible.

J'entends un jeune homme parler à la première personne féminine que j'ai aperçue ici. Le nom qu'il prononce alors qu'elle lui demande comment il se sent me fait l'effet d'une baffe.

— Ezira ne méritait pas de tomber sur personne comme lui, dit-il, elle me manque toujours autant, un peu plus chaque jour en réalité.

— Je sais Taï, je sais, dit-elle en le prenant dans ses bras.

Je ne vois pas le visage de la jeune fille, en revanche, voir un Nova-Scotia m'étonne. Je sais qu'il n'en existe que très peu désormais. J'en viens à me demander s'il connaît Fantasia, s'il l'a rencontré, s'il sait même qu'une autre personne est comme lui, s'il sait qu'elle existe.

Je continue de les regarder durant un instant. Taï, c'est ainsi qu'il s'appelle, saisit son portable dans l'une de ses poches et sourit.
— Le clic est en place, dit-il.

Elle hoche la tête et se redresse, je remarque que son vêtement cache quelque chose, une arme sans doute, je sais que beaucoup en ont, surtout dans le groupe de CDG. Je la vois passer son bras dans son dos et touché la protubérance que j'ai aperçu, cela est bien une arme, si elle n'avait pas esquissé ce geste, je n'aurais pas su qu'il s'agissait d'un couteau. J'ai l'impression qu'elle en porte plusieurs.

Kaïyon s'approche de moi et me sort de ma contemplation en posant sa main sur mon épaule, ce qui me fait sursauter un peu. Cela me fit penser que je ne savais comment serait l'alarme qui enclencherait lorsque Jullian m'approcherait, je sortis donc mon téléphone et mis la sonnerie d'un chien qui grogne. Ça lui correspondait assez bien je trouve ?
— Je n'ai pas de nouvelles réjouissantes pour toi, me dit-il.

Je fronçais les sourcils et me demandais ce que je pouvais bien faire, sans doute rien. Au moins, maintenant, les Gardiens savaient que Jullian utilisait mon identité durant de longues années, mais je ne savais pas si cela servait à quelque chose qu'il le sache ou non.
— Dites toujours, lui répondis-je, lasse de toutes les merdes que faisait mon frère en mon nom, encore aujourd'hui.

— Certaines personnes pensent que tu ne devrais pas faire partie de l'opération, dit-il.

— Il me prend pour lui, n'est-ce pas, lui demandais-je.

— Oui, pour certain, dit-il, mais d'autre savent que ce n'est pas toi à cause de ton bras, tu n'as pas la marque.

— C'est bien la seule chose qui puisse me sauver, dis-je fatiguer de tout cela. Je vais monter dans ma chambre.

— Que comptes-tu faire ? me demanda-t-il encore.

— Rester enfermé et lui envoyer un message pour qu'il se pointe à la baraque, comme cela était prévu, mais je ne vous accompagne pas.

— Tu voulais venger ton amie, annonce-t-il.

— Je le sais, soufflais-je, mais je ne veux pas en faire souffrir un bien trop grand nombre seulement parce que j'ai la même tête que ce bâtard.

— À toi de voire, mais nous avons fait tourner l'information, dit-il. Je pense qu'ils vont vouloir te voir et te parler pour avoir la certitude que ce n'est pas une ruse.

— C'est pis que ce que je pensais alors, dis-je résigner.

Je me retournais et pris le chemin de ma chambre. J'avais besoin de solitude, j'avais besoin que mon frère de commettre ses méfaits en mon nom et rapidement. Je ne pense pas que je pourrais supporter cela plus longtemps.

Une fois dans ma chambre, je me laissais tomber sur mon lit et tentais de calmer mon esprit. J'avais l'impression qu'une tempête faisait rage sous ma tête, triturant les rouages de cerveau encore endolori due à mon coma. Ce sentiment d'être une personne que je ne devrais plus être depuis bien des années déjà ne cessait de me marteler.

Je fermais les yeux quelques instants, tentant de me reprendre, mais très vite des larmes de rages, de frustration et d'angoisse mêlées surgirent pour dévaler mes joues.

Que devais-je faire ? Comment faire comprendre à tous que je ne suis pas lui, que je ne suis pas Jullian mais qu'il se sert de mon nom ? Je ne vois rien d'autre que de leur faire passer mon dossier médical, mais je ne tiens pas à cette atteinte à ma vie privée. Je n'en ai déjà pas eu durant sept longues années, de vie. Voilà que lorsque je la recouvre, elle est pis que ce qu'elle devrait être. Désormais, j'ai ma vie à mener et j'aimerais à cet instant ne m'être jamais réveillé. C'est con de penser ainsi, mais cela me traverse tout de même l'esprit.

Je souffle une fois encore, me lève et arpente ma chambre, martelant le sol de mes pas lourd, de ses deux sons qui sont si distincts l'un de l'autre, l'un presque léger qui ne s'entend presque pas, l'autre à la résonance métallique et qui m'effraie encore parfois.

Je donne un violent coup de pied dans mon sac, dans l'élan, ma prothèse se déboîte et se barre de l'autre côté de la pièce. Je n'ai pas le temps de me rattraper à quoi que ce soit, et je m'écroule au sol. Je ne suis plus capable d'être moi-même. Je ne suis plus personne puisque même mon identité ne m'appartient plus.

— J'en ai assez, criais-je.

Je dois être fou, je suis seule, et heureusement d'ailleurs, et je hurle comme un dément dans cette pièce où ma voix se répercute contre les mûres aux tapisseries d'un goût plus que douteux.

Tout m'énerve, à commencer par moi-même. Pourquoi a-t-il fallu que je passe dans cette maudite rue ? Pourquoi ces trois personnes me sont tombées dessus ? Pourquoi ne pas m'avoir tué tout simplement ?

C'est ce que je me demande chaque jour, et chaque jour, ce gros point d'interrogation reste à mes côtés et semble me narguer. Je hurle une fois de plus en criant tout ce que je peux et tente de me relever pour atteindre ma jambe factice et la remettre en place, mais pour cela, je dois parvenir à me maintenir debout. Ce qui n'est pas une mince à faire, mon équilibre et précaire, presque inexistant et j'en ai juste marre.

Pourquoi ne puis-je pas être comme tout le monde, avoir mes deux jambes, être allé en cours avec mes amis, n'avoir jamais sombré dans le coma à cause de ces personnes qui m'ont sûrement pris pour mon frère ?

J'ai envie de tout casser dans la pièce, mais d'une, je suis dans une chambre d'hôtel et deuxièmement, pour cela, je devrais déjà pouvoir me relever. Ce que je ne parviens pas à faire. Je ne tiens pas à demander de l'aide, je me sens déjà bien mal ainsi, vautré sur le sol à bouffer la poussière qui macule le sol de ma chambre provisoire.

Je ne peux retenir mes larmes plus longtemps, cette boule dans la gorge me fait mal, je tente de la ravaler mais elle persiste. Je ne peux rien faire, je suis bloqué. Je rampe tant bien que mal jusqu'à la chaise et tente de la saisir, mais elle me tombe dessus. S'en ai trop ! Je l'attrape et la lance contre la porte. Je saisis tout ce qui se trouve à ma portée et le balance, faisant voler toute sorte d'objets dans la pièce, créant un capharnaüm impressionnant.

Quelques instants plus tard, alors que je commence à me calmer, j'entends que l'on frappe à la porte. Je ne sais pas si je dois répondre et laisser voir la personne qui se trouve de l'autre côté me voir ainsi. Je me décide enfin.

— C'est ouvert, dis-je en reniflant.

Le poignet se baisse et laisse apparaître la fille que j'ai vue plus tôt, Anaïs. Elle me cherche dans la pièce et lorsqu'elle me voit, se précipite vers moi et m'aide à me relever pour que je puisse m'asseoir sur le lit. Elle laisse son regard se balader dans la pièce et se tourne vers moi.

— Eh bien, dit-elle, la chambre est si mal décorée qu'ajoute ta touche personnelle.

Je ris, mais ce n'est pas un rire heureux, non, il est ironique. Et sens que je devrais mettre un filtre à ce que je vais dire. J'ai seulement envie de la faire dégager, de faire en sorte qu'elle ne voie pas ma jambe en métal contre le mur en face de mon sac.

— Ouais, c'est exactement ça, dis-je, j'avais envie de la redécorer à ma manière.

— Très réussis, dit-elle. J'aime assez, ça fait presque décharge.

Elle s'assoit à côté de moi, ce qui m'étonne. Je ne comprends pas comment elle peut rester à mes côtés alors que mon frère l'a sûrement fait souffrir elle aussi, ou un proche. Avoir un lien de parenté avec Jullian me répugne. J'ai envie de vomir chaque fois que j'entends son prénom, chaque fois que j'apprends qu'il y a une victime de plus à son palmarès.

Je me sens comme encage. Prisonnier de la jambe que je n'ai plus. Prisonnier de mon frère en quelque sorte. Prisonnier d'une vie qui je ne devrais pas avoir. Prisonnier de toutes les personnes qui se sont un jour foutues de ma gueule à cause de ma jambe ou du fait d'être resté comateux durant sept ans. Prisonniers d'une vie que je ne supporte plus. Prisonnier d'être vivant…

— Merci, dis-je.

Elle se tourne vers moi et me sourit. Comment peut-elle me sourire ? Comment fait-elle pour ne pas avoir envie de rendre tout ce qu'elle a mangé et bus aujourd'hui ? Comment fait-elle pour être sympathique et joviale alors que je suis le frère d'un monstre ?

— Je m'appelle Anaïs, dit-elle.

J'ai peur de lui répondre, de lui dire qui je suis. J'ai peur de la réaction qu'elle pourrait avoir, alors je reste muet et tente de faire cesser mes larmes. Je les essuie d'un geste rageur et tire sur mes manches comme un gosse.

— Je ne suis pas certain de pouvoir te dire mon nom, dis-je de manière presque inaudible

— Je sais qui tu es, me dit-elle.

— Et tu n'as pas peur, dis-je étonné, tu ne vas pas partir en courant ou à l'inverse, vouloir ma mort ?

— Non, tu n'es pas responsable des actes de ton frère, dit-elle, ou de ça.

Elle désigne ma jambe, toujours de l'autre côté de la pièce et se lève, s'en approche, la ramasse et reviens vers moi pour m'aider. Je saisis ma prothèse et la place sur le lit à côté de moi. Je suis mal à l'aise, j'ai toujours fait en sorte que personne ne la voie, j'ai tenté du mieux possible que cela ne se remarque pas. Mais, à l'évidence, cela n'a servi à rien puisqu'elle a tout de suite compris.

— J'ai honte d'être son frère, avouais-je

— C'est compréhensible, lance-t-elle.

— J'aurais préféré mourir que de me retrouver ainsi, avouais-je encore.

Je ne sais pas pourquoi je lui dis tout cela, je ne sais pas pourquoi elle reste là, à m'écouter me lamenter sur mon sort et pleurer comme une fillette de trois ans.

— Non, ne dis pas cela, s'emporte-t-elle. C'est grâce à toi que nous avons compris pourquoi personne ne l'avait retrouvé jusque-là. Si tu n'étais pas sortie du coma, personne n'aurait compris qu'il se faisait passer pour toi pour nous faire du mal.

— Il t'en a fait, lui demandais-je.

— Oui, avoue-t-elle.

— Je suis désolé, vraiment, m'empressais-je de dire.

— Ça va, ne t'en fait pas, ce n'est pas ta faute, souffle-t-elle. Merci.

— Pourquoi ? lui demandais-je.

— Je sais que tu vas nous l'apporter sur un plateau, dit-elle avec un sourire carnassier. Allez, je te laisse la replacer, je t'attends dans le couloir.

Avant de se lever et de partir, elle me prend dans ses bras et me serre, ce qui me surprend. Je reste comme un con, sans réagir, figé tel une statue. Elle sort ensuite de la chambre, me laissant aussi surpris qu'une poule devant un couteau.

Je saisis ma jambe et la replace. Elle me fait mal, j'ai dû l'abîmer lorsque j'ai frappé dans mon sac. Je suis vraiment trop con quand je m'y mets. Une fois cela fait, je prends mon courage à deux mains et sors de la chambre. En refermant la porte, je constate qu'Anaïs est toujours là, elle n'est cependant pas seule et je ne sais vraiment pas comment me comporter.

— Salut Jude, me dit la personne qui est avec Anaïs.

Je fronce les sourcils. Je ne supporte plus mon prénom. Il en a fait un prénom maudit et détesté par bien trop de monde. Une idée me traverse l'esprit, je ne prends pas le temps de l'analyser que je la saisis pour m'en servir.

— Appelle-moi Trip, dis-je.

— Trip, demande encore le garçon, pour quoi ?

— Trois pattes aux lieux de quatre, dis-je.

— Tu es un comique toi, dit-il.

— Et toi, demandais-je, comment je dois t'appeler ?

— Taïzon, dit-il.

Je lui tendis la main, il l'a saisie et la serra. Je ne sais pas s'ils sont honnêtes envers moi tous les deux, mais pour le moment, je préfère me dire qu'ils le sont. Je n'ai pas réellement eu de bonne relation avec mes paires ces derniers temps.

— Allez, on y va, dit-il, c'est l'heure de faire un hot-dog.

Je suis surpris de la manière dont il dit cela, comme si cela était normal, mais sûrement qu'il a bien plus soufferts que d'autres. Pourtant, je ne me souviens pas d'avoir vu son nom dans les carnets, puis, si je me souviens bien, il n'y avait aucun garçon dans les blesser. Mais alors, pourquoi est-il là ?

Je réfléchis quelques secondes et repense à Fantasia. Il est sûrement là pour quelqu'un d'autre, tout comme moi.

XXIII
Retrouvaille…

Je suivis donc ses personnes et retournais retrouver toutes les victimes directe ou indirecte de mon frère. Je remarquais qu'une photo de mon frère et moi était projetée sur l'un des murs de la grande salle. Je ne savais pas comment il avait pu se la procurer mais cela aurait le mérite de faire comprendre que nous étions deux, que j'avais un jumeau.

Je regardais toutes les personnes dans la salle, certains restaient sans voix, tandis que d'autres chuchotaient entre eux pour se faire passer le mot. Je ne savais pas si Fantasia se trouvait dans la salle, je l'espérais et en même temps, je le redoutais. Je l'espérais car j'avais tant envie de la retrouver, retrouver mon amie d'enfance qui m'a tant manqué lorsque je me suis réveillé. Et je le redoutais car je ne savais pas comment elle allait réagir, surtout que suis certain que – comme tous les autres, elle pensait que c'était moi qui l'avais torturé.

J'avais beau la chercher dans la foule, je ne pense pas que je pourrais la reconnaître aujourd'hui, elle aura changé, tout comme moi, mais je n'ai rien pour la reconnaître maintenant. Je ne sais même si elle est présente. Peut-être que non, peut-être c'est elle donner la mort comme me l'a fait entrevoir une personne. J'ai envie de tuer mon frère, de l'étriper et de lui faire endurer mille souffrances pour qu'il comprenne bien ce qu'il a fait vivre à toutes ces personnes qui n'avait rien demandé, qui ne le méritait pas. J'ai également une pensée pour Jheda, ma sœur qui s'est donné la mort, enfin, c'est ce que ma mère nous avait dit, mais maintenant je sais que cela est faux. Je ne sais pas qui à usurper sa boîte mail, mais j'espère que cette personne n'est pas dans la pièce, je crois que je pourrais lui faire mal. Qui serait assez horrible – mis à part mon père et mon frère – pour agir de la sorte ?

Tout en continuant de suivre Anaïs et Taïzon, je marchais dans la foule, la fendant de mon pas claudicant et mal assuré. Ma jambe me faisant atrocement mal, ou du moins ce qu'il en restait, je tentais tout de même de ne rien laisser paraître mais je pense que j'échouai lamentablement. Je sentais tous les regards sur moi, et je fus soulagé de trouver quelques-unes des têtes que je connaissais déjà. Je leur fis un signe de la tête, pour qu'ils me rejoignent. Ce qu'ils firent sans se le faire demander une deuxième fois.

Anaïs et Taïzon rejoignirent d'autres personnes, je ne les voyais pas bien, mais je pense que comme toutes les autres personnes ici, elles ont souffert ou ont vu les souffrances d'un de leurs proches. Je ne savais pas vraiment ce que je devais faire, le plan était de leur amener mon frère et agir également, mais je savais que beaucoup souffrait de me voir due à notre grande ressemblance. Même s'ils savaient désormais que nous étions de jumeaux, il n'en restait pas moins que voire ma tête devait les faire tout autant souffrir et leur rappeler trop de mauvais souvenirs.

— Bonjour, dis-je.

Je regardais toutes les personnes qui se trouvaient au plus proche de moi, je me rendais compte du nombre de personnes qui devait se trouver présent. Trois cents, peut-être plus, en voyant tout cela, je ne pus réprimer un frisson de mal être. J'avais de la peine pour eux, comme j'avais la sensation que toutes ces personnes m'avaient haïe me prenant pour mon frère. J'avais décidé d'agir pour apaiser tous ces esprits, leur faire entrevoir une vengeance pour qu'il se sente mieux par la suite. Mais serait-ce réellement le cas ? Se sentiraient-ils mieux après cela ? Me sentirais-je mieux après qu'il est souffert à son tour ?

— Je tiens à vous dire que je suis désolé de ce que mon frère vous a fait, ajoutais-je. Je sais que ce ne sont là que des mots, mais je regrette sincèrement que vous ayez croisé le chemin de mon frère.

Beaucoup avait baisser la tête, fuyait mon regard, et je comprenais, je ne sais pas si je serais capable de supporter mon reflet un jour. J'avais même pensé à faire de la chirurgie, cela ne résoudrait rien, bien entendu, mais cela aurait au moins le mérite de m'apaiser un peu.

Je ne pense pas que je puisse un jour comprendre pleinement leurs souffrances, leurs maux êtres et la sensation qu'ils ressentent en me voyant. Je sais que je ne peux réellement rien faire mais j'aimerais tellement faire plus. Je suis impuissant et je ne le supporte pas. Tous continuent de chuchoter, de murmurer, certains me jettent des regards noirs, d'autres pourraient me tuer sur l'instant d'un regard s'ils le pouvaient.

J'avais cette furieuse envie de fuir, mais je ne le pouvais pas. Je m'étais engagé à leur apporter mon frère sur un plateau d'argent, mais en serais-je réellement capable ? Qu'en penserait ma mère, ma famille et mes amis ? Je ne sais plus quoi en penser, mais je sais que je tiens à les aider, j'ai tout de même commencé à envoyer la liste des méfaits de mon frère aux Gardiens. Je ne sais pas s'ils ont déjà pris le début de ma liste en compte, ou s'il attend de trouver des informations pour vérifier tout ce que j'ai inscrit.

En balayant la foule du regard, j'ai cru trouver Fantasia un instant, mais cela n'est peut-être rien d'autre que je fruit de mon imagination, en tout cas, j'ai souri en la voyant. Je ne sais pas si elle se doute de mon passé bien trop tôt mis en pause, je sais pas si elle aussi pense que je lui ai fait du mal. Je ne sais rien en réalité, je ne sais pas si elle en a parlé à quelqu'un, je l'espère. A-t-elle eu du soutien dans la souffrance qu'elle a enduré si c'est bien elle ? M'en voudra-t-elle de n'avoir rien fait ? Sait-elle que je n'ai rien pu faire ?

En regardant plus en détail, je remarque que Taïzon est avec elle, ce doit être une de ces amis ou même un membre de sa famille, ils se ressemblent tous les deux, je ne sais pas s'il y avait une autre famille de Nova-Scotia dans la région, ou même dans ce pays-ci de Caïnine. Je n'ai jamais fait de recherches, j'aurais peut-être dû. En tout cas, je sais que je vais le faire par la suite. Je tiens à savoir où se trouve le reste de sa famille, je me souviens qu'elle a une sœur, en revanche, je ne parviens pas à me rappeler d'un frère.

Je ne parviens pas à détacher mon regard du sien, tous attendent que je poursuive, je le vois bien, mais voir cette personne me paralyse, elle me fait penser à Fantasia. Je sens une larme couler le long de ma joue et je décide de reprendre. Je sais que ma voie ne va pas tenir, je sais que je vais craquer, et je sais que je suis aussi faible émotionnellement qu'autrefois. L'âge que j'avais lorsque nous nous sommes perdues, si elle vit encore, je sais qu'elle n'aura pas la même mentalité que moi aujourd'hui, elle aura grandi, elle aura sans doute toujours cette blessure mentale et physique d'après ce que j'ai lu. En tout cas, j'ai envie de parler d'elle, j'ai envie que tout comprenne ma motivation.

— Je sais que je vous mets mal à l'aise, et le comprends pleinement. Je ne pourrais pas vous demander de ne rien ressentir envers moi, je ne le pourrais pas. Je suis comme vous, blessé. J'en porte encore les stigmates. Si je suis ici aujourd'hui c'est pour vous aider, mais pas seulement, lorsque j'étais encore enfant, j'avais une amie, je l'ai perdue, je ne sais pas ce qu'elle est devenue aujourd'hui, j'ai entendu qu'elle était morte.

Je sens une larme couler le long de ma joue pour terminer sa course sur mes chaussures. Je l'essuie et redresse la tête pour les regarder et reprendre.

— J'ai moi aussi été blessé il y a de cela sept ans, je ne sais pas qui m'a renversé et laissé pour mort dans la ruelle. Mais à la suite de cela, je suis resté des années dans le coma. Pour moi, j'avais vu mon amie quelque temps auparavant, pourtant cela est bien loin. Si je suis ici aujourd'hui c'est pour la venger, parce que je ne sais pas si elle peut le faire elle-même. Je… Je suis désolé que mon frère vous ait fait endurer tout cela, je sais pour certains ce qu'il vous est arrivés, et vraiment, je ne sais pas quoi vous dire, si ce n'est que mon frère va souffrir comme vous tous avez souffert.

Je les regarde tous et je comprends que leurs souffrances et bien pis que la mienne, je ne peux pas faire grand-chose pour les aider, mais je peux aux moins tenté d'apaiser leurs esprits. Je ne pense pas que cela m'aurait apaisé l'esprit. J'en veux à la terre entière, j'en veux avec beaucoup de monde, je ne sais pas comment faire pour les trouver, mais je ne lâcherais pas l'affaire.

Tous les visages de ces personnes sont braqués sur moi, je sais ce qu'ils pensent et j'ai horreur de cela. Je sais que je ne dois pas en prendre compte, mais je ne peux pas faire autrement. Je ne sais toujours pas ce qu'il est advenu de Fantasia, ni de toutes les autres personnes, je n'ai pas le nom des personnes qui sont présentes ici, je devrais peut-être leur demander de me donner leurs noms, ainsi je pourrais tenter de trouver toutes les autres manquantes. Je ne sais pas trop. Je ne sais pas si ma mère et le reste de ma famille savent ou je suis, s'ils savent que je vais bien, en même temps, je ne m'en soucis pas. J'en veux à ma mère pour m'être caché que ma sœur était en vie. Je ne lui ai toujours pas écrit. Je ne sais pas quoi lui dire, je ne sais même ce qu'elle pourrait penser du fait que je prenne contact avec elle. En tout cas, une chose est certaine, il ne faut pas que Jullian l'apprenne. Je dois rester sur mes gardes, plus que je ne le suis en ce moment.

Je sens une main sur mon épaule, je me retourne et reprends conscience de la réalité, je ne sais pas qui se trouve à mes côtés.

Pourtant, encore un peu perdu dans mes pensées, je me retourne mais ne reconnais pas qui est cette personne.

— Je suis désolée de ce qui t'est arrivé, me dit la jeune fille qui m'a aidé pour ma jambe.

— Pas autant que moi pour ce qui t'est arrivé à toi ou à un de tes proches, dis-je.

— Je sais, mais tu apportes bien plus que tu ne le penses en nous le livrant.

— Je sais, mais cela ne change rien à ce vous avez endurés. Je trouve mon action bien inutile et bien trop faible en comparaison.

— Tu ne peux pas changer le passé, me dit-elle, mais tu nous aides déjà bien assez, et cela sans que nous ayons eu à te le demander.

— Je ne fais pas cela seulement pour moi, dis-je.

— Nous avons tous compris, me dit-elle, tu fais cela pour quelqu'un que tu as connu. Cela doit être dur ne pas savoir si cette personne est en vie.

— Je ne fais pas tout cela seulement pour une personne, avouais-je, je fais aussi cela pour ma sœur, je suis certain qu'ils ont commencé sur ma sœur et qu'elle en est morte par leur faute.

— Ta sœur, me questionne-t-elle, mais pourquoi ils, il n'y avait pas que ton frère ?

— Je ne pense pas, déclarais-je, je pense que mon père aussi a agi, il est sous la garde des Gardiens, je n'en sais pas plus, mais je me souviens que mon père voulait me montrer quelque chose au sous-sol de notre maison lorsque j'étais petit. Pour moi, cela à un rapport avec tout le mal qu'ils ont fait.

— Il y avait quoi au sous-sol, me questionne-t-elle ?

— Je ne sais pas, répondis-je, je n'y suis jamais allé, j'avais peur, je n'étais qu'un enfant, je n'ai jamais su puisque Jullian y est descendu avant moi.

En repensant à tout cela, la nausée me montait, je ne savais pas comment l'endiguer, je ne voulais pas que tous me voient ainsi, surtout que je me trouvais encore sur la scène devant toutes ces personnes qui n'attendent que de voir mon double maléfique arrivé pour le faire souffrir. Je n'attends que cela moi aussi, il a usurpé mon identité est c'est servi de cela pour agir envers des personnes, toutes des filles pour les faire souffrir gratuitement. Elles avaient toute la vie devant elles, mais aucune n'a connu de réel bonheur par la suite.

Je me demande combien se sont suicidés, je me demande combien ont dû mentir depuis ce jour pour n'inquiéter personnes. Elles ont menti, tout comme je le fais lorsque je dois aller parler à ce satané psychologue, à mon infirmière et toutes les autres personnes que j'ai dû voir à la suite de la mise en place de ma prothèse.

Repenser à tout cela ne m'apportera rien de bon. Repenser à tout cela ne ferait que me rendre malade et je ne tiens pas à me sentir encore plus mal que je ne le suis en ce moment. Je ne dois pas sombrer maintenant. J'ai ma mission à mener à bien, oui, enfin, si mon cher frère veut bien ramener son derrière ici. Ce dont je commence à douter furieusement. Mon portable sonne, c'est mon frère. Il arrive…

XXIV
Balise de traçage et identification…

Mon frère enfin dans l'hôtel, je sais ce que je dois faire, mais je ne sais pas encore comment je vais faire. J'avais prévu de le faire capturer par tous les membres que j'ai rencontrés, mais je ne sais pas qui est apte au combat et qui ne l'est pas, hormis moi. J'ai quand même un pistolet d'immobilisation avec fléchette anesthésiante. Je ne sais pas encore si je vais m'en servir, mais je compte bien filer un coup de patte pour les aider, de quelconque manière que ce soit.

Je rejoins les autres dans le grade salle et me poste en hauteur pour voir arrivé Jullian. Toutes les personnes se sont cachées en un temps record, je pense qu'il devait y avoir une personne en faction, l'observateur aura prévenu tous les autres et leur permettre de se cacher. Je ne sais pas comment ils vont agir, mais je sais que je vais prendre part à la torture qu'il va subir, ne serait-ce parce que je sais ce que cela donne de souffrir.

— Jude, je suis surpris de te voir autant en ce moment.

— Je ne suis pas surpris moi, lui dis-je, tu sais que je cherche des réponses, et tu vas me les apporter.

— Je ne pense pas petit frère, railla-t-il.

Je ne pense pas qu'il comprenne bien que je ne plaisante pas, il doit sûrement se demander pourquoi je tiens tant à ce qu'il vienne, s'il se doutait. Dire qu'autrefois, il était le plus réfléchi, le plus logique. Il me semble qu'avec le temps, il se laisse aller. En revanche, de mon côté, je développe tout cela, je ne tiens pas à tomber dans l'un de ses pièges. Je ne sais que trop ce que cela apporte. Je ne suis pas le seul, je me demande où il trouve le courage de mener cette mission à bien.

Tous les protagonistes sont prêts, il ne manque qu'une entrée en matière et je vais me faire un malin plaisir à leur donner. J'avance vers lui, je laisse ma boiterie dans un coin de ma tête pour ne pas y penser, je dois l'emmurer et avancer même si cela me blesse, j'ai même l'impression que je saigne. Je vois qu'il regarde également ma jambe, celle que j'ai dû remplacer par un morceau de plastique. Je ne sais pas ce qu'il pense, et je me demande encore pourquoi j'ai été attaquer. Je me demande de plus en plus si ce n'est pas lui qui a organisé tout cela pour pouvoir atteindre Fantasia.

— Dis-moi, c'est bien toi qui as organisé mon accident, n'est-ce pas ?

— Vraiment, Jude, tu ne penses pas que je suis coupable de tous les maux du monde tout de même ?

— Je ne sais pas pour les autres, mais pour les miens, j'aimerais bien en avoir la réponse.

— Si tu le sais déjà, pourquoi tu me le demandes ?

— Pour en avoir la confirmation de ta bouche.

En regardant rapidement derrière lui, je remarquais que ma mère se trouvait là. Je ne sais pas si elle à tout entendu, mais je ne vais pas faire remarquer à mon frère que nous avons un auditoire un peu plus grand que ce que je le pensais.

— En effet, j'en suis responsable, mais personne ne le sait hormis toi et moi.

— C'est pour pouvoir atteindre Fantasia que tu as fait cela ?

— Pourquoi d'autre d'après toi ? Je devais avoir une première victime ou j'agissais seule.

— Et pour cela, tu as choisi Fantasia, elle était notre amie !

— Non, elle était ton amie ! Elle ne m'appréciait pas, alors je me suis vengé à ma manière. Tu lui faisais les yeux doux et je trouvais cela rageant et pitoyable.

— Pourquoi Jullian, pourquoi lui avoir fait du mal ? Elle ne t'avait rien fait !

— Elle t'aimait !

Je reste choquée de ce qu'il vient de dire, je sais qu'elle est dans la salle, je sais qu'elle nous entend, mais je ne le crois pas, il ne fait que mentir depuis qu'il agit avec mon père. Je sais que cela est autant la faute de mon père que celle de mon frère. Je ne comprends pas qu'il est suivi mon père dans tout cela. Ai-je vraiment connu mon père ?

— Tu dis n'importa quoi !

Mon regard est attiré par un mouvement derrière lui, je me demande si c'est ma mère, mais je n'ose pas regarder, j'ai peur qu'il lui fasse du mal. J'ai peur qu'il ne la blesse par ma faute. Que dois-je faire, le plan ne fonctionnera pas si la personne qui s'avance vers nous est blessée, je ne sais pas si je serais vraiment capable de faire quoi que ce soit. J'ai peur pour toutes les personnes qui se trouvent dans la salle à cet instant.

Je n'ose pas me pencher pour savoir qui se trouve derrière, j'espère que je ne vais pas trahir la personne qui est derrière. Je tente donc une autre approche en reculant lentement, je ne sais pas si quelques autres personnes sont de ce côté-ci de la pièce et j'espère bien que non ! Je continue donc de le faire parler en le faisant tout de même avancer vers moi. Ce que les autres personnes ici ne savent pas, c'est une cage et logé dans le plafond, je l'ai découvert en farfouillant un peu dans les archives, je voulais trouver une issue pour tout le monde si le plan ne se déroulait pas comme prévu, mais l'imprévue fus cette cage dissimulée dans le plafond de la salle. Elle servait autrefois à des spectacles de femme dansante. Mais aujourd'hui, elle va me servir à attraper un monstre et le mettre tout de suite derrière les barreaux même si ceux-ci ne sont pas ceux de la justice.

C'est parfait, il est là où je le voulais, ne me reste qu'à appuyer sur la télécommande que j'ai dans la poche, et la cage tombera au sol. Je mets la main dans ma poche et la saisit, je ne ressors pas ma main ce qui, visiblement fait rire mon frère.

— Que vas-tu faire ?

— Que veux-tu que je fasse, dis-je en baissant la tête, tu m'as détruit.

— Non, dit-il, pas tout à fait, mais je peux y remédier.

— Tu n'as donc pas de cœur, lui demandais-je en criant, tu es mon frère, alors pourquoi tu me fais encore souffrir. Me faire perdre ma jambe n'était pas suffisant ?

— Non, rit-il, je ne suis jamais repu de la souffrance des autres.

— Tu es un monstre, dis-je en appuyant sur le bouton.

— Non, je suis ce que tu n'as pas eu la force d'être !

Je sentis le bouton remonter de la télécommande, la cage tombait déjà au-dessus de mon frère qui n'eut pas le temps de réagir. La cage désormais autour de lui, il ne pourrait plus rien faire. En revanche, il n'en allait pas ainsi pour toutes les personnes présentes dans la salle. Je vis les personnes sortir de leurs cachettes, tous avec dans la main un carnet identiquement à celui que je possède pour ce qu'a vécu Fantasia.

Tous s'avancent vers la cage, un par un, ils jettent les petits carnets dans la cage en donnant un nom. Je remarque que Jullian ne s'attendait pas à ce qu'il y ait d'autre personne que moi dans la salle. Je regarde autour de moi, dans la foule qui s'amplifie en même temps que le nombre de carnets autour de mon frère. Ne la trouvant pas, je sors de celle-ci après avoir, à mon tour, jeté le carnet.

— Pour Fantasia.

Je n'ajoutais rien d'autre, cela ne servait à rien. Je sortis de la salle et partis à la recherche de ma mère et du reste de ma famille. Je ne sais pas ce qu'elle a entendu, ce qu'elle a compris, ce qu'elle sait, mais je tiens à en avoir le cœur net. Je ne pense pas que ce que je viens de faire est bien, mais cela m'a soulagé dans un sens, je sais désormais qu'il va payer pour ces crimes, je sais qu'il va souffrir, et j'ai entendue quelques personnes en sortant de la salle dire qu'il comptait lui faire couper une jambe pas un ami chirurgien. Je ne sais pas s'ils vont réellement le faire, mais je sais que je les en remercierais.

Je retourne dans la chambre que j'occupe avec mon frère, elle n'est pas vide, ils sont tous là. Ainsi que mes amis, et je ne savais pas que mon amie Krissi ainsi qu'Hasko serait là. Ma mère est assise sur le lit et relève la tête quand elle entend mes pas. Elle grimace en premier puis vient vers moi et me serre dans ses bras.

— Je suis désolée, me dit-elle, je ne savais pas que Jullian était responsable de tout cela.

— Je sais maman, je sais, lui dis-je, mais maintenant il ne fera plus de mal à personne.

— Mais pourquoi a-t-il fait cela ? demande-t-elle tout bas mais suffisamment fort pour que je l'entende.

Je ne savais pas quoi lui répondre, parce qu'honnêtement, je ne le savais pas, et je sais que je ne le saurais jamais. Il ne me dirait pas tout ce qu'il a fait, même si nous étions restés en assez bons thermes. Je me sens tout de même mal pour ma mère, elle ne sait pas tout et je n'aimerais pas qu'elle apprenne tout ce qu'il a fait à tant de monde. Je ne sais pas pour le reste de la famille, mais j'aurais aimé, pour une part seulement, rester dans le coma pour ne pas avoir su tout cela. Ce n'est pas très logique pour le reste de ma famille, mais parfois, il vaut mieux rester dans l'ignorance que de trop en apprendre.

— Je ne sais pas maman, lui répondis-je, mais nous allons le savoir, ne t'en fais pas.

— Je voudrais comprendre, dit-elle, non ; je vais comprendre.

— Je l'espère bien, lui dis-je, en tout cas, je vais me renseigner et une fois que j'aurais la réponse, je te le jure maman, je te la donnerais.

— Merci, mon fils, lança-t-elle.

Je ne savais pas ce qu'étais devenu Jullian à cette heure-ci, mais je sais que je vais me faire un plaisir à participer à sa torture, ne serait-ce que pour lui faire comprendre ce que j'ai vécue, mais je compte bien faire en sorte qu'il ressente toutes les douleurs durant toutes les années ou je me suis trouvé dans le coma par sa faute. Je sais que tous les autres veulent également leurs parts de vengeance, et ils l'auront, tous autant qu'ils sont. Ça, j'en suis sûre. Je vais devoir être prudent, il ne faudrait pas que ma mère apprenne ce que j'ai fait, elle ne comprendrait pas et ne verrais pas autre chose que le mal que j'aurais causé en retour. Je me demande si cela ne serait pas agir comme Jullian ? De mon point de vue, non, mais du sien ?

Je suis dans la salle de bain, me suis changé pour la nuit, cette fois-ci, je resterais ici, avec ma famille. J'ai l'impression que je ne suis plus assez présent pour les membres de ma famille, je suis resté trop concentré sur la traque de mon frère – de ce monstre en réalité. En tout cas, une chose est sûre, je vais attendre que bien d'entre eux aient eus leurs vengeances avant d'aller réclamer la mienne.

Je ne sais pas combien de temps je suis restée sous cette douche bienfaitrice, mais je sais que cela ne m'aide pas à me sentir mieux. J'ai tout de même l'impression d'être un monstre à mon tour, certes, pour le moment je ne participe pas, pas pleinement du moins, mais je reste tout de même la personne qui leur a livré de quoi délivré leurs souffrances. Je ne sais pas ce qu'en penseraient les Gardiens, et j'avoue que, pour le moment, je ne tiens pas à y penser plus en profondeur. Je ne cherche rien d'autre qu'à me prouver à moi-même que, même avec une jambe factice, je peux aider d'autre personne.

J'entends frapper à la porte, sûrement mes amis ou sans doute ma mère qui a le cerveau qui turbine de questions. Je ne sais pas, mais je n'ai pas envie d'y répondre pour le moment. Je sais que cela n'est pas bien de la laisser ainsi, mais je ne me sens pas bien non plus. Savoir tout cela m'a comme aspiré une partie de mon innocence et à l'âge que j'ai dans ma tête, du moins, celle que j'ai gardée mentalement. Je devrais faire quelque chose pour cela d'ailleurs, mais j'en sais pas encore quoi si ce n'est me remettre au cours et tenter de rattraper le retard que j'ai accumulé durant ses sept années de coma forcer. Je ne pense même pas que je puisse intégrer l'école où j'espérais aller étant plus jeune. Je devrais prendre un rendez-vous avec le directeur pour le découvrir.

Quand j'y repense tout de même, je voulais devenir un Gardien, tout comme Fantasia le voulait. Mais, pour elle comme pour moi cela est désormais impossible, je pense. Je ne pense pas que je puisse être admis avec une jambe en moins. Je suis un handicapé maintenant, avant j'aurais pu. Si je n'avais pas eu de frère aussi monstrueux, j'aurais pu, mais désormais, cela m'est inaccessible.

Ma doucher terminer, je suis sortie de la salle de bain et me préparait pour aller dormir un peu. Je sais que mon sommeil ne sera pas réparateur comme depuis le jour où je me suis réveillé, mais compté les minutes et devenu un passe-temps, une lubie même. J'en viens à me demander parfois que si je viens à m'endormir, je vais replonger dans le coma. Je sais que cela est stupide puisque je suis rétablie, du moins presque, physiquement cela peut aller, mais mentalement, cela est tout autre chose.

L'on frappe à nouveau à ma porte, non, ce n'est pas ma famille, ni mes amis, je ne reconnais pas la manière dont les coups sont donnés sur le bois. Je suis donc allé ouvrir, je ne reconnais pas cette personne, si ce n'est que je l'ai vu un peu plus tôt avec le garçon qui s'est présenté sous le nom de Taïzon, l'ami d'Anaïs. Cette fille qui portait un couteau – qui le porte encore sans doute – sous son t-shirt. Je ne comprends pas vraiment ce qu'elle fait ici, pourquoi vient-elle me voir ? Je ne sais pas trop, mais je sens qu'elle va me le dire dans très peu de temps. Oui, enfin, si elle arrête de triturer ces ses doigts en les tordant devant elle. Je ne comprends pas bien ce qu'elle me veut, je ne sais pas trop ce qu'elle fait là, mais je vais le découvrir tout de suite, je pense.

— Oui, dis-je une fois la surprise passée.

— Je voulais te remercier, dit-elle.

— De rien, répondis-je, qui es-tu ?

Je la vie prendre une grande inspiration et regarder à côté d'elle. Je ne voyais pas qui se trouvait avec elle, mais quand elle approcha, je reconnus cette personne.

Qui est venu toquer à la porte de Jude ?

Qui se trouve avec cette personne ?

Pour le découvrir, lisez la suite des aventures de Fantasia, Taïzon et Jude dans le Tome 02

Caïnienne Fantasia – Tome 02 – Ils refont surface.

Imprimé en Allemagne
Achevé d'imprimer en octobre 2020
Dépôt légal : octobre 2020

Pour

Le Lys Bleu Éditions
83, Avenue d'Italie
75013 Paris